한국 문학 첫 새벽에
민중은 죽음의 강을 건넜다

한국 문학 첫 새벽에
민중은 죽음의 강을 건넜다

이 민 호

역락

밝게 타는 이 횃불 아래 서라!

다시 황혼이다. 물러섰던 승냥이 떼가 몰려오고 있다. 채우고도 넘치는 욕망, 침 흘리며 거칠게 몰아치고 있다. 곧 어둠일 텐데 어딜 가도 탄식과 환멸이다. 오래 전 을사년의 을씨년스런 바람은 또다시 이 겨울 초입에 역사의 수레바퀴를 어디로 돌리려는지 허공을 떠돌며 공포와 금기의 씨앗을 천지 사방에 흩뿌리고 있다. 자본파시즘의 망령들이 좀비처럼 거리를 활보하며, 언론에 재갈을 물리고, 노조 없는 재벌기업 노동자들은 백혈병으로 하나둘 쓰러지고, 가족들은 하나둘 스스로 목숨을 버리고, 시인은 다시 감옥으로 끌려가고 있다. 그렇게 어둠이 깊어지면 어딘가에서 낭자하게 술판이 벌어지고 또 누군가 불심검문 끝에 어디론가 끌려가리라.

이런 와중에 어쭙잖은 일을 벌였다. 비평을 쓰도록 허락 받은 바가 없다. 그럴 자격이 있는지 스스로에게 물을 수 없을 정도로 겸연쩍다. 하지만 한 편 두 편 숨겨둔 글들이 이제 스무 편에서 한 편 모자란 열아홉 편이다. 서랍 속에 넣고 잊으려 해도 메타포의 먼지가 쌓이는 꼴을 보지 못하는 못된 성질머리가 부끄러움을 무릅쓰고 세상에 내 놓게 했다.

김종삼은 "詩란 무엇인가? 나는 이 어려운 문제에 답하기보다 내가 시를 쓰는 모티브를 말하고자 한다. 나는 살아가다가 '불쾌'해지거나, '노여움'을 느낄 때 바로 시를 쓰고 싶어진다."고 말하였다. 마찬가지로 "비평이란 무엇인가?" 물어도 이 짧은 소견으로는 답할 수 없다. 다만 살아가면서 미학적으로 아름답지 못한 현상 앞에 글을 써야 한다는 욕망이 고개를 든다. 그리고 참을 수 없는 분노의 현장을 목도하고 펜을 들어야겠다는 신념을 부리게 된다.

이 책에 실린 글들은 영원하지 않다. 그럴 명분이 없다. 다만 하나의 횃불을 밝히는 불쏘시개가 되었으면 한다. 그래서 마음의 소리로 해방기 어느 전위 시인의 넋을 빌려 횃불을 드니 이 땅 숨죽인 사람들이여! "밝게 타는 이 횃불 아래 서라!"

> 영원히 타는 횃불 변두리엔
> 온갖 밀어와 음모가
> 나상(裸像)되어 나타난다
> 약탈과 살육과 단정정부와
> 그리고 재생하는 나치스의 화신과
> 아아 우리의 위대한 힘만이
> 황혼에 견디어
> 황혼을 물리치리라
> 동포여
> 곡성과 환멸을 중지하고
> 밝게 타는 이 횃불 아래 서라
>
> ―상민, 「다시 황혼」에서

"미네르바의 부엉이는 황혼녘에 날개를 편다."는 헤겔의 말을 따른 것은 아니지만, 사람들은 기다림에 지쳤다. 자본권력과 파시즘의 후예들이 뿌려놓은 온갖 신화가 언제쯤 그 진위가 밝혀질까 고대하지 않을 만큼 지금은 황혼녘이다. 이제 우리를 붙잡고 침묵하게 만든 철학적 기다림과 번민은 끝내야 한다. 새 날이 멀지 않았기 때문이다. 이 책 구석구석에 그런 말들을 숨겨놓았다. 그 누군가여, 부디 보시고 읽어주길 바란다. 이 책이 나오기까지 고생하고 애써주신 박선주선생님과 역락 식구들에게 머리 숙여 고마움을 전한다.

2011년 11월 황혼녘에
이 민 호

차례

1부

강 · 역사 · 시

▌한국 문학 첫 새벽에 민중은 죽음의 강을 건넜다

▌신동엽의 '생명공동체'와 영화 '아바타'

▌'금강'의 문학적 형상화와 토포필리아

▌한국학으로서 현대시문학의 세계성

한국 문학 첫 새벽에 민중은 죽음의 강을 건넜다

1. 백수광부(白首狂夫)는 왜 푸른 강물로 뛰어 들었는가?

인간과 자연은 상호지배적이다.[1] 오랫동안 인간은 자신의 운명을 자연에 의탁할 수밖에 없었다. 자연으로부터 벗어나려는 인간 몸부림이 인류 역사의 고갱이라 해도 과언이 아닐 것이다. 한 발 더 나아가 근대의 욕망은 자연을 인간 발아래 놓기에 이르렀다. 그러나 오늘날 가공할 자연의 역습은 인간의 오만을 여지없이 무너뜨리고 있다. 지구촌 곳곳에서 일고 있는 기상이변과 지진과 쓰나미 앞에 인간은 속수무책이다. 그러므로 자연과 인간의 상호공존을 이야기하는 생태주의는 고개 숙인 인간 욕망의 다소곳한 모습이라 할 수 있다.

그런데 이상하게도 한반도 여기저기에서 강을 재단하려는 측도 인간

---

1) Th.W. 아도르노 · M. 호르크하이머, 김유동 역, 『계몽의 변증법』(문학과 지성, 2001), 31쪽.

과 자연의 공존을 외치고 있다. 그런 측면에서 생태학적이다. 너희들은! 자연생태계를 교란하는 환경파괴범이며, 자본이득에 혈안이 된 건설조폭이다! 아무리 소리악을 써도 그들은 자칭 녹색혁명가이다. 악화가 양화를 구축한다는 말을 이런 때 쓰는가 보다. 장롱 속에 모셔둔 금은화(good money)가 가치 있고 소중하지만 저자 거리에서 널리 유통되고 있는 소위 짝퉁(bad money) 만도 못하니 안타깝다.

놓친 것이 있다. 의사(擬似) 생태주의자들이 이 땅의 강을 두고 인간과 자연의 공존을 내세우며 선수를 칠 때 두 손에 신발짝만 움켜쥐고 냅다 뒤쫓은 어처구니가 있다. 강을 단순히 풍경처럼 생각한 것은 아닌가? 자연과 인간의 관계에 집착해 오히려 인간과 인간의 관계를 빠뜨린 것은 아닌가? 강을 파헤쳐 이득을 보려는 개발자본은 강을 '덫'으로 여기고 있다. 거기에 대고 '덧'난다고 뜯어 말리고 있으니 허투루 보아 넘기는 사람들 눈에는 그게 그것처럼 보이지 않겠는가? 그동안 강을 삶의 '터'전으로 귀하게 여기지 않았음을 고백해야 한다.

한국 시문학도 마찬가지다. 강을 대상화할 뿐 강의 공간적 역동성을 보지 않는다. 그처럼 강의 역사성은 강을 생활공간 나아가 노동공간으로, 삶의 터전으로 새롭게 이해할 때만 성립된다. 강은 우리의 삶과 죽음을 가로지른다. 강을 건너는 것은 죽음을 초월하려는 것이 아니다. 그만큼 삶의 연장이다. 우리 시의 첫새벽[2] 또한 '강'에서 동튼다.

    公無渡河   그대여 강물을 건너지 마소

---

2) 김열규는 한국시사의 첫새벽을 「공무도하가」와 「황조가」에 두고 '죽음과 고독'에 초점을 맞추어 언급한다(김열규, 「죽음과 고독의 새벽」, 『시적 체험과 그 형상』(대방출판사, 1984), 28~45쪽).

公竟渡河　　　그대는 강물을 건너고 마셨소
墮河而死　　　물속에 빠져 죽었으니
當奈公何　　　그대여 이제사 어찌나 하겠소

「백수광부의 노래」3)다. 말들이 분분하기는 하지만 「황조가」와 더불어 한국문학 제일 윗자리를 차지하고 있다. 이 노래에는 다음과 같은 사연이 있다.

　　공후인은 조선의 뱃사공 곽리자고의 아내 여옥이 지은 것이다. 자고가 새벽에 일어나 배에 노질을 하고 있었는데, 머리가 하얗게 센 狂夫 한사람이 머리를 풀어헤친 채 병을 쥐고는 어지러이 흐르는 강물을 건너고 있었다. 그 뒤를 그의 아내가 쫓으며 막으려 했으나, 미치지 못해 그 광부는 끝내 물에 빠져죽고 말았다. 이에 그의 아내는 공후를 타며 公無渡河의 노래를 지었는데 그 소리는 심히 구슬펐다. 노래가 끝나자 그의 아내는 스스로 물에 몸을 던져죽었다. 자고가 돌아와 아내 여옥에게 그 광경과 노래를 이야기하니 여옥이 슬퍼하며 곧 공후로 그 소리를 본받아 타니 듣는 이가 눈물을 흘리지 않음이 없었다. 여옥이 그 곡을 이웃의 여용에게 전하니 일컬어 「공후인」이라 한다. [箜篌引] 箜篌引 朝鮮津卒霍里子高妻麗玉所作也 子高晨起 刺船而濯 有一白首狂夫 被髮提壺 亂流而渡 其妻隨乎止之不及 遂墮河水死 於是援箜篌而鼓之 作公無渡河之歌 聲甚悽愴 曲終自投河而死 子高還以聲語妻麗玉 玉傷之 引箜篌而寫其聲 聞者莫否墮淚掩泣焉麗玉以其曲傳隣女麗容 名之曰 箜篌引言 『古今注』4)

---

3) 「공후인(箜篌引)」, 「공무도하가(公無渡河歌)」, 「백수광부(白首狂夫)의 노래」로 불리는데, 강을 삶의 터전으로 새롭게 이해하는 측면에서 「백수광부의 노래」가 어울릴 것 같다. 우리말 시는 김열규의 앞의 책에서 가져왔다.
4) 강명혜, 「죽음과 재생의 노래―『공무도하가』」, 『우리문학연구』 제18집, 2008. 5, 105쪽.

사람들은 '백수광부'를 '무당'이라 추측한다. 그리고 남편을 따라 죽은 아내 또한 여자 무당이었으리라 여기며 이들의 죽음이 고대의 신화적 주술성을 드러내는 상징이라 말한다. 그렇지 않다면 사랑이나 이별로 관념화시키려 한다. 하지만 이러한 상징과 관념을 가지고는 '백수광부'의 비극을 다 이해할 수 없다. 왜 그는 꼭두새벽에 강을 건너야 했으며, 아내는 그런 그를 극구 말리려 했는지, 왜 그들은 죽음에 이르렀는지 알 수 없다. '백수광부'는 뭔가 절체절명의 위기에 봉착한 것이 분명한데, 사람들은 '머리가 하얗게 센 狂夫 한사람이 머리를 풀어헤친 채 병을 쥐고는 어지러이 흐르는 강물을 건너고 있었다.'는 구절을 들어 그를 '미친 사람', '신들린 사람', '술주정뱅이' 취급한다. 하지만 그는 술에 취하지도 미치지도 않았다. 중국 옛 문헌에서5) 보통 남자 즉 필부(匹夫)를 '광부(狂夫)'라고 지칭했으며, 부인이 자신의 남편을 '졸부(拙夫)'처럼 겸손하게 그렇게 부르기도 했다는 것이다. 그리고 그가 손에 쥔 '병(壺)'은 '술병(酒壺)'이 아니라 일종의 '큰 바가지'로 당시 '강을 건너는 도구'로 쓰였던 것이다. 오늘날로 치면 어린 날 냇가에서 가지고 물놀이 했던 '튜브'와 같은 것이다.

그날 강 건너에 무슨 일이 있었는지 지금 우리는 알 수 없다. 그러나 민중 '백수광부'가 아내의 손을 뿌리치고 물이 분 강을 건너야 했던 사연은 분명 삶과 관련된 어떤 일이었다. 그렇기에 당시 사람들은 이들의 이야기를 노래로 듣고 '눈물을 흘리지 않음이 없었다'고 전하지 않는가? '백수광부'의 죽음은 틀림없이 민중 모두가 공분하며 연민하는 어

---

5) 김영수, 「공무도하가 신해석—白首狂夫의 정체와 披髮提壺의 의미를 중심으로」, 『한국시가연구』 제3집, 1998, 5~47쪽 참조.

떤 일이었다. 얼마 전 '불 속에 던져진 삶, 용산의 비극'을 목도하고 '눈물을 흘리지 않은 사람이 없었음'을 생각하면 분명히 그렇다. '백수 광부 부부'의 죽음을 지켜 본 사람도 '곽리자고'라는 뱃사공이었고, 그 사연을 듣고 노래를 본받아 부른 이도 뱃사공의 아내 '여옥'이었다. 그 녀가 처음 퍼뜨린 사람도 이웃 여인 '여용'이었다. 그러므로 한국 시사 를 처음 연 노래는 민중의 입을 통해 전해진 민중의 노래였다.

2. 민중 배제의 두 가지 반응 : 완상과 기억

'백수광부'의 노래는 오늘날 어떻게 부르는지 가락을 알 수 없다. 남 의 나라 고대 책 속에 남은 흔적을 가끔 들쳐보고 그런 노래가 있었다 고 옛 이야기 하듯 말할 뿐이다. 더불어 그 노래에 '강'을 끼고 돌았던 민중 삶의 곡진한 모습은 지워지고, 단지 '죽음'의 색채만 짙게 드리우 고 있다. 그러므로 이명박 정부의 '4대강 파헤치기 사업'에 반대하는 이유를 새롭게 대야 한다. 단지 강이라는 풍경을 훼손하기 때문이 아니 라 민중 삶을 허물기 때문이다. 민중의 눈으로 볼 때, 저들은 강물로 뛰어드는 진정 '미치광이'와 진배없다. 민중 '백수광부'의 아내 된 심정 으로 죽을 각오로 뜯어 말려야 한다. 마찬가지로 한국 시사에서 강은 완상(玩賞)의 대상이었다.

차운 산 바위 위에 하늘은 멀어
산새가 구슬퍼 울음 운다.

구름 흘러 가는

물길은 칠백 리

나그네 긴 소매 꽃잎에 젖어
술 익는 강마을의 저녁 노을이여.

이 밤 자면 저 마을에
꽃은 지리라

다정하고 한 많음도 병인 양하여
달빛 아래 고요히 흔들리며 가노니

―조지훈, 「玩花衫」

물을 따라
자꾸 흐를라치면
네가 사는 바닷말에
이르리라고
풀잎 따서
작은 그리움 하나
편지하듯 이렇게
띄워본다

―이형기, 「강가에서」

강물이 우는 소리를
나는 들었네
저물녘 강이 바다와 만나는 곳에 홀로 앉아 있을 때
강물이 소리내어 우는 소리를
나는 들었네

그대를 만나 내 몸을 바치면서

나는 강물보다 더 크게 울었네
강물은 저를 바다에 잃어 버리는 슬픔에 울고
나는 그대를 잃어 버리는 슬픔에 울었네

강물이 바다와 만나는 곳에 먼저 가보았네
저물녘 강이 바다와 만나는 그 서러운 울음을 나는 보았네
배들도 눈물 어린 등불을 켜고
차마 갈대숲을 빠르게 떠나지 못했네

—류시화, 「세월」

이들 시의 주조는 '고독'이다. 조지훈의 선비취향이 '나그네' 되어 강을 한 폭의 그림 속에 가두고 있다. 이 완상취미는 전통 제화시(題畵詩)와 맥락을 같이 한다. 동네 이발소에 걸렸던 푸쉬킨의 시처럼 귀족적 완고함의 표출이다. 정작 민중은 '삶'에 속임을 당하는 것이 아니라 '노여워하거나 슬퍼하지 말라'는 허위에 속았다. 재개발 철거 터에 나뒹구는 액자 속 색 바랜 글자들이 그렇다고 말한다. 이형기는 잔 띄워 술 잔 오갔던 신라 말 포석정 놀이하듯 고고학적(考古學的) 취미에 함빡 빠져 있다. 강은 고현학적(考現學的) 현장임을 잊은 듯하다. 류시화는 전형적인 나르시시즘에 빠져있다. 그가 듣는 '강물 우는 소리'는 자기 자신의 몽롱한 유혹이다. 자기 자신에 취해 감행할 수밖에 없는 죽음을 우리가 어쩌란 말인가? 강도, 강에 떠 있는 배도, 강가 갈대숲도 모두 시인을 위해 복무하는 이 자기 중심적 상실감에 아연실색할 뿐이다. 기쁘건 슬프건 강을 즐기는 태도는 매 한가지다. 그러고 보니 '4대강 개발사업' 역시 일종의 귀족적 완상취미는 아닐까? 이 모든 '고독'한 분위기의 첫 걸음은 「백수광부의 노래」에서 비롯한 것이 아니다. 죽음도

막지 못했던 삶의 진실을 이들 시에서 찾아 볼 수 없기 때문이다. 이들 시는 한국 문학의 첫 새벽을 열었던 또 다른 시 「황조가」와 맞닿아 있다. "꾀꼬리 훨훨/짝지어 나는데/이 몸 외로워/누구와 돌아가리(翩翩黃鳥/雌雄相依/念我之獨/誰與吾歸)." 고구려 군왕들의 웅지를 갖추지 못한 유리왕의 연약함이 깊게 베인 시다. 고독의 핵심은 모두 과거의 상실감에 있다. 위에 든 시들은 모두 강을 배경으로 삼았지만 시적 주체가 겪는 갈등과 위기의 양상을 볼 때, 「백수광부의 노래」와 사뭇 다르다. 이처럼 강을 완상하는 데 끝나 '현재성'의 공간추구에 집념이 부족함을 드러낸다. 그리고 거기에 민중은 없다.

또 다른 민중 배제의 반응이 강을 '기억'의 공간 속에 몰아넣는 것이다. 기억은 개인의 사적 회상이라는 심리적 행위가 아니다. 벤야민이 말했던 '역사의 악몽'과 같은 것으로 망각하고, 삭제하려는 집단 무의식과 같은 것이다. 그러다가 특정 담론의 요구에 따라 전가의 보도처럼 휘두르는 이데올로기이다.

> 보아라 신라 가야 빛나는 역사
> 흐르는 듯 잠겨 있는 기나긴 강물
> 잊지마라, 예서 자란 사나이들아
> 이 강물 네 혈관에 피가 된 줄을
> 오호 낙동강, 오호 낙동강
> 끊임없이 흐르는 전통의 낙동강
>
> —이은상, 「낙동강」에서

> 千年 신라를 먹이던 물아
> 너 홀로 푸르러 굽이굽이 흘러라.

우리 피곤한 백성에게
네 젖가슴을 풀어다오.
유린도 더럽힘도 모르는 체
오직 이 나라의 어머니로
네가 남았으니……
北에는 오랑캐도 왔단다.
피리 부는 몽고사람들도 왔고.
이단의 희롱이 이처럼 거세인 땅에
너의 言語만은 침착하고나.
장밋빛 太陽을 받들어
우리네 위에 부어주마.
길게 길게 神의 사랑이 네게 임하도록……

—모윤숙, 「낙동강물」

한국 전쟁은 우리 강에 드리워진 되돌리고 싶지 않은 기억이다. 이 기억을 들추는 것은 전쟁의 상흔을 건드리는 것이고, 원한의 감정을 표출하는 것이다. 그런데 전쟁 때문에 삶의 끈을 놓은 민중의 위태로운 삶의 모습은 보이지 않는다. 그 자리를 대신 차지 한 것이 '역사'와 '모성' 담론이다. 이 때 '역사'는 공식적 기억으로 현재와 단절된 이미지에 불과하다. 전쟁 역사는 낙동강이라는 특정 공간이 특정 기억을 갖게 하는 힘이라 할 수 있다. 실제 역사의 현장에서 그 힘은 전체주의적이며 지배적이고 폭력적 양상으로 행사됐다. 전쟁의 최대 피해자인 민중이 또 다시 그 기억의 노예가 된 것은 역사의 아이러니가 아닐 수 없다.

그리고 강의 모성성 강조는 강을 신비화시켜 가족이나 국가와 일치시키는 환상을 갖게 한다. 그럼으로써 훼손되고 침탈당한 국토를 회복해야 한다는 당위성을 강조하게 되고, 그에 동조하지 않는 시각은 반민족적, 반국가적 행위로 간주되어 처벌하고 배제한다. 강이 국가체제의 공간성을 갖게 됨으로써, 민중은 강의 주체가 아니라 강에 종속된 비주체적 존재로 전락하게 된다. 결국 강을 삶의 터전으로 삼는 주인이 배제되는 소외의 극치를 함축하게 된다. '4대강 개발자'들이 내세우는 '선진'의 기치 또한 이러한 역사, 신화 만들기와 다를 바 없다. 이처럼 위 시에서 강의 문학적 재현은 반영적 상태에 머물고 있다. 비문학적이다. 부정성이 결여돼 있기 때문이다. 강의 공간성이 신비화되는 순간 민중은 배제된다.

3. 민중 선택의 두 가지 반응 : 토포필리아와 유토피아적 욕망

강을 소재로 한 작품들은 대부분 '역사'와 '민중'을 부인하면서 종속적 가치인 '강'의 지리적, 풍경적 아름다움을 관찰하고 내면화하는 데 치중했다. 장소로서의 '강'은 이곳 저곳 옮겨 다니면 그만이다. 땅을 팔고 사는 토지로서 생각하는 것과 마찬가지다. 하지만 장소를 '터'나 '터전'으로 여기면 그것은 매우 다른 의미가 된다. 그러므로 민중 삶의 터전으로서의 '강'은 "무엇인가 가치 지향성이 높다. 단순한 물리적인 대상도 아니고, 지도나 지적도에 오르면 그만일 객체도 아니다. 그것은 의미론의 대상이다. 능동적으로 작용하는 동태(動態)다. 또 스스로 말하는 기호론의 체계인 것이기도 하다.6)" 그런 측면에서 민중을 둘러싼 자연적, 인공적 환경을 특정 장소로 바꾸는 또 다른 경향을 시 속에서

---

6) 김열규, 「Topophilia : 토포스를 위한 토폴로지와 시학을 위해서」, 『한국문학이론과 비평』 제20집, 2003. 9, 9쪽.

포착할 수 있다. 토포필리아(Topophilia : 場所愛)[7]의 표출이다.

꿈으로 잠을 깨는 榮山洞 시절.
지금은 식자공 내 동생의
앞니 사이로 새는 바람이
강변 갈대숲을 흔들 때
밤이 깊도록 나는 모래밭과 강둑에
몸을 굴리며
다수운 손과 목소리, 어머니와
지난 봄의 분꽃 그 사랑을
그리워했다.

—나해철, 「영산포5」에서

가문 섬진강을 따라가며 보라
퍼가도 퍼가도 전라도 실핏줄 같은
개울물들이 끊기지 않고 모여 흐르며
해 저물면 저무는 강변에
쌀밥 같은 토끼풀꽃,
숯불 같은 자운영꽃 머리에 이어주며
지도에도 없는 동네 강변
식물도감에도 없는 풀에
어둠을 끌어다 죽이며
그을린 이마 훤하게

---

7) 토포필리아는 지형이나 장소를 의미하는 토포스와 필리아의 합성어이다. 이것은
장소뿐 아니라 인간을 둘러싼 자연적, 인공적 환경을 장소로 바꾸는 성향도 포
함하는 개념이다. 인간은 다양한 경험을 통하여 미지의 공간을 친밀한 공간으로
바꾼다. 낯선 공간이 구체적이고 자신과 직접적 관련이 있는 낯익은 장소가 되
는 것이다 (Yi-Fu Tuan, *Topohpilia : a study of environmental perception, attitudes, and
values*, New Jersy : Prentice-Hall Inc, Englewood Cliffs, 1974, pp.16~17).

> 꽃등도 달아준다
>
> —김용택, 「섬진강1」에서

　　나해철과 김용택에게 강은 가장 친밀한 장소다. 다시 말해 태어난 고향을 의미하는 기호체계이다. 강은 시련의 장소이다. 그래서 무엇인가 극명한 경계를 이루는 계기를 마련한다. 시인들이 강을 건너갔으므로 고향은 물리적 공간으로서의 존재 가치를 상실하게 되었다. 그러나 정신적 공간 속에서 여전히 살아남아 그리움의 대상으로 자리하고, 현실에서 거둘 수 없는 삶의 의미를 변함없이 제공한다. 이는 오랜 시간 축적돼온 공동체 생활과 삶의 터전으로서 안온함이 훼손되지 않았기 때문에 기억을 통해 재현할 수 있는 것이다. 그러므로 강을 개발하는 행위는 삶의 토포필리아를 무시하는 것이다. 민중이 살아온 장소에 대한 애착과 친근감을 훼손시키는 것이다. 개발로 모든 기억은 실종될 것이다. 영산강의 갈대숲과 모래밭이 없다면 시인의 누이와 어머니도 사라질 것이며, 지도에도 없는 동네들이 아예 자취를 감춘다면 시인의 삶은 꽃등을 끄고 어두워 질 것이다. 이 악몽과 같은 역사는 과거의 일도 현재의 일만도 아니다. 그러므로 미래를 향해 강은 새로운 형상을 하고 흐른다. 이 유토피아적 욕망은 새로운 공동체를 꿈꾸는 민중의 정치적 무의식을 담고 있다.

> 언젠가
> 또다시 만나지리라,
>
> 무너진 石壁, 쓰다듬고 가다가
> 눈 인사로 부딪쳤을 때 우린

심　劫의　因緣,

노동하고 돌아가는 밤
열한시의 합승 속, 혹, 모르고
발등 밟을 지도 몰라,
용서하세요.

—신동엽, 「금강」 후화2에서

연이네들 장국밥 다 식는데도
잊고 서서
펄펄 뛰고
땅을 구르고
소리소리 지른다.
엿장수는 엿목판을 내던지고
떡장수는 떡함지를 팽개친 채
모두 함께 끼어들어
벗줄을 당기는구나.

—신경림, 「남한강」5에서

시 「금강」에서 간절히 바랐던 것은 영웅의 출현이다. 신화적 인물이 등장해 단말마 같은 현실을 일거에 쓸어버리길 소원하였다. 그러나 영웅주의는 민중 억압의 알레고리일 뿐 민중 현실의 그늘을 말끔히 거두는 해결책은 아니다. 신동엽이 보았던 '영원의 하늘'은 먼 곳에 있지 않았다. 그 이상향은 '종로 5가'에서 마주친 어린 노동자의 눈 속에서 있었으며, 폐허 속에서 서로 연민하며 홍수를 이루며 흘러가는 노동자의 대열 속에 있었다. 마찬가지로 시 「남한강」은 강의 흐름을 역행하는 장돌뱅이의 순환적 삶을 거부하고 탈주하는 민중 욕망을 보여준다.

민중의 유토피아적 욕망이 실현된 공동체는 엿장수가 엿목판을 내던지고, 떡장수가 떡함지를 팽개친 생존의 마지막 선택일지도 모른다. 생활의 굴레가 삶을 지배하지 않는 선조적(linear) 흐름이라 할 수 있다.

4. 강물은 역류하지 않는다

헤라클레이토스는 "동일한 강물에서, 우리는 발을 집어넣기도 하고 그렇지 않기도 한다. 우리는 존재하기도 하고 그렇지 않기도 한다."라고 말했다. 토마스 울프도 "인생은 강물과 같다. 거대한 강물처럼 그리고 시간 그 자체처럼, 끊임없는 운동과 변함없는 변화 속에서 고정되고 말할 수 없는 것으로서."라고 말했다. '강물과 시간[8]'이 유사하다는 말이다. 강물의 흐름처럼 우리가 영위하는 시간이 과거와 현재와 미래로 단절된 것이 아님을 깨닫는다. 강물에 발을 담그듯 우리는 어제와 오늘과 미래를 동시에 살고 있다. 그러면서 끊임없이 흘러간다. 이 지속성 속에서 강물처럼 뒤척이며 끊임없이 변화하는 것이 우리 삶의 본질임을 말하는 것이리라. 그러므로 변화 없는 삶은 존재함에도 존재하지 않는 것이다. 변화 속의 지속이 곧 강의 역사성이다. 그리고 민중 주체의 역동성을 말하는 것이기도 하다. 한국 시에서 강을 담고 있는 작품을 찾기 어렵다. 그만큼 강을 정태적으로 인식했음을 말하는 것이다. 몇 안 되는 작품도 '현재성'이 결여되어 역사성이 잘 드러나지 않는다. 마찬가지로 변화무쌍한 민중 삶의 모습도 찾기 어렵다. 오늘은 시간의 흐름 속에서 '특별한 현재'이다. 역사의 흐름 속에 발을 담가야 한다. 그

8) 한스 마이어호프, 이종철 옮김, 『문학 속의 시간』(문예출판사, 2003), 29~33쪽 참조

래야 누군가 강을 막고 물길을 거꾸로 돌리려 한다면 얼마나 가소로운
일인지 말할 수 있지 않겠는가?

신동엽의 '생명공동체'와 영화 '아바타'

1. 킬링필드와 판도라

1960년대는 구한말 한국 역사의 전철을 밟고 있다. 이승만 독재의 몰락과 박정희 군사 정권의 등장은 19세기 왕조의 몰락과 식민주의 파시즘의 등장을 판에 박은 듯하다. 그 사이에 민주주의라는 새로운 가치가 비집고 싹을 내밀고 있다. 그러나 그것은 의사(擬似) 민주주의에 지나지 않는다. 그러므로 1960년대 문단에서 불붙은 일련의 '순수 – 참여' 논쟁은 우리의 현실을 제대로 인식하지 못한 '서구흉내내기'에 불과하다. 당대 가장 첨예한 현실문제는 한일협정체결(1965)과 베트남파병(1964~1973), 한미행정협정(1966)이었다. 신동엽만이 이와 같은 한국의 종속적 현실을 정확히 파악하고 온몸으로 반응하였다. 이처럼 돌이켜보면 신동엽이 '민족'이라는 명제를 관념적으로 갖게 된 것이 아니기에 그가 고민했던 '민족'문제를 오늘날 거추장스럽게 여기는 것은 정당하지 않다. 1960년대 종속적 상황은 여전히 오늘 우리의 현실이기 때문이다.

이러한 측면에서 신동엽 시의 유토피아적 욕망은 쉽게 읽힌다. 오로지 외세를 물리친 주체적 시공간의 간절한 추구가 아니겠는가? 1960년대 신동엽과 동시대를 살았던 유종호의 다음과 같은 언급은 우리가 신동엽의 사유를 어떻게 추적할 수 있는지 소중한 실마리를 제공하고 있다.

> 나는 신동엽이 포용하고 있던 혁명적 낙관주의 혹은 낭만주의나 소외 없고 착취 없는 <u>원시공동체</u>에서 시작하는 거대담론에 대해서 회의적이다 (···중략···) 그는 뒤돌아보는 예언자로 임했지만 많은 도시대인들과 같이 역사의 행방을 전혀 알아차리지 못하였다. 그가 통탄해 마지않았던 반 조각 조국이 한 세대 안에 <u>농경사회</u>에서 세계자본이 지배하는 산업사회로 변모하리라는 것을 예측하지 못하였다. 외세를 물리치고 <u>농본주의적 전원국가</u>를 건설하련다는 동남아시아 약소국의 혁명적 실험이 참담하고 황당한 인간도살극으로 끝나는 것을 다행히도 그는 보지 못하였다.
>
> (밑줄—필자)1)

유종호가 이 글을 쓴 때는 20세기가 종언을 고하고 새 천년을 맞이하는 순간이었다. 신동엽이 목격하지 못했던 킬링필드2)의 비극에 몸서리 쳤을 그의 휴머니즘3)이 세기말적 상황에서 눈부시다. 그러나 이 글

---

1) 유종호, 「뒤돌아보는 예언자」, 『서정적 진실을 찾아서』(민음사, 2002), 129쪽.
2) 1975년에서 1979년 사이, 민주 캄푸차시기에 캄보디아의 군벌 샐로스 사르가 이끄는 크메르 루즈가 저지른 학살. 전 인국 700만명 중 200만명을 학살했다고 전한다.
3) 정작 유종호는 「인간부재─한국문학에 있어서의 휴머니즘」(사상계, 1962.9)과 「오열하는 휴머니즘─한 끄리쉐에의 의혹」(한국일보, 1961.1.1)에서 도식적인 휴머

속에 신동엽은 존재하지 않는다. 오직 유종호의 세계관이 전부다. 신동엽이 추구한 세계를 '원시', '농경', '전원'이라는 기호 속에 너무나 쉽게 가두어 놓았다. 조국 근대화의 시각에서 이 기호들은 곧 '미개'와 '야만'으로 읽힐 따름이다. 이 역시 유종호의 시각이다. 이 신역사주의적 태도, 즉 신동엽의 시 속에 한국 근대화의 역사를 개입시켜 다시금 킬링필드의 텍스트로 역사화시킨 재주를 우리도 따라해 보자. 그러므로 신동엽이 바라본 미래는 신동엽의 시 속에서 찾는 것이 아니라 오늘날 우리가 갖고 있는 역사의식을 그의 시 속에 투영함으로써 역사화된 텍스트 '오늘'에서 보게 될 것이다.

그런 측면에서 영화 '아바타'는 생태학적 원시주의를 표명하는 것처럼 보이지만, 놀랍게도 근대화 추종자의 착종(錯綜)을 드러내어 무색하게 한다. 제임스 카메론이 감독한 '아바타'의 줄거리는 다음과 같다.

하반신이 마비된 전직 해병대원 주인공 제이크 설리는 '옵티늄' 자원 채굴 프로젝트인 <아바타> 프로그램에 참여 한다. '판도라' 행성에는 원시인의 몸과 정신을 가진 '나비(Na' vi)'족이 살면서 자신의 숲을 진키다. 영성과 신비한 힘이 지배하는 숲은 지구의 가이아처럼 자신의 품안에 있는 생명과 존재들을 돌보고 있다. 이 세계에서 숲과 '나비(Na' vi)'족 그리고 동식물들은 분리할 수 없는 한 몸의 존재들이다. 주인공은 '나비(Na' vi)'족의 외형에 인간의 의식을 주입해서 원격조종이 가능한 새로운 생명체 <아바타>의 몸을 입고 '나비(Na' vi)'족에 침투한다. 임무수행 중 '나비(Na' vi)'족의 여전사 '네이티리'를 만난 제이크는 그녀의 도움으로 새로운 세상의 가치와 능력을 배우면서 심신양면의 모험과 도전 속에서 '네이티리'를 사랑하게 된다. 제이크는 행성 '판도라'의 운

니즘을 통렬히 비판한다.

명을 결정하는 인간의 기계문명과 '나비(Na' vi)'족의 자연문명이 충돌
하는 대규모전투에서 새로운 세계의 가치와 문화를 수호하는 영웅으로
거듭나게 된다.[4]

이 한편의 영화를 통해 소박하게도 정작 '킬링필드'의 인간도살극을
자행하는 주체는 자연문명의 공동체를 추구하는 측이 아니라 다국적
기업, 제국주의로 표상되는 기계문명이라는 사실이 드러난다. '킬링필
드'의 비극을 옹호할 근거는 없다. 그러나 자본의 풍요와 새로운 문화
를 앞세운 산업자본주의와 제국주의가 자행한 셀 수 없는 전쟁과 폭력
은 '킬링필드'의 비극을 상쇄하고도 쓰나미처럼 넘친다.

텍스트의 내재적 엄결성을 고구하는 신비평의 세례를 받은 비평가의
눈에는 신동엽의 시와 제임스 카메론 감독의 영화는 엉성하기 짝이 없
다. 더구나 역사와 민중의 현실을 끊임없이 수용하고 표출하는 역동적
움직임에 어찌할 바를 모른다. 너무도 이념적이기 때문이다. 그들이 이
데올로기에서 어떤 식으로든 자유로웠던 때가 한 번도 없었음에도 적
나라한 진실 앞에서 오히려 분노를 키울 뿐이다. 그러므로 신동엽이 지
향하는 공동체 앞에 '원시'라는 또 다른 이데올로기를 붙여 폄하하려는
의도를 모를 사람은 없을 것이다. 마찬 가지로 영화 '아바타'의 공동체
가 '판도라'인 것은 유치해보이지만 의미심장하다. 신화의 메시지처럼
'판도라'는 진실이 밝혀질까 누군가는 두려움과 공포에 떨지만, 또 누
군가는 저 밑바닥에 자리한 희망에 벅차기 때문이다. 그렇다면 신동엽
의 전경인(全耕人)의 공동체가 야만과 미개의 '원시공동체'라 불릴 이유

---

4) 김백겸, 「시와 '아바타(Avata)'」, 『문학마당』, 2010. 봄, 243~244쪽.

는 없다. 오히려 '생명공동체'라 함이 마땅하다.

신동엽의 예언자적 지성을 '뒤돌아보는 예언자'로 명명한 것은 적확하다. 하지만 '되돌아보는(retrospective)' 행위는 단지 회상이라는 심리학적 능력으로 축소되는 것이 아니다. 신동엽의 역사적 기억은 베르그송5)이 말하는 '지속으로의 시간'이기 때문이다. 스위치를 올리거나 내림으로써 간헐적으로 작동하는 깜빡 회상이 아니라 '끊임없이 성장하는 연속'이다. 신동엽이 기억하는 과거의 실재는 '자동적으로 진화하는 깊고 생산적인 무의식이며, 미래로 스며들어가는, 나아가면서 계속 팽창하는 과거의 연속적 과정'이다. 우리는 삶 속에서, 혹은 역사 속에서 새로운 순간을 맞이할 때마다 그를 맞이하기 때문이다.

신동엽이 살았던 1960년대의 역동적인 시적 이미지들은 논리적으로 소진되었다. 그러나 오늘날 포스트모던의 형식, 즉 '아바타'의 영화 형식 속에서 만나게 되는 것은 신기한 일이다. 그만큼 '시간' 혹은 '기억' 나아가 '역사'라는 것은 새로운 조건과 맥락 속에서 계속 되살아나는 것이 분명하다. 그러므로 신동엽의 시와 제임스 카메론의 영화를 함께 놓는 것이 느닷없는 일은 아니리라 믿는다.

'이미지'의 연속이라는 측면에서 시와 영화는 만난다. 그리고 눈에 보이는 공간에 갇히지 않고 초월하여 시간의 자율성 속에서 새로운 공간을 생성한다. 과거와 현재와 미래 속에 공존하는 이 새로운 공간에서 무엇이 '묘사'되었고, 어떤 '이야기'가 있으며, 어떻게 '사유'해야 하는가6) 살펴보도록 하자.

---

5) 키스 안셀 피어슨, 이정우 옮김, 『싹트는 생명―들뢰즈의 차이와 반복』(산해, 2005), 75쪽.

2. 읽히기 위하여 : 새로운 실재의 창조

　지난 2009년 말 개봉된 영화 '아바타'를 열에 서넛은 보았을 것이다. 아이들 등살에 떠밀렸건 입소문을 따랐건 보고 난 후 모두 한 마디 할 줄 아는 비평가였다. 그처럼 이 영화의 이미지는 쉽게 읽힌다. 위 사진은 영혼의 나무를 중심으로 판도라 행성의 주민들이 모여 혼연일체가 되는 광경이다. 조상의 소리를 들을 수 있으니 산자와 죽은 자가 서로 소통하여 시간의 벽을 허물었고, 여럿이면서도 하나와 같이 느끼고 움직이니 공간의 경계를 넘어 삶의 균형을 이루고 있다. 그런 측면에서

---

6) 들뢰즈는 '묘사, 서사, 사유'의 주제를 '가독기호, 시간기호, 정신기호'로 정의한다. '가독기호'는 '읽어야 할' 이미지이며, '시간기호'는 '이야기꾸미기' 행위를 통한 변신행위이며, '정신기호'는 '사유의 형식'이다.(데이비드 노먼 로드윅, 김지훈 옮김, 「시간과 기억, 질서들과 역량들」, 『질 들뢰즈의 시간기계』(그린비, 2005).

판도라 행성의 '나비(Na' vi)' 공동체는 종교를 넘어 신화적이다. 이 이미지에서 사회주의자는 '원시공산사회'를 보고, 생태주의자는 '자연공동체'를 보고, 종교인들은 영원불멸의 '낙원'을 보고, 제3세계인들은 제국주의가 침탈하기 전 '고토'를 보고, 도시빈민들은 재개발 이전의 '산동네'를 본다. 이는 모두 자신의 경험 속에 자리하고 있는 어떤 대상을 아날로지 한 것이다. 쉽게 읽힌 이유가 아닐까?

영화 속 공동체는 보는 이에 따라 변주되고 있다. 원시공산사회에서 환경공동체로 낙원으로 삶의 현장으로 끊임없이 하나의 대상을 없애고 새로운 대상으로 바뀌고 있다. 이러한 전치(轉置 : displace)는 언제나 새로운 대상 즉, 개념을 암시하고 있다. 그러므로 영화 속 이미지는 보는 것이 아니라 읽는 것이다. 나아가 '읽히기 위하여' 기다리고 있다. 영화 '아바타'에서 경구처럼 던지는 말이 있다. "I See You"다. 우리말로 "그대가 보입니다."로 바꿀 수 있는 이 말은 '나비(Na' vi)'족의 인사말이다. 특히 영화 속에서 캡슐 속에 있던 제이크가 구사일생 살아나 네이티리와 조우하였을 때 나눈 말로 관객의 눈길을 끈 장면에서 나온다. 인사말로, 생사를 가르는 말로, '본다'는 말은 충분하지 않다. 그 말은 "그대를 읽었습니다."라고 '읽힌다'. 즉 "당신을 헤아립니다."라고. 그러므로 단순히 '본다'는 것은 대상을 제대로 읽는 것이 아님이 분명하다. 영화가 묘사하고 있는 이미지는 보이는 대상으로 상상인지, 실재인지, 물리적인지, 정신적인지 구별할 수 없다. 이 혼동은 오히려 상상 속에 자리하고 실재를 파괴한다. 유종호가 신동엽의 시에서 그저 '킬링필드'를 보았던 것처럼. 보이는 것을 보았다고 한 것을 탓할 필요는 없다. 그러나 영화 속 공동체가 상상 속 이미지를 통해 모든 실재를 창조하고 있음을 읽어야 할 것이다. 신동엽의 '생명공동체' 또한 새롭게 읽히기 위하여 지금도 우리가 쉽게 본 대상을 지우고 거기에 새로운 실재를 바꾸어 놓고 있다.

> 우리들은 하늘을 봤다.
> 1960년 4월
> 歷史를 짓눌던, 검은 구름 장을 찢고
> 永遠의 얼굴을 보았다.
>
> ―「금강, 서화 2」에서

서사시 「금강」은 "우리들은 하늘을 봤다."로 시작한다. 이 말은 '나비(Na' vi)'족의 인사 "I See You"처럼, 우리에게 신동엽이 읽은 대상을 함께 읽을 수 있다는 가능성을 열어놓고 있다. '영원의 얼굴'은 '읽히기 위하여' 신동엽이 우리에게 던져준 대상이미지이다. 이것을 그냥 보아서는 제대로 읽은 것이 아니다. 신동엽이 묘사하는 상상적 '얼굴'은 우리가 경험한 얼굴들을 지우거나 파괴하려 든다. 왜냐하면 그 파괴적 묘사를 통하지 않고는 우리가 실재를 깨닫지 못하기 때문이다. 다음 시들처럼 신동엽이 묘사하는 하늘은 이 곳 저 곳에서 실재를 창조하고 있다.

> 1860년 4월 5일
> 기름 흐르는 신록의 감나무 그늘 아래서
> 水雲은,
> 하늘을 봤다.
> 바위 찍은 감격, 永遠의

빛나는 하늘.

―「제2장」에서

어느 해
여름 錦江변을 소요하다
나는 하늘을 봤다.

빛나는 눈동자.
너의 눈은
밤 깊은 얼굴 앞에
빛나고 있었다.

―「제3장」에서

하늬는 하늘을 봤다
永遠의 하늘,
내것도,
네것도 없이,
거기 영원의 하늘이
흘러가고 있었다.

―「제9장」에서

무엇을 보았는가
李朝 5백 년, 억울하게만
살아온 농민들이
처음으로 자기 주먹을 보았는가, 이제야
자기의 얼굴
자기의 가슴을 보았는가.

―「제14장」에서

우리들은 보았어. 永遠의 하늘,

우리들은 만졌어 永遠의 江물, 그리고 쪼갰어,
돌 속의 사랑. 돌 속의 하늘.

—「제22장」에서

그러나
노동자의 홍수 속에 묻혀
그 少年은 보이지 않았다.

—「후화, 1」에서

　‘수운’과 ‘나’와 ‘하늬’와 ‘농민’과 ‘우리’는 ‘보는 주체’로서 하나다. ‘나비(Na’ vi)’족이 영원의 나무에 깃들은 대모신 ‘에이와’와 접목된 것처럼 말이다. 신동엽이 묘사하는 ‘영원의 하늘’을 통해 모든 주체들은 하나가 된다. 시 속에 개입된 몇 개의 역사적 시간과 인물과 사건의 편린을 들어 그것은 ‘민족주의’나 ‘평등주의’에 불과한 것이 아니냐고 본다면, 제대로 읽지 못한 것이다. 신동엽이 묘사하는 대상은 하나의 총체적인 결정체와 같다. 어느 한 부분의 유기성을 가지고 논리화한다면 너무나 쉽게 읽히고 만다. 그러나 신동엽의 묘사 대상은 시간과 공간을 초월하여 어제 보았던 그것이 아닌가하고 생각하는 순간 재빨리 다른 대상으로 바뀌어 새로워진다. 종로5가에서 헤어진 ‘소년’의 존재성은 그런 것이다. 보이지 않지만, 과거와 현재에 경험한 대상을 통해 그 대상을 부수고 미래에 존재한다. 이처럼 신동엽이 상상하는 과거와 그가 체험한 현재는 오늘 우리가 사는 시공간 속에서 새롭게 창조되어 실재한다. 신동엽이 놓친 ‘소년’이 오늘 수없이 존재하기 때문이다.

3. 타자-되기 : 아직 없는 민중의 창안

시간은 지속적 흐름으로 연속하지 않는다. 시간은 "지나가는 현재와 보존되는 과거와 비결정적 미래로 끊임없이 나뉜다.[7]" 그럼에도 불구하고 시간은 공존한다. 그것은 현재의 역할에서 비롯된다. 현재는 과거에 시간의 일부를 보존하고 나머지를 미래로 보낸다. 각각의 공간에 시간을 보내는 작업은 인물을 통해 이루어진다. 그렇다면 어떻게 동시에 한 인물이 존재할 수 있는가? 이것을 해결하는 방식이 바로 '아바타'의 설정이다.

'아바타(Avata)'는 '분신(分身)', '화신(化身)'을 뜻하는 말로 원래 산스크리트어 '아바따라(Avataara)'에서 유래한 말이다. 아바따라는 '내려오다'라는 뜻을 지닌 동사 '아바뜨르(ava-tr)'의 명사형으로, 신이 지상에 강림함 또는 강림한 신의 화신을 뜻한다. 산스크리트 '아바타라'는 힌디어에서 '아바따르'로 발음되는데, '아바타'는 힌디어 '아바따르'에서 맨끝의 '르'발음이 탈락된 형태이다.[8] 이처럼 아바타는 현실세계와 가상공간에 동시에 존재함으로써 과거와 현재의 시간 고리를 연결한다.

영화에서 '아바타'를 통해 만든 이야기는 남자 주인공 제이크 설리의 새로운 탄생이다. 아바타 프로그램은 인간이 숨 쉴 수 없는 판도라 별에서 인간이 생존하는 것을 가능하게 했으며, 하반신이

7) 위의 책, 157쪽.
8) 두산백과사전에서.

마비된 제이크 설리에게 새로운 몸과 정신을 갖게 했다. 이 두 주체의 관계는 실재와 상상처럼 어느 정도 인식 가능하다. 제이크는 아바타를 통해서 현재에 존재하면서도 장애를 갖고 있는 과거의 자신도 함께 보존하고 있다.

영화의 초반부는 판도라의 자원 채굴을 강행하는 언옵타늄 프로젝트 책임자 파커 셀프리지와 마일즈퀴리츠 대령을 중심으로 이야기가 진행된다. 이 무대에 판도라의 원주민은 없다. 영화 후반으로 가면서 '나비(Na' vi)'족이 주도하는 무대가 마련된다. 이러한 이야기의 전환을 이끈 것은 '토루크 막토'이다. 그는 '나비(Na' vi)'족의 역사 속에서 몇 차례 존재했지만, 아직 없는 미래에 오는 영웅이다. 제이크의 화신 아바타가 '토루크 막토'가 됨으로써 소수집단인 '나비(Na' vi)'족이 무대의 주인공이 된다. 영화는 제이크가 영혼의 나무 아래에서 아바타와 완전히 동화되면서 진정한 '나비(Na' vi)'족 일원이 되는 것으로 끝을 맺는다. 이 일련의 이야기는 '타자-되기'를 표현하는 것이라 할 수 있다.

시도 시인의 자기 실현의 과정이라는 측면에서 시인의 아바타일 지도 모른다.9) 신동엽은 서사시 「금강」에서 '신하늬'라는 자신의 아바타를 설정함으로써 이야기의 계열을 만든다. 유종호도 신동엽의 아바타를 언급한다. "(신동엽은) 혁명의 도래를 의심치 않는 예언자의 시각으

---

9) 김백겸, 앞의 글, 249~250쪽.

로 좌절된 혁명의 서곡을 소급해서 재구성하며 분노하고 아파하고 절규하고 간구한다. 이 과정에서 솟아난 인물이 신하늬란 허구적 인물이다. 그는 뒤돌아보는 예언자의 혁명적 양심이자 전략적 브레인이며 현재에서 과거로 밀파한 공작원이자 그림자 같은 분신이다."10) 이 언급은 영화 '아바타'의 군산복합체의 책임자 파커 샐프리지의 언술이다. 실제 영화 속에서 주인공 제이크는 아바타 프로그램에 따라 '나비(Na'vi)'족에 밀파된 공작원이다. 그에게 끊임없이 공작원의 임무를 주지시켰던 파커 샐프리지를 생각한다면 이 언급 또한 신동엽을 공작원임을 각인시키려는 교술적 의지가 강하게 배여 있다.

신동엽이 꾸민 이야기 속에서 민중은 재현되지 않는다. 패배에 길들여진 주체들만이 존재한다. 그렇지만 그것이 안타까워 신동엽이 '분노하고, 아파하고, 절규하고, 간구'했다기보다는 아직 존재하지 않는 민중을 예감하도록 슬픔으로 이끌고 있을 뿐이다. 신하늬는 분명 현재적 인물이다. 과거로 자유롭게 개입할 수 있는 현재의 시간에 머물고 있는 신동엽의 아바타이기 때문이다.

> 가는 곳마다
> 都市와 마을
> 마을과 漁村이
> 쑥대밭 되던 폭격,
>
> (…중략…)

---

10) 유종호, 앞의 글(2002), 124쪽.

  내 친구
  철이 누난
  부엌 앞에서 보리방아 찧다
  날아갔어,

  순이와
  순이 엄만
  콩밭 매다, 아름다운 코
  흙에 박았지,

  그 여름
  우리들은 쫓겨다녔다,

―「제25장」에서

판도라 별의 '나비(Na' vi)'족이 지구인들에게 무참히 폭격당하던 장면이 고스란히 신동엽의 시 속에 중첩된다. 이처럼 신동엽과 제임스 카메론이 꾸민 이야기는 모두 민중의 역사를 상상하도록 요구한다. 이는 '타자―되기11)'의 집단적 의지의 표현을 요구한다. 그래서 '나비(Na' vi)'족은 '영혼의 나무'아래서 하나의 민중으로 결집돼 폭력적 침략 세력을 물리친다. 신동엽이 꾸민 이야기도 마찬가지다. 끊임없는 외세의 침탈 속에서 민중은 주체로서 존재하지 못했지만, '영원의 하늘'아래서 새로운 민중을 창안해 냄으로써 미래를 기약한다. 바로 아기 하늬의 등장이다.

---

11) '타자―되기'는 견딜 수 없는 상황에 민감한 무리나 민중에서 출현한다. 그 같은 상황에서 이들은 보상적 힘으로서의 전략을 함께 발전시킬 수 있다. 따라서 타자―되기는 소수집단의 과정이다. (데이비드 노먼 로드윅, 앞의 책, 304~305쪽).

황폐한
땅에도 아침은 온다,
아득한 平野에 새벽이 열리면
어디서라 없이 들려오는 가벼운 휘파람소리,

(…중략…)

진아는
아들을 낳았다,
복슬복슬한
아기 하늬,

(…중략…)

꽃노을
아름답게 물든 저녁나절
웬 낯선 청년 하나가 산에서 내려와
뚜벅뚜벅
刑場의 중앙 향해
걸어 들어갔다,

—「제26장」에서

　‘아기 하늬’는 영화 ‘아바타’ 속 ‘나비(Na’ vi)’족으로 재생한 제이크
와 상동적이다. ‘토루쿠 막토’처럼 새로운 영웅 ‘아기 하늬’는 신하늬의
분신이기도 하지만 과거에 몇 차례 존재했던 전봉준과 같은 인물의 화
신이기도 하다. 이는 한 인물을 통해 민중의 과거와 현재와 미래를 동
시에 충족시키는 상상력이다. 마찬가지로 ‘아기 하늬’의 탄생과 함께
신동엽의 아바타 ‘하늬’는 동시에 형장의 이슬로 사라진다. 그러나 그

의 죽음은 끝이 아니다. 역사라는 시간 속에서 새롭게 창안돼 주체로 등장하고 있다. 신동엽이 엮은 이 집단적 상상력이 생명을 거스르는 비극적 결과를 초래할 수 있는가? 시간 속에서 죽음을 극복하는 방법은 끊임없는 '타자-되기'였다. 신동엽은 역사를 조정하는 파괴자가 아니라 역사의 숨결 속에서 '영원'을 꿈꾸는 창조자일 뿐이다.

4. 되돌아가는 것은 생성되는 것이다.

영화 '아바타'는 도래할 미래의 어떤 상황이기도 하지만, 우리의 기억 속에서 끊임없이 과거로 돌아간다. 미래 어느 날 판도라 별에서 일어난 사건들은 과거 지구라는 별에서 수 없이 반복되었던 폭력의 역사를 담고 있다. 어느 것이 상상이고 어느 것이 실재인지 구별할 수 없으며, 실제 구별할 필요도 없다. 관객은 영화를 보면서 오직 '참'과 '거짓'만을 구분한다. 관객에게 이러한 능력을 갖도록 한 것은 제임스 카메론 감독의 사유의 역량이라 할 수 있다. 이 정신적 기호의 핵심은 '열림'에 있다. 왜곡된 실재를 통해 보여주는 상상의 세계가 실재를 더 핍진하게 그려낼 수 있는 힘이다.

신동엽의 시는 더 먼 과거로 회귀한다. 가고자 하면 인류 생명의 근원까지 가고자 한다. '영원의 하늘'을 보고자 하는 이 되돌아감의 행위는 미래와 더 가까워지려는 역설적 사유의 역량이다. 만약 그의 시에서 실재와 상상을 구분하려한다면 너무도 손쉬운 일이다. 영화 '아바타'의 상상된 세계가 현실을 왜곡한다고 비난하는 세력이 있다. 그들은 아마 추한 자신의 모습이 상상된 세계 속에서 더 도드라지는 것을 목격했을 것이다. 마찬가지로 신동엽의 시에서 단절된 시간의 양상을 조립하면서 얻게 되는 것은 참혹한 죽음의 현실뿐이다. 과거를 향해 열려진 미래의 역사를 신동엽은 꿈꾸었다. 거기에 '영원'이라는 '생명'의 인자가 작동하고 있다.

제임스 카메론 감독이 소수적 영화를 지향했듯이, 신동엽도 소수적 문학을 추구했다. 이는 주류를 배제하고 제거하려는 것이 아니라 끊임없이 해체되는 소수의 복원을 통해 공존의 미래를 상정했기 때문이다.

'금강'의 문학적 형상화와 토포필리아

1. '금강'과 문학적 현실

현재 정부의 '4대강 정비 사업' 논란이 첨예하다. 한반도 대운하 사업의 전단계로서 강을 파헤치는 것은 아닌가? 강의 생명성을 훼손하여 사지(死地)를 후손에게 남기는 우를 범하는 것은 아닌가? 이와 같은 반생태적 건설에 많은 사람들이 우려를 금치 못하고 있다. 그러나 아이러니컬하게도 정권의 욕망이 오히려 우리의 의식 저 편에 가라앉았던 금강을 수면 위로 건져 올린 것은 아닌가? 스스로 책망하게 된다. 이 정권이 하듯 집요하게 언제 우리가 강을 문학의 중심에 놓았던 적이 있었던가 돌이켜보면 전적으로 그렇다 단언할 수 없을 것이다. 이제와 망각했던 공간 금강을 파헤친다고 하니 다급함에 달려드는 꼴이 아닌가? 그만큼 문학 속에서 '금강'은 현실과 유리된 채 제대로 다뤄지지 않고 있다. 그러므로 오늘날 금강에 쏠린 눈길과 항변은 어쩌면 평소에 관심도 없던 조강지처(糟糠之妻)를 누군가 범하려드니 갑자기 정신이 들어 안절부절 황망히 몸이 달아 막아서는 형상이다. 어느 면으로 보나 명분과 실리에서 많은 부분 건설자본과 대적하기에 문학적 대응은 취약하다.

시문학사에서 금강의 문학적 형상화는 신동엽이 유일하다 해도 과언이 아니다. 신동엽 이전 금강을 문학적 공간에서 만날 수 없다. 신동엽 이후 금강을 전면적으로 작품화한 것을 찾기가 쉽지 않다. 윤중호의『금강에서』(문학과지성, 1993), 이규복의『금강의 여울』(호서문화사, 1995), 백운순의『금강』(한맘, 2005), 김봉균의『금강』(엠아이지, 2007) 등이 눈에 띌 뿐이다. 그런데 이들 시집들이 금강을 문학적으로 제대로 수용했는지도 따져볼 일이고, 신동엽의「금강」(1967)과 맥을 같이 하는지도 불분명하다.

4대강, 즉 한강, 낙동강, 금강, 영산강은 시문학 속에서 뚜렷한 담론을 함축하고 있다. 대표적인 시 작품을 통해 볼 때, 신경림의『남한강』에서 담고 있는 탈근대적인 저항담론은 한국 근대화에서 한강이 차지하고 있는 위상을 드러내고, 나해철의「영산포」연작시가 담고 있는 후기산업자본주의에 저항하는 삶의 자세는 역설적으로 영산강이 한국 산업개발에 중요한 역할을 담당했음을 드러낸다. 비록 민중의 저항담론이 담겨있지 않다하더라도 이은상과 모윤숙의「낙동강」시편은 낙동강의 모성성을 강조하면서 신비화시킴으로써 낙동강이 한국전쟁을 극복한 성지처럼 인식되고 있다. 신동엽의「금강」은 제국주의에 저항하는 탈식민주의 담론을 담고 있는데, 다른 강의 역사성과는 달리 신화적 공간에서 재구성되었다. 이는 금강만이 갖는 독특한 위상을 말하는 것이기도 하다. 즉 한국의 근원적 모순에 대한 상징적 해석이라 할 수 있다.

즉 근대화와 산업화와 분단의 직접적 원인이 변모하지 않는 제국주의에서 비롯되었음을 정확히 파악하고 있다는 데 있다. 현실에 대응하되 즉자적 반응에서 머물지 않고 보다 본질적 차원을 추구한다는 점에서 철학적이며, 종교적이다. 이는 금강의 공간성이 현재에만 미쳐 있는 것이 아니라 더 오랜 시간을 거슬러 간다는 측면에서 완고함과 비타협적 요소를 운명적으로 내장하고 있음을 시사한다. 금강의 회고적이며 비타협적 이미지는 금강의 역사성을 긍정하든 부정하든 쉽게 수용할 수 있는 요소는 아닌 것 같다.

한국 시에서 최초로 강이 등장하는 작품은 「백수광부(白首狂夫)의 노래」다. 「황조가(黃鳥歌)」와 함께 한국문학의 첫 새벽을 연 작품으로 알려져 있다.[1] 「황조가」는 유리왕이 이별 후에 겪는 '고독'이 주조다. 사랑 잃은 인간의 내면적 서정을 형상화한 것이다. 반면 「백수광부의 노래」는 '죽음'이 지배하고 있다. 백수광부의 '죽음'은 정태적 '고독'으로 형상화할 수 없는 '삶'의 문제를 안고 있다. 한 인간이 왜 죽음을 선택할 수밖에 없는가를 묻는 역동적 계기가 그 작품의 저변에 자리하고 있다.

한국 시문학에서 「백수광부의 노래」를 죽음이 배태한 이별의 비극적 사랑으로 인식하는 것이 일반적 해석이다. 이처럼 강에 대한 정태적 시선은 아직도 계속되고 있다. 강을 관념화하고 완상하는 대상으로 삼는 순간 강의 실체적 모습은 드러나지 않을 것이다. 그런 측면에서 금강에 대한 문학적 현실은 답보상태에 있다. 금강은 개인의 내면적 서정 세계

---

1) 김열규는 「영군신가(迎君神歌)」와 함께 두 작품을 한국문학의 효시로 언급한다. 특히 「백수광부의 노래」와 「황조가」는 '애정'을 중심으로 '죽음'과 '고독'을 노래한 작품으로 평가한다(김열규, 『시적 체험과 그 형상』(대방출판사, 1984), 28~38쪽).

속에 정태적 공간으로 명맥을 유지하고 있거나 신동엽의 영역에서 벗어나지 못하고 있다. 신동엽 시의 중요한 문학적 물주기가 금강을 원천으로 하고 있음은 분명하나, 금강이 신동엽의 시 세계만 담고 있는 것은 아니다. 금강에 있어 신동엽은 부분일 뿐이며 더 광범위한 역사를 동력으로 하기 때문이다.

2. 신동엽의 시 「금강」 이후

신동엽은 「금강」에서 유토피아적 공동체를 제시한다. 평등한 노동과 분배가 보장된 사회다. 이는 금강의 역사 속에서 어느 때인가 존재했을 공동체이며, 현재의 모순을 극복하고 미래에 도래할 공동체로 상정한다. 이와 같은 금강의 역사공동체는 문학판에서 다음과 같이 상반된 모습으로 비치고 있다.

> 하늘이 맑아 있는 상태는 삼국시대의 째여 있는 공동체 속에서 정치적인 이상으로서의 표현을 얻는다. 삼국의 사회는 이 시인이 다른 연관에서 사용하고 있는 말을 빌려 「태양과 추수와 연애와 노동」의 이상이 구현된 사회로 파악된다. 거기에는 축제의 기쁨이 있고 이웃간의 신뢰와 사랑이 있다.[2]

> 나는 신동엽이 포용하고 있던 혁명적 낙관주의 혹은 낭만주의나 소외 없고 착취 없는 원시공동체에서 시작하는 거대담론에 대해서 회의적이다 (…중략…) 그는 뒤돌아보는 예언자로 임했지만 많은 동시대인들과 같이 역사의 행방을 전혀 알아차리지 못하였다. 그가 통탄해 마지않

---

2) 김우창, 「신동엽의 「금강」에 대하여」, 『궁핍한 시대의 시인』(민음사, 1977), 213쪽.

았던 반 조각 조국이 한 세대 안에 농경사회에서 세계자본이 지배하는 산업사회로 변모하리라는 것을 예측하지 못하였다. 외세를 물리치고 농본주의적 전원국가를 건설하련다는 동남 아시아 약소국의 혁명적 실험이 참담하고 황당한 인간도살극으로 끝나는 것을 다행히도 그는 보지 못하였다.[3)]

이 두 문학평론가는 동일한 대상에 대해 극과 극의 평가를 내리고 있다. 김우창은 신동엽이 추구했던 공동체를 그대로 수용하고 있다. 그리고 동학의 이념에 기반 한 것에서 더 나아가 도덕적인 형태로 이해하고 있다. 반면 유종호는 금강 공동체에 '원시'와 '전원'의 호명을 통해 후진성을 지적한다. 그리고 극단적으로 킬링필드에 비유함으로써 김우창이 언급한 도덕적 차원을 반인륜적 차원으로 격하시킨다.

시 「금강」과 금강의 공간성이 전적으로 유비적 관계라 할 수는 없지만, 적어도 금강에 대한 문학적 인식을 감지하는 데는 충분한 시각이라 할 수 있다. 위에서 어느 언급이 정당한가는 이 지면에서 논의할 것은 아니다. 다만 금강의 공간적 위상과 상관없이 아전인수(我田引水)격 가치 부여가 존재함은 충분히 확인할 수 있다.

이러한 문학적 상황에서 신동엽이 형상화했던 금강의 역사성과 금강을 삶의 터전으로 했던 주체의 민중성은 다음과 같이 명맥을 유지한다.

　　떨어지며 겨울비가 되는
　　수만 송이의 눈꽃들,
　　낭창낭창한 회초리가 되어
　　목덜미를 후려치는데

---

3) 유종호, 「뒤돌아보는 예언자」, 『서정적 진실을 찾아서』(민음사, 2002), 129쪽.

얼지도 못하는 겨울 강가에서
빈 껍데기로 흔들리는, 저녁

—윤중호, 「갈대1—겨울, 금강에서」 전문

얼음장 같은 침묵 속에서, 꺾여
무릎 꿇을수록
아아! 이뻐라
더 깊이 박혀 할딱이는
뿌리, 우리들의 숨.

—윤중호, 「갈대2—겨울, 금강에서」 전문

여름철 장마비로
홍수가 나면
금강은 흙탕물로 울부짖는다.

용두곶 이무기가
강물이 불었을
어찌 알고서
엿바위 이무기(백마강 수북정 암이무기)
만나려고 오르다.
불암산 지네가
독을 뿜는 바람에
더는 갈 수 없어
등 돌릴 때면
금강물을 가르는
물여울이 서지요.

지네는 우리
이무기는 왜(倭)
내 고장 전설로 전해 옵니다.

—이규복, 「금강의 여울」 전문

파편은 은무리로 남아
금강변
배롱나무에 올라 있습니다.

뻐꾸기 한 마리,
육신의 허물 탓에
굴레처럼 돋아나면서
오열하고 있습니다

꽃잎으로 떨어진
핏빛 물결
끝내는 침묵으로 흐르고

구름 한 자락이 키우는 강
흘러
흘러
먼 길을 가고 있습니다.

—백운순, 「금강」 전문

빗물로 씻어 내리고 바람으로 깍아 세운
비단결 감긴 청벽위에 한 올 한 올 뿌리 내려
바위틈 가린 몸부림 옹이마다 저민다

가는 잎에 스민 사설은 송실에 새겨두고
설한풍 버틴 어깨에 이끼 세월 올려놓은 채
더 푸른 고고한 기개 구름사이로 솟는다

*청벽 : 공주시 반포면 금강변에 있는 암벽

—김봉균, 「금강2—청벽송(靑壁松)」 전문

'금강'의 문학적 형상화와 토포필리아　**53**

　금강은 형해(形骸)와 같다. 신동엽이 「금강」에서 펼쳤던 역사적 이미지는 내면화되어 사적 이미지로 전락하였다. 금강의 역사성은 부조리한 현실을 전복시키는 혁명적 사유에서 비롯되는데 역동성은 사라지고 시적 화자를 경계(警戒)하는 반성적 도구(회초리)로 축소되거나, 화석화된 전설의 장식(이무기)로 비유되거나, 고정된 상투성(소나무)에 갇혀있다. 더불어 시적 주체의 민중성은 '침묵'의 소통부재 상태다. '얼음장 같은' 경직된 상태이며, '떨어진 꽃잎'처럼 상실 속에 있다. 신동엽이 상정했던 민중성은 고립돼 있지 않고 집단적이며 소통적이다. 그리고 패배에 굴하지 않고 언제나 상승을 꿈꾼다. 그런 측면에서 신동엽의 시 「금강」 이후의 금강의 문학적 형상화는 지리멸렬이다.

　윤중호의 경우 신동엽의 사유에 기대고 있는 점은 발견되나 30년 가까이 흐른 시간의 격차를 새롭게 구성하지 못한 채 오히려 퇴보한 양상이다. 그 어떤 형식적 실험도 내용의 현실적 개입도 찾아 볼 수 없는 단편성에 머물고 있다. 이규복과 김봉균은 신동엽의 사유를 표피적으로 답습한 채 고고학적 차원으로 축소된 경우다. 딱히 금강의 공간성이라 할 것도 없다. 강의 일반적 특질을 차용한 것에 불과하다. 백운순은 금강을 역사와 유리시킨 채 개인적 소재로 차용하고 있는 경우다. 그의 시에서 삶의 터전으로서 금강은 존재하지 않는다. 금강은 찰나적 조우 속에 인상적 스케치 속에 평면으로 걸려있다.

　신동엽의 「금강」 이후 금강의 도도한 흐름은 끊기고 메마른 것 같다. 이는 오늘날 금강의 위상을 현실로 대변하는 것이라 해도 무방하다. 문학적 형상화의 배제는 금강을 파헤치려는 측과 무엇이 다를까 회의할 따름이다.

3. '금강'의 토포필리아를 회복하라

정부의 '금강 정비 사업'의 모토는 '금강 살리기'이다. 자본의 속성과 문학적 판단 모두에서 금강은 죽음 상태에 있다는 인식이 지배적이다. 이에 대한 해결책으로 건설자본은 기존 금강의 공간성을 아예 삭제해 버리고 새로운 형태의 금강을 꾀하고 있다. 거기에 문학이 편승할 수는 없지 않는가? 그렇다고 금강의 생명력을 되살리는 길이 신동엽을 답습하는 것은 더더욱 아닐 것이다. 금강의 문학적 형상화는 금강을 정체된 정적 대상으로 삼는 것이 아니라 역동적 실체로 수용하여 두텁게 다양성을 기해야 할 것이다.

그런 측면에서 금강의 토포필리아를 회복할 것을 제안한다. 토포필리아(Topophilia : 場所愛)는 지형이나 장소를 의미하는 토포스와 필리아의 합성어이다. 이것은 장소뿐 아니라 인간을 둘러싼 자연적, 인공적 환경을 장소로 바꾸는 성향도 포함하는 개념이다. 인간은 다양한 경험을 통하여 미지의 공간을 친밀한 공간으로 바꾼다. 낯선 공간이 구체적이고 자신과 직접적 관련이 있는 낯익은 장소가 되는 것이다.[4]

그러기 위해 첫째, 금강을 의미론의 대상으로 삼아라. 즉 금강을 단순히 물리적 대상으로 여기는 것에서 벗어나 가치 있는 곳으로 재구성하는 것이다. 우리 삶에 능동적으로 작용하는 움직임을 포착하는 것이다. 또 금강을 문학적으로 형상화한다는 것은 금강 스스로 말하는 기호 체계를 발굴하는 일이 되어야 한다. 이때 금강을 삶의 '터전'으로 인식하는 것이 중요하다. 그것은 금강을 풍경으로서 관조해서는 불가능하

---

4) Yi-Fu Tuan, *Topohpilia : a study of environmental perception, attitudes, and values*, New Jersy : Prentice-Hall Inc, Englewood Cliffs, 1974, pp.16~17.

다. 나무와 흙이 물고기와 물이 서로 관계를 맺듯 우리와 금강 사이에 의미론적 관계가 성립되어야 한다. 그리고 그 의미론적 관계를 엮는 핵심이 '사랑'이라는 사실에 주목해야 할 것이다. 그처럼 사랑으로 신동엽은 금강을 '혁명'과 '해방'의 의미가 깃든 장소로, 혹은 '연민'의 장소로 의미화시켰다.

한국 시문학에서 '사랑'이 개인적 차원을 벗어나 집단적 무의식의 발현으로 우리의 정치적 지형을 형상화한 경우는 드물다. 그런 측면에서 비교 될 수 있는 대표적 시인이 김수영과 신동엽이다. 유종호[5]는 김수영의 사랑을 민주적 이상에 의해서 실현된 정의로운 평화와 행복을 뜻한다고 하였다. 이런 측면에서 "김수영의 사랑의 형식은 '정의로운 평화와 행복'이라는 4·19의 민주적 이상을 각색한 것이라 할 수 있다. 다시 말해 4·19 이후 시민사회의 정전과도 같은 '자유'에 대한 끊임없는 욕망 속에 펼쳐지는 잡다한 담론들을 수렴하는 탈근대적 이데올로기를 반영하고 있다.[6]"

> 나는 이사벨 버드 비숍女史와 연애하고 있다 그녀는
> 一八九三년에 조선을 처음 방문한 英國王立地學協會會員이다
> 그녀는 인경전의 종소리가 울리면 장안의
> 남자들이 모조리 사라지고 갑자기 부녀자의 世界로
> 화하는 劇的인 서울을 보았다 이 아름다운 시간에는
> 남자로서 거리를 無斷通行할 수 있는 것은 교군꾼,

5) 유종호, 「시의 자유와 관습의 굴레」, 황동규편, 『김수영의 문학』(민음사, 1997), 256쪽.
6) 이민호, 「한용운과 김수영의 '사랑의 시' 형식 연구」, 『현대문학의 연구』 27권, 2005, 344쪽.

내시, 外國人의 종놈, 官吏들 뿐이었다 그리고
深夜에는 여자는 사라지고 남자가 다시 오입을 하러
闊步하고 나선다고 이런 奇異한 慣習을 가진 나라를
세계 다른곳에서는 본 일이 없다고
天下를 호령한 閔妃는 한번도 장안外出를 하지 못했다고……

—김수영, 「거대한 뿌리」에서

　김수영은 이 시에서 '서울'이라는 공간을 새로운 가치를 지닌 공간으로 의미화한다. 서울은 남성권력이 거대하게 뿌리를 내린 장소다. 그러나 그것은 드러난 현상에 불과하다. 서울의 장소적 이면은 밤이 되면 극적으로 변모한다. 김수영은 그 공간성을 '부녀자의 세계'로 명명하고 '아름다운 시간'으로 가치 부여 한다. 서울과 김수영의 관계는 토포필리아의 전형이다. 도시인으로서 김수영의 서울살이는 억압과 부자유로 점철돼 있다. 이 경직된 전통과 부조리로부터 그를 구출한 것은 서울의 재발견이다. 이 다시보기의 핵심에 '사랑'이 자리하고 있다. 서울은 권력 쥔 자의 공간처럼 보이지만, 실상은 민주적 이상이 내재된 공간이다. 그것은 또 다른 '거대한 뿌리'이다. '무수한 반동', 즉 '요강, 망건, 장죽, 種苗商, 장전, 구리개 약방, 신전, 피혁점, 곰보, 애꾸, 애 못 낳는 여자, 無識쟁이'가 서울의 중심을 형성하고 있기 때문이다. 이러한 발견은 서울을 '애정'어린 눈길로 바라보았던 '비숍'의 정치적 감각에서 비롯된다. 김수영은 비숍의 이러한 서울의 공간적 인식과 교감하게 된 것이다. 그리고 이 서울의 토포필리아가 4·19혁명의 원천이 됨을 발견한 것이다. 이와 같은 맥락에서 신동엽도 금강의 토포필리아를 시 「금강」에서 다음과 같이 보여준다.

어느 해/여름 금강변을 소요하다/나는 하늘을 봤다.//빛나는 눈동자./
너의 눈은/밤 깊은 얼굴 앞에/빛나고 있었다.// (…중략…) /조용한,/아무
것도 말하지 않는,/다만 사랑하는/생각하는, 그 눈은/그 밤의 죽음거리를
/걸어가고 있었다.//너의 빛나는/그 눈이 말하는 것은/자시(子時)다. 새벽
이다./승천이다.//어제/발버둥치는/수천 수백만의 아우성을 싣고/강물은/
슬프게도 흘러갔고야.// (…중략…) 그 눈은/나의 생과 함께/내 열매 속에
살아남았다.//그런 빛을 가지기 위하야/인류는 헤매인 것이다.//정신은/빛
나고 있었다./몸은 야위었어도/다만 정신은/빛나고 있었다//눈물겨운 역
사마다 삼켜 견디고/언젠가 또다시/물결 속 잠기게 될 것을/빤히, 자각
하고 있는 사람의.//세속된 표정을/개운히 떨어버린,/승화된 높은 의지
가운데/빛나고 있는 눈,/산정을 걸어가고 있는 사람의,/정신의/눈/깊게.
높게./땅속서 스며나오는듯한/말없는 그 눈빛.//이승을 담아버린/그리고
이승을 뚫어버린/오, 인간정신미의/지고한 빛.

—신동엽, 「금강 제3장」에서

신동엽이 가치부여한 금강은 지상의 물길에서 끝나는 것이 아니라
하늘과 소통하는 성스러운 장소로 의미화되었다. 그는 금강의 물소리
에서 역사 속에 잠재된 민중의 목소리를 복원했다. 그리고 금강을 둘러
싼 역사성을 인간정신사가 승화된 미적 세계로 변주시켰다. 이런 과정
이 성립되는 것은 금강의 정취에 함몰되지 않은 공동체 의식에서 비롯
된다. 금강은 수많은 개인의 내면 속에서 각기 다른 모습으로 형상화될
수 있지만, 자기중심적 세계 속에 갇혀 있을 수 없는 거대한 공간과 시
간의 적층이 있다. 신동엽은 그것을 어느 날 발견하고 발굴한 것이다.
신동엽 이후의 시문학은 그러한 변증법적 전환의 과정을 거치지 못하
고 있다. 이는 신동엽이 의미화한 금강의 공간성에서 한 발도 앞서 나
오지 못한 나태와 태만의 결과다. 금강은 지금도 변함없는 텍스트이다.

무궁무진 읽히기 위해 꿈틀대는 의미 가득한 공간이다. 금강을 우리 삶 속에서 되살리지 못하면, 그래서 서로 사랑의 관계로 의미화하지 못한 다면, '4대강 정비 사업'과 더불어 금강은 우리 문학 속에서 영원히 실종되고 말 것이다. 그만큼 금강을 터전으로 삶을 영위하는 역사적 민중을 향한 지속적 사랑이 있을 때만 토포필리아는 성립될 수 있다.

둘째, 금강을 문화적 공간으로 삼아라. 이는 역사 속에서 금강을 부속적, 배경적 위상이 아니라 역사의 생산자로서, 발생자로서 변화될 수 있음을 인정하는 것이다. 그처럼 금강을 공간화는 일은 문학 생산자로서 금강의 서사에 새롭게 참여하는 것이 필수적이다. 또한 금강은 곧 '동학혁명의 성지'로, 아니면 '백제의 비극'을 간직한 장소로 등식화하는 고정관념에서 탈피해야 한다. 금강이라는 공간 속에는 통시적인 보편성과 함께 공시적인 특수성이 함께 교직되어 오늘 우리와 대면하고 있다. 그런 측면에서 신동엽은 금강의 문화적 토포스에 진정 참여했다.

백제,
옛부터 이곳은 모여
썩는 곳,
망하고, 대신
거름을 남기는 곳,
금강,
옛부터 이곳은 모여
썩는 곳,
망하고, 대신
정신을 남기는 곳
바람버섯도
찢기우면, 사방팔방으로

> 날아가 새 씨가 된다.
> 그러나
> 찢기우지 않은 바람버섯은
> 하늘도 못 보고,
> 번식도 없다.

—신동엽, 「금강 제24장」에서

금강의 절망과 패배의 이미지는 이 시를 통해 관용과 희생의 의미로 변화되면서 생명의 공간으로 탈바꿈한다. 신동엽은 배경처럼 놓였던 금강의 역사 속에서 오히려 보편적 평화의 희망을 꿈꾸고 있다. 그럼으로써 금강은 과거의 죽은 공간이 아니라 아직도 생명을 잉태한 삶의 공간으로 제시된다. 금강이 생산한 생태학적 담론은 신동엽이 생존했던 1960년대뿐만 아니라 지금 이 순간에도 유효하다.

프레드릭 제임슨에 따르면[7] 문화는 재현(representation)과 관계가 있다. 그러므로 문화는 대상 자체로서 리얼리티를 말하는 것이 아니라 리얼리티의 재현을 전적으로 담보해야 한다. 금강의 경우도 마찬가지다. 금강에 투영된 역사의 실재 사건은 문화의 대상이 아니다. 그 사건들을 어떻게 재현해내는가가 관건이다. 신동엽 이후 금강을 노래한 시들은 재현의 과정을 거치지 않은 날 것에 불과하다. 시인 개인의 정서 표출을 위해 금강을 배경화, 도구화시키지는 않았는지 돌아보아야 할 것이다. '4대강 정비 사업'은 금강을 건설자본의 재현의 장으로 만들 것이다. 이 역시 비문화적 공간화일 뿐이다. 문화의 대상으로 금강을 재현한다는 것은 근본적으로 금강의 토포필리아가 되지 않으면 안 된다.

---

7) 숀 호머, 이택광 역, 『프레드릭 제임슨』(문화과학사, 2002), 15쪽.

4. '금강'의 유토피아적 욕망을 위해

금강의 역사가 담고 있는 삶의 방식은 과거뿐만 아니라 미래를 함축하고 있다. 그러므로 자연스럽게 '유토피아적 욕망'과 연결돼 있다. 신동엽이 극복하고자 했던 봉건주의와 제국주의도, 오늘날 금강을 위협하고 있는 70년대식 산업개발주의도 과거나 현재의 문제에 국한 된 것이 아니라 우리의 미래를 향해 열려있다.

예를 들어 신동엽이 설정한 금강의 메타포 '중립의 완충지대'는 시적 주체들로 하여금 '생명공동체'를 욕망하게 한다. 이는 금강이 '평화'와 동의어로서 유토피아적 이데올로기로 변화되는 것을 말한다. 즉 문화적 가치로서 금강의 탈식민주의적 성격을 재정의하는 것이다. 그러므로 앞서 유종호가 신동엽의 유토피아적 욕망을 인간 살육의 킬링필드로 명명한 것은 수정되어야 한다. 신동엽 시에서 금강을 둘러싼 동학혁명의 봉기와 패배는 이후 4·19와 연결되면서 오늘날 민주화된 사회의 원천이자 정체성을 제공하고 있음을 볼 때 더욱 그러하다.

신동엽이 의미화했던 금강의 시문학적 가치는 아직도 유효하다. 그럼에도 우리는 다시 한번 물어야 한다. "금강에 삶의 터전을 마련한 민중들에게 기약된 것은 무엇인가?"라고. 현실의 위기를 극복하고 미래를 상정하는 유토피아적 욕망이 곧 한국 역사의 이데올로기의 원천이 되기 때문이다. 그러므로 금강의 문학적 형상화는 삶의 터전으로서 금강을 사랑하는 경험의 산물이어야 한다. 그런 시각에서 금강의 공간성은 새롭게 탐색되어야 한다.

한국학으로서 현대시문학의 세계성

1. 세계화시대의 한국시문학

해마다 연말이면 한국문단에 진풍경이 펼쳐진다. 노벨 문학상을 누가 수상하는지 여부가 초미의 관심사다. 최근 고은 시인을 둘러싸고 노벨문학상에 집착했던 한국 언론과 국내 여론의 움직임은 한국시문학의 무의식적 욕망을 단적으로 드러낸 기표라 할 수 있다. 이는 한국시문학 속에 이미지화된 두 가지 환상을 함축하고 있다. 하나는 영웅적 승리의 추구이며, 다른 하나는 집단적 정체성의 추구이다. 이러한 환상성은 식민과 전쟁을 경험하고 분단체제의 멍에를 벗어나지 못하는 우리 현실로부터 벗어나려는 현실적 반영이기도 하다. 한국인의 집단적 에고의 표출로서 민족문학 건설이라는 측면에서 노벨 문학상은 민족이데올로기의 최후의 승리를 가져다 줄 수 있을 만큼 매력적이기 때문이다. 여기에 한반도의 고립적 공간성을 뿌리치고 탈주하려는 무의식적 욕망이 또 다른 역사적 담론으로 중첩된다. 식민주의와 근대성과 산업자본주의에 억압된 주체의 탈중심적 욕망이 내재하고 있는 것이다. 그러므로 노벨 문학상은 한국시문학의 세계화라는 측면에서 자존의식의 부재를 드러내는 상징이기도 하지만, 동시에 숙명적 과제이기도 하다.

노벨 문학상이 어떤 의미로 자리하든 해마다 겪는 소위 '노벨상앓이'는 세계화시대에 한국시문학의 변화를 요구하는 갈망이며 조급함의 표현이라 할 수 있다. 그러나 '세계화' 담론을 앞세워 한국시문학의 변화를 요구하는 자체는 다분히 비문학적이고 비시적이기에 이러한 논의 자체는 자기모순일 수밖에 없다. "현재의 세계화 대세, 세계화 만능 추세는 인문학과 문학의 영역을 크게 위축시키고 있다. 이런 현상은 문학이 가야할 길이 무엇인지를 진단하기 어렵게 만든다. 세계화란 무엇을 지향하는 것이며, 그 경험은 우리의 삶에 무엇을 남길 것인지 판단하기 어렵기 때문이다.[1]" '세계화(inter-nationalization)[2]'는 자본의 탈국적화를 뜻하는 경제적 국면을 강조한 용어로서 미국 주도하의 자본 세계화 추세에서 강제적이며 종속적인 성격을 띠고 있다. 이러한 상황은 구한말 변화를 요구하는 한반도의 정세와 유사한 형국이다. 이렇게 볼 때, '한국문학의 세계화'는 표층적으로는 세계의 흐름에 동참하려는 적극적 자세로 보이기도 하지만, 심층적으로는 밖으로부터의 강력한 개방 압력에 대해 어쩔 수 없이 대응하는 양상으로 비친다.

---

1) 조정래, 「세계화 시대의 한국문학」, 『현대문학의 연구』 29, 한국문학연구학회, 2006, 9쪽.
2) 이와 유사한 개념으로 '국제화(multi-nationalization)'과 '지구촌화(globalization)'이 있다. 전자는 정치적 국면을 강조한 용어이고, 후자는 생활, 문화적 측면을 강조하고 있다.(앞의 글)

이러한 배경 때문에 한국문학의 세계성은 세계문학과의 동질성을 강하게 추구하거나 역설적으로 민족문학을 옹위하려는 경향으로 나타난다. "가장 특성 있는 민족문학이 모여 세계문학을 형성한다.3)"거나 민족문학의 정립을 한국문학의 세계화 성취의 전제 조건으로 이해한다.4) 이와 달리 백낙청은 민족문학을 제3세계문학의 일환으로 파악함으로써 민족의 신비화와 전통문화의 절대화를 경계한다.5) 이처럼 한국문학의 세계성을 강조하면 할수록 한국문학의 정체성은 무엇인가 되묻게 된다. 이에 본고는 세계화가 동질화와 동의어가 아니며, 오히려 세계화는 차별화의 공간을 중시하고, 글로벌 문화가 형성될수록 세계사회는 다원화하며, 세계적 공존으로서의 다양성이 심화된다6)는 측면에서 현대시문학의 세계성을 살펴보고자 한다.

2. 번역과 동아시아담론과 세계성

백철은 60년대 초 세계펜클럽연차대회에 참석 후 한국문학의 세계성을 제고하는 방법으로 이질적인 것의 선택과 번역 문제를 언급한다. 첫째, 한국문학을 해외에 진출시키고 소개하여 인식시키는 것이 시급하기 때문에 번역의 중요성을 강조한다. 둘째, 세계문학의 공통적인 특질에 부합하는 한국적인 작품의 발굴을 제시한다. 즉 세계성(보편성)에 맞

---

3) 조연현, 「민족문학과 세계문학」, 『자유신문』, 1958년, 1월 1일~3일.
4) 설성경 외 3, 「통일 한국문학의 진로와 세계화 방안 연구 (3)─남북한 문학의 총체적 비교와 전망을 중심으로」, 『동방학지』 107, 연세대국학연구원, 2000, 114쪽.
5) 백낙청·구중서 외, 『제3세계문학론』, 한벗, 1982, 17쪽.
6) A. Appadurai, "Disjuncture and differnce in the Global Culture Econmy," in M. Feathersone ed., *Global Culture*, CA : Sage, 1990, pp.296~301.

추어 지역성(특수성)을 강조한다.[7] 이는 한국문학의 세계성을 운위할 때마다 지속적으로 반복되는 내용이다. "많은 우리 문학 작품을 여러 언어로 번역해서 외국에 알린다면 아마 우리의 문학도 노벨상에 훨씬 가까워지리라고 생각한다.[8]"는 언급은 고은 시인이 노벨문학상 수상에 실패할 때마다 뒤 따랐던 아쉬움이다. 그러나 취약한 번역작업과 소극적 홍보 탓에 한국문학의 세계성이 제대로 성취되지 못한다는 인식은 지나치게 자기중심적 태도라 할 수 있다. 번역이 세계성의 본질과 직접적 관계가 있는 것은 아니기 때문이다.

> 창작과 비평의 민족적 특성화가 이뤄진 이후의 중요한 관건은 한국문학을 세계화 시킬 수 있는 구체적인 보급의 방책이 마련되어야 한다. 그 구체적 방안 주의 하나가 우리 문학의 번역 사업의 올바른 방향이다.[9]

이러한 언급에서 보듯, 한국문학의 세계화는 '민족문학의 확립' 이후 이를 전파하기 위해 '해외 번역사업과 출판사업'을 부수적으로 수행하는 수순을 정식화하고 있다. 그만큼 번역작업 역시 '민족문학'의 고양 차원에 복무하는 수단에 불과하다. 그러므로 번역작업은 대체로 창작 문학으로서 자리매김하지 못하고 정부기관이나 일부단체에서 주관하는 지원 사업처럼 인식하고 있다. '2010년 문예연감[10]'에 따르면 2009년

---

7) 백철, 「문학(文學)에 있어서의 세계성(世界性)과 지방성(地方性)」, 『국어국문학』 제23권, 1961, 125~127쪽.
8) 「노벨 문학상 못 받는 이유는? 홍보 부족!」, 『breaknews』. 2011.4.28. (http : //n.breaknews.com/sub_read.html?uid=170731§ion=sc5)
9) 설성경 외 3, 위의 글, 174쪽.
10) 『문예연감』, 한국문화예술위원회, 2010, 44~50쪽.

해외에서 출판된 한국문학 번역작품집은 총 60권으로 집계되었다. 이는 한국문학번역원과 대산문화재단 두 기관의 번역 현황이기도 하다. 지난 몇 년 간 추이를 보면 한국문학 번역에서 고전문학, 소설문학에 대해 관심이 높은 반면, 시문학은 상대적으로 번역양이 협소하다. 총 10권의 번역작품 중 고은 시인의 시집이 4권을 차지하여 역시 비중 있는 시인으로 자리한다. 그러나 이는 시문학을 세계화 혹은 보편화하기에 어려움이 있음을 시사하는 것이기도 하다. 시작품의 번역에 앞서 다양한 작품을 발굴하려는 의지가 뒷받침되지 않기 때문이다.

동서양을 막론하고 세계 번역사를 살펴보면,11) 번역은 국민문학을 탄생시키는 산파역을 했고, 자국어 발전에 지대한 영향을 끼쳤다. 실제 근대 계몽기 이후 한국에서도 외국문학의 번역은 민족문학이나 국민문학이 발전하는 데 비옥한 토양이 되었다. 그러므로 오늘날 한국문학을 외국어로 번역하는 작업에 있어서도 번역을 세계성의 인자이기에 앞서 민족문학 발전의 견인차이며 근대성의 요소로 간주하고 있는 것은 아닌지 의문이 든다.

이런 측면에서 한국시문학의 세계성을 위해 번역 자체의 형식적 작업에만 매달릴 것이 아니라, '원작의 번역 가능성'을 보편성 차원에서 추구해야 할 것이다. 발터 벤야민12)은 번역을 '삶'의 차원으로 끌어 올린다. 그래서 번역은 원작과 번역작과의 '삶의 연관'으로 인식한다. 즉 원작을 본질로 해서 번역작 역시 원작의 '사후의 삶(Überleben)'으로, 연

---

11) 김욱동, 『번역과 한국의 근대』, 소명출판, 2010, 86~94쪽.
12) 발터 벤야민, 최성만 옮김, 「번역자의 과제」, 『언어 일반과 인간의 언에 대하여 번역자의 과제외』, 도서출판 길, 2008, 119~142쪽.

관된 지속으로 간주한다. 한국시문학이 민족문학의 범주를 벗어나 세계인과 삶의 연관을 맺을 수 있는 고리를 찾아야 할 것이다.

한편, 번역이 민족문학의 고양이라는 측면에서 세계성과 떨어져 고립적이었듯이, 요즘 풍미하고 있는 '동아시아담론' 역시 세계성의 층위에서 정당성을 확보하고 있는 지 살펴보아야 한다. 동아시아가 세계성을 담지하는 공간으로 인식 가능한지 생각할 때, 우선 그 발상의 근원이 폐쇄적이다. 무엇보다도 정치경제적 세계화 추세에 대항마로 등장하였기 때문이다. 세계 경제가 블록화하는 추세를 반영한 것이다. 여기에 문화담론이 편승하였다고 볼 수 있다. '동아시아담론'을 지지하는 논리는 동아시아 국가들의 문화적 요소와 역사적 경험의 유사성이다. 유교를 중심으로 동북아시아 일대의 문화적, 역사적 공유를 통해 창출한 상상적 공간이다. 지리적으로나 정신적으로 유교문화의 상징체계는 근대화, 서구화 과정을 거치면서 와해되었기 때문이다. 이 느슨한 경계는 확대일로에 있다.

> 동아시아의 범위는 지리적으로 대한민국, 북한, 일본, 중국, 몽골, 타이완, 홍콩, 마카오, 러시아 극동지역 등이지만, 이 논문에서는 문화 및 역사의 유사성을 근거로 동남아시와 중앙아시아 등도 포함한다. 한자, 유교, 성리학, 불교, 도교 등의 문화적 요소와 근대사회 이후제국주의에 의해 식민지화된 역사를 가지고 있다.[13]

이처럼 방사선처럼 뻗어 나가는 것이 동아시아의 담론적 특성이다.

---

13) 맹문제, 「박인환의 전기 시작품에 나타난 동아시아 인식 고찰」, 『한국문학이론과 비평』 제12집, 한국문학이론과 비평학회, 2008, 244쪽.

즉, "낮은 수준의 동양예찬에서부터 문명사적 전망을 담은 것, 중국이나 일본의 국수주의적 경향에 영합한 것 등을 비롯하여 동아시아라는 매개항을 통해 21세기적 비전을 모색하려는 것에 이르기까지 온갖 경향들이 혼재하고 있는 실정이다.14)" 이러한 인식에서 볼 때, '동아시아 담론'은 유사성에 근거하기보다 탈식민주의적 혼종성(hybridity)에 가깝다. 제국주의 지배에서 벗어난 직후 식민지 인민들이 보였던 자기 정체성의 혼돈 속에서 지배자를 흉내내기했던 것과 유사하다. 이는 세계성의 개방성과 다양성과 비교할 때 동질성으로 포장된 폐쇄성을 내재하고 있다. 한국문학의 번역작업이 국가적 사업 차원에서 행해지듯이, '동아시아담론'의 배경에는 "국가의 동아시아정책과 일정한 관계를 형성하고 있고, 학술진흥재단의 연구지원이 큰 몫을 차지했다.15)"

이런 측면에서 '동아시아 담론'의 유사성의 인식을 통해 대상화할 수 있는 한국의 시문학은 제한적이다. 특히 현대시문학에 적용하기 쉽지 않으며, 고전시문학의 경우 민족문학의 재발견으로 제한적으로 이해할 수 있다. 그러므로 현대시문학의 세계성을 '동아시아담론'에서 구하는 것은 민족주의 착종이라 할 수 있다.

3. 민족문학에서 한국학으로

민족문학의 강조는 아무리 전제로 한정한다 해도 세계성과 상충된

---

14) 고미숙, 「아시아담론, 그 혼돈 속의 길찾기」, 『월간말』 3월호(통권 129호), 1997, 187쪽.

15) 이동연, 「동아시아 담론형성의 갈래들-비판적 검토」, 『문화/과학』 52호, 2007년 겨울, 98~99쪽.

다. 그런 측면에서 '한국학'의 정립은 밖의 시선으로 나를 바라보는 열린 시각이며, 한국시문학을 다양하게 하는 현실적 대안으로 제시되고 있다. 조동일은 '한국학'의 개념을 다음과 같이 '국학'과 비교해 설명함으로써 구분한다.

> (가) 국학은 오래 전부터 쓰던 말이고, 한국학은 새로운 용어이다. (나) 국학과 한국학은 학문하는 정신이 다르다. 국학은 우리가 스스로 하는 학문이고, 한국학은 'Korean studies'의 번역어이며 남들이 하는 학문이다. (다) 국학과 한국학은 학문하는 사람이 다르다. 국학은 국내 사람들끼리 하는 학문이고 한국학은 외국인과 함께 하는 학문이다. (라) 국학과 한국학은 지향점이 다르다. 국학이 자기중심적이고 과거지향적인 시각에서 벗어나 남들과 함께 하는 개방적이고 진취적인 학문이 한국학이다.[16]

민족문학의 범주는 '국학'에 속한다. 위와 같은 언급이 지나치게 이분법적으로 비치기도 하지만, 분명 '한국학'으로서의 '민족문학'은 새롭게 이름 붙이고, 규정되는 분위기다. 이에 대해 조동일은 국내용의 국학 대신 국제적인 한국학을 일반화하는 것이 적절한 선택이라 말한다. 그러한 취지에서 현대시문학은 국학으로서의 경계를 넘어 한국학으로서 가능성을 모색해야 할 것이다. 이때 세계학문으로서 한국학이 추구해야 할 논리로 조동일은 두 가지 핵심적 요소를 제시한다.

> 자연과 인간, 다른 생명체와 인간, 인간과 인간의 바람직한 관계를 찾는 것을 커다란 목표로 하고, 그 세 번째 것을 위해서 특히 힘써야 한

---

16) 조동일, 『세계 · 지방화시대의 한국학 1』, 계명대학교 출판부, 2005, 29~32쪽.

다. 인류의 다양한 문화유산을 광범위하게 계승하면서, 상이한 전통에
서 존재하는 공통점을 확인해 진정으로 보편적인 가치를 찾아내고, 오
늘날의 충돌을 넘어서 미래의 화합을 이룩하는 슬기로운 길을 찾는 세
계문학을 하는 것이 마땅하다.[17]

이러한 언급에서 세계문학의 일원으로 한국현대시문학이 취해야 할
보편적 가치는 다양한 관계의 '융합'이며, '소통'이다. 이는 '동아시아
문학'에 편입됨으로써 노정되고 있는 한국시문학의 지역성을 탈피하려
는 제안이라 할 수 있다. 내부의 통합과 상호작용에 머물러 있지 않고
경계를 넘어 보편성을 찾는 일이다. 기존 논의는 '애초에 있었던' 한국
시문학의 의미와 특수성을 찾는 것으로 세계화를 수행하려는 경향이
지배적이다. 세계성은 경계를 넘어 소통하는 이슈를 발굴함으로써 가
능하리라 생각된다. 한국시문학의 확대로 설정하고 있는 '동아시아문
학'을 넘어 '현대시문학과 세계문학의 소통'을 가능하게 하는 대안이
필요하다.

이러한 측면에서 인문사회학계에서는 역사서술의 대안으로 '소통적
보편성(communicative universality)'을 제안하고 있다.[18] 이는 소통을 가능
케 하는 보편적 요소가 전세계인 한 사람 한 사람에 내재해 있다는 전
제에서 시작한다. 그래서 개개인이 서로 소통하는 과정에서 생기는 공
감과 상상력의 탄력에 힘입어 보편성을 확보할 수 있다는 취지다. 이는
'우리의 특수한 쟁점들과 다른 많은 국민국가들의 특수한 사례들을 관

---

17) 앞의 책, 111쪽.
18) 조희연, 「우리 안의 보편성 : 지적, 학문적 주체화로의 길」, 『우리 안의 보편성』,
    한울, 2006.

통하는 보편적 측면을 통찰하는 노력' 속에서 '우리의 특수한 이슈와 투쟁 속에 내재한 아시아가 공감하는, 세계가 공감하는 보편적 메시지'가 전유될 것이라 기대한다. 예를 들면 '종군위안부문제', '1980년 5월 광주학살'과 같은 개별적이고 특수한 사례들을 '제국주의·국가폭력·전쟁과 결합된 성폭력'이나 '국가권력에 의해 자행된 집단적 학살행위'처럼 좀 더 추상적인 범주로 변주해 읽자는 것이다. 이처럼 한국현대시 문학 연구에서도 '보편적 독해'가 필요하다.

4. '융합과 소통'의 세계성

'보편적 독해'의 측면에서 김종삼과 신동엽의 시를 대상으로 '융합'과 '소통'의 가능성을 살펴보고자 한다. 이들 시인들은 그동안 한국전후문학의 특수한 현상으로 인식되었다. 김종삼의 경우 전쟁의 상처와 원죄의식 속에 내면적 사유에 갇힌 폐쇄적 시인으로 평가되었다. 그의 시세계는 언어실험 속 서양 예술의 지나친 경도로 난해하게 받아들여졌다. 신동엽의 경우 민족주의적 색채가 가장 강한 시인으로 인식하고 있다. 그가 지향하고 있는 세계는 때론 공산주의의 폭력성을 드러내는 공간으로 폄하되거나, 때론 원시공동체로 신비화 되었다. 이들 시인들이 한국의 민족현실에 갇혀있거나, 한국전쟁의 트라우마에서 벗어나지 못한다면 이들을 통해 세계성을 고구할 수는 없을 것이다. 그러므로 보편적 가치의 소통이라는 시각에서 새롭게 이해하고자 한다.

1) 김종삼의 '코스모폴리타니즘'

김종삼 시에 대한 기존 논의를 두 가지로 압축할 수 있다[19]. 하나는 김종삼 시의 주제의식을 모더니즘 시의 보편성 안에서 예술지상주의적인 순수성으로 파악하는 경우이며, 다른 하나는 한국의 역사 사회적 상황의 특수성 안에 안치시키려는 경우다. 그래서 흔히 김종삼의 예술성을 보헤미안적 낭만성과 주변성으로 설명하거나 아예 귀족성으로 특화시킨다. 그러나 그의 시에 수없이 등장하는 이국적 이름과 낯선 풍경을 방황하는 영혼의 폐쇄적 기질에서 기인한 것으로 온전히 치부할 수는 없다. 특히 왜 그가 어린이에게 그토록 무거운 시적 섬광을 쏟아냈는지 고고한 예술적 경지로 다가갈 수 없다. 김종삼은 세계인으로서 보편성을 갖고 있고 한국인으로서 특수성을 소유하고 있다. 이 점이 기존 논의가 간과한 김종삼의 코스모폴리탄적 기질이다. 그것은 인류 보편주의적 개방성의 측면으로 폐쇄적 보헤미안 기질과 다른 것이다. 그러므로 그의 시에서 만나게 되는 '아름다움'과 '평화'의 모티프는 한국적 가치를 벗어나 보편성을 띤다.

> 밤하늘 湖水가엔 한 家族이
> 앉아 있었다
> 평화스럽게 보이었다
>
> 家族 하나하나가 뒤로 자빠지고 있었다
> 크고 작은 人形같은 屍體들이다

---

19) 이민호, 『김종삼의 시적 상상력과 텍스트성』, 보고사, 2004. 「기존논의」 부분 참조

횟가루가 묻어 있었다

언니가 동생 이름을 부르고 있다
모기 소리만하게

아우슈뷔츠 라게르

—「아우슈뷔츠 라게르」 전문

1947년 봄
深夜
黃海道 海州의 바다
以南과 以北의 境界線 용당浦

사공은 조심 조심 노를 저어가고 있었다.
울음을 터뜨린 한 嬰兒를 삼킨 곳.
스무 몇 해나 지나서도 누구나 그 水深을 모른다.

—「民間人」 전문

위 두 편의 시는 생명에 대한 인간 본성의 문제를 다루고 있다. 각기 시공간을 달리함에도 불구하고 동일하게 인간 비극의 현장을 묘사하고 있다. 「아우슈뷔츠 라게르」는 2차 세계 대전을 배경으로 유태인 포로 수용소에서 하나 둘 형장의 이슬로 쓰러져가는 한 가족의 죽음을 스케치 하고 있다. 「민간인」은 남북분단을 배경으로 어린 생명을 희생시킬 수밖에 없었던 한계상황을 그리고 있다. 이 두 편의 시는 독자로 하여금 인간의 보편적 인식론으로서 동양의 '측은지심(惻隱之心)'과 서양의 '박애(philanthropy)'를 떠올리게 한다. 전쟁과 이데올로기의 폭력에 죽음으로 희생당한 서사 앞에 '나'와 '남'이 소통해서 하나가 되는 생명의 자기 확대, 자기 신장을 경험하게 된다. 독자는 유태인의 죽음과 한국인의 죽음을 통해 개체적 자아로서의 '나'를 떠나 타인이 겪었던 슬픔을 공유하게 된다. 어린 생명들을 희생하면서까지 목숨을 연명해야 했던 사람들에 대한 용서와 그 처지를 함께 할 수 있는 심정적 동조이며 평화의 확산이라 할 수 있다. 비록 유럽의 전쟁 상황과 한국적 분단 상황이 다른 시적 배경을 이루지만 그 상황이 전달하는 메시지는 너무도 보편적이다. 이는 유럽이라는, 혹은 한국이라는 국지적 형식에 가둘 수 없는 소통적 보편성을 띠는 '평화'라 할 수 있다.

내용 없는 아름다움처럼

가난한 아희에게 온
서양 나라에서 온
아름다운 크리스마스 카드처럼

어린 羊들의 등성이에 반짝이는
진눈깨비처럼

―「북치는 소년」 전문

이 '내용 없는 아름다움'에서 '형식 없는 평화'가 드러난다. 저 '북치는 소년'은 아우슈뷔츠에서 희생된 유태인 소녀여도, 삼팔선을 넘다 황해도 앞바다에 빠뜨린 영아여도 상관없다. 김종삼은 그의 시에 한국적인 전통적 아름다움을 담지 않았다. 간혹 읽히는 가족 간의 측은함과 이웃과의 공동체 의식조차도 밑바탕에는 인류 보편의 인본주의(人本主義)가 자리하고 있다. 그러므로 그의 시에서 전쟁은 우리만의 고립된 고통이 아니라 인류 전체가 함께 앓고 있는 전염병과도 같다. 그러기에 그의 눈에 유태인에 대한 학살은 그렇게 낯선 것이 아니다. 평화에 어떤 형식을 부여하는 것은 진정한 평화가 아닐 것이다. 누구나 차별 없이 누리는 안식이어야만 한다. 그러므로 김종삼 시에 나타난 평화에 대한 추구는 분단된 한국 민족만의 형식이 되어서는 안 된다. 우리의 비극이 곧 인류의 비극으로서 확산될 때 큰 범주 안에서 우리에게 희망이 있을 것이다. 그것이 김종삼 시인의 생각이리라. 그러므로 김종삼의 시에서는 낯선 이국의 풍경과 사람들이 함께 공존하고 그것이 그렇게 낯설게 보이지 않는 것이다. 현대시문학의 세계성 측면에서 이와 같은 김종삼의 보편적 인식에 바탕을 둔 코스모폴리타니즘은 세계인의 보편적 휴머니즘과 융합하며 소통할 수 있으리라 본다.

2) 신동엽의 '중립지대'

"김수영으로부터 너무 모더니즘의 세례를 받지 않았다는 지적을 받을 만큼 신동엽의 문학은 누구보다도 민족적 토착적인 성격을 띠고 있다.[20]"는 것이 신동엽에 대한 일반적 평가다. 이러한 차원에서 신동엽이 꿈꾸는 평화의 완충지대 '중립지대'는 여지없이 분단현실을 드러내는 공간임에 틀림없다. 그리고 그 중립지대에서 실현될 공동체는 유종호의 다음과 같은 언급처럼 원시공산사회로서 킬링필드로 불렸던 캄보디아를 연상하게 하는 오해를 불러일으킨다.

---

[20] 김윤태, 「4·19혁명과 민족현실의 발견」, 『민족문학사 강좌』 하, 창작과비평사, 1995, 241쪽.

　　나는 신동엽이 포용하고 있던 혁명적 낙관주의 혹은 낭만주의나 소
외 없고 착취 없는 원시공동체에서 시작하는 거대담론에 대해서 회의적
이다 (…중략…) 그는 뒤돌아보는 예언자로 임했지만 많은 도시대인들
과 같이 역사의 행방을 전혀 알아차리지 못하였다. 그가 통탄해 마지않
았던 반 조각 조국이 한 세대 안에 농경사회에서 세계자본이 지배하는
산업사회로 변모하리라는 것을 예측하지 못하였다. 외세를 물리치고 농
본주의적 전원국가를 건설하련다는 동남 아시아 약소국의 혁명적 실험
이 참담하고 황당한 인간도살극으로 끝나는 것을 다행히도 그는 보지
못하였다.[21]

　　그러나 이러한 오해를 불식시킬 수 있을 만큼 신동엽의 시는 고립적
이지 않다. 신동엽의 시는 인류 생명의 근원까지 가고자 한다. 그가 중
립지대에서 보았던 '영원의 하늘'은 '생명'의 인자가 작동하고 있다. 그
런 측면에서 '중립지대'는 '생명공동체[22]'의 공간이라 할 수 있다.

　　스칸디나비아라든가 뭐라구 하는 고장에서는 아름다운 석양 대통령
이라고 하는 직업을 가진 아저씨가 꽃리본 단 딸아이의 손 이끌고 백화
점 거리 칫솔 사러 나오신단다. 탄광 퇴근하는 광부들의 작업복 뒷주머
니마다엔 기름묻은 책 하이덱거 럿셀 헤밍웨이 莊子 휴가여행 떠나는
국무총리 서울역 삼등대합실 매표구 앞을 뙤약볕 흡쓰며 줄지어 서 있
을 때 그 걸 본 서울역장 기쁘시겠오라는 인사 한마디 남길 뿐 평화스
러이 자기 사무실문 열고 들어가더란다. 남해에서 북강까지 넘실대는
물결 동해에서 서해까지 팔랑대는 꽃밭 땅에서 하늘로 치솟는 무지개빛
분수 이름은 잊었지만 뭐라군가 불리우는 그 중립국에선 하나에서 백까
지가 다 대학 나온 농민들 추럭을 두대씩이나 가지고 대리석 별장에서

---

21) 유종호, 「뒤돌아보는 예언자」, 『서정적 진실을 찾아서』, 민음사, 2002, 129쪽.
22) 이민호, 「신동엽의 '생명공동체'와 영화 '아바타'」, 『전경인어문연구』 창간호, 신
　　동엽학회, 2010, 33~50쪽 참조.

산다지만 대통령 이름은 잘 몰라도 새이름 꽃이름 지휘자 이름 극작가
이름은 훤하더란다 애당초 어느쪽 패거리에도 총쏘는 야만엔 가담치 않
기로 작정한 그 知性 그래서 어린이들은 사람 죽이는 시늉을 아니하고
도 아름다운 놀이 꽃동산처럼 풍요로운 나라, 억만금을 준대도 싫었다
자기네 포도밭은 사람 상처내는 미사일기지도 땡크기지도 들어올 수 없
소 끝끝내 사나이나라 배짱지킨 국민들, 반도의 달밤 무너진 성터가의
입맞춤이며 푸짐한 타작소리 춤 사색뿐 하늘로 가는 길가엔 황토빛 노
을 물든 석양 대통령이라고 하는 직함을 가진 신사가 자전거 꽁무니에
막걸리병을 싣고 삼십리 시골길 시인의 집을 놀러 가더란다.

—「散文詩 (1)」 전문

이 시에서 우리는 신동엽의 예언자적 지성을 읽을 수 있다. 이 시가
쓰여진 1968년을 생각한다면 위의 시는 한반도의 특수한 정치상황을
역설적으로 풍자한 시로 축소된다. 하지만 시공간을 초월하여 그의 시
는 오늘 한국사회의 시민정신과 만나게 된다. 그러므로 그가 추구한
'중립지대'는 원시공동체 사회 공간일 수 없으며, 더더욱 인간살육의
현장일리 없다. 이 시가 전달하는 메시지는 '평등가치의 소통'이다. 이
처럼 집단적 획일성에서 벗어나 이질적이지만 개체의 개별성을 존중하
는 사회를 꿈꾸는 신동엽의 융합과 소통의 공간인식은 민족주의나 공
산주의로 고립시킬 수 없다. 이러한 보편적 가치는 그의 대지의 상상력
에서 한반도를 벗어나 아시아 대륙으로 유럽으로 확장된다.

松花江 끝에서서도 왔다
구름 같은 흙먼지,
아세아 대륙 누우런 벌판을
軍靴 묶고 행진하던 발과 다리,

지금은 어데 갔을까.

—「발」에서

四月十九日, 그것은 우리들의 祖上이 우랄高原에서 풀을 뜯으며 陽달
진 東南亞 하늘 고흔 半島에 移住오던 그날부터 三韓으로 百濟로 高麗로
흐르던 江물,

—「阿斯女」에서

쉬고 있을 것이다.//아시아와 유럽/이곳 저곳에서/탱크 부대는 지금/쉬
고 있을 것이다.//일요일 아침, 화창한/도오쿄 교외 논둑길을/한국 하늘,
어제 날아간/異國 병사는 걷고//히말라야 山麓,/土幕가 서성거리는 哨兵은
/흙 묻은 생고구말 벗겨 넘기면서/하루삔 땅 두고 온 눈동자를/회상코
있을 것이다.//순이가 빨아 준 와이샤쓰를 입고/어제 의정부 떠난 백인
병사는/오늘 밤, 死海가의 이스라엘 선술집서,/주인집 가난한 처녀에게/
팁을 주고.//아시아와 유럽/이곳 저곳에서/탱크 부대는 지금/밥을 짓고
있을 것이다.//해바라기 핀,/지중해 바닷가의 촌 아가씨 마을엔,/온종일,
上陸用 보오트가 나자빠져 딩굴고,//흰 구름, 하늘/젯트 수송편대가/해협
을 건느면,/빨래 널린 마을/맨발 벗은 아해들은/쏟아져 나와 구경을 하
고.//동방으로 가는/부우연 수송로 가엔,/깡통 주막집이 문을 열고/대낮,
말 같은 촌색시들을/팔고 있을 것이다.//어제도 오늘,/동방대륙에서/서방
대륙에로/산과 사막을 뚫어/굵은 송유관은/달리고 있다.//노오란 무꽃 핀/
지리산 마을./무너진 헛간엔/할멈이 쓰러져 조을고//평야의 가슴 너머로/
高原의 하늘 바다로./원생의 油田지대로./모여 간 탱크부대는/지금, 궁리
하며/고비 砂漠,/빠알간 꽃 핀 黑人村./해 저문 순이네 대륙/부우연 수송
로 가엔,/예나 이제나 가난한 촌 아가씨들이/빨래하며,/아심 아심 살고/
있을 것이다.

—「풍경」전문

신동엽의 공간 상상력은 한반도에 국지적으로 갇혀 있지 않다. 아시

아 대륙과의 만남23)이 아시아 문명 아래 '제국주의의 식민지로서 역사적 고통을 감내해야만 하는 삶의 현실'을 공유하고 있기 때문이지만, '식민지 근대'의 착취로부터 벗어나 새로운 세계를 꿈꾸는 전지구적 유토피아를 내재하고 있다. 시 「풍경」에서 볼 수 있듯, 신동엽이 시에서 거명한 공간은 세계 곳곳 분쟁지역이다. 그리고 여인들이 있다. 그들은 분쟁지역을 중립지대로 만드는 주체들이다. 시간과 공간을 달리하며 여인들은 전지구적 폭력을 평화의 메시지로 변주시킨다. 의정부의 순이, 이스라엘 선술집 처녀, 지중해의 촌 아가씨들은 개별적이지만 평화의 보편적 가치를 확산시키는 주체이다. 이처럼 신동엽이 설정한 '중간지대'는 한반도의 역사 현실의 대안 공간으로만 복무하는 것이 아니라 폭력과 전쟁과 살생으로 영일이 없는 전 세계인이 고대하는 공간이다. 신동엽의 시에는 이 보편적 소통으로 가득하다.

5. 한국학으로서 현대시문학의 새로운 방향

국가권력과 자본은 한국문화를 국가와 민족이라는 '상상된 공동체(imagined coommunity)의 집단적 삶의 영속성 속에 귀속시킬 것을 지속적으로 요구24)'하고 있다. 현대시문학은 국가주의나 민족주의의 그늘로부터 자유롭지 못하다. 그런 측면에서 김종삼의 인식과 신동엽의 공간성은 한국문학에 새로운 방향의 씨앗을 간직하고 있다.

---

23) 고명철, 「신동엽과 아시아, 대지의 상상력」, 『전경인어문연구』 창간호, 신동엽학회, 2010, 11~32쪽 참조.
24) B. Anderson, Imagined Communities, London : Verso, 1991, pp.10~12.

세계화시대에 한국인문학은 개방과 고립의 두 가지 경향을 보이고 있다. 그러나 좁혀지고 있는 세계 공간에서 미국학, 일본학, 중국학처럼 세계 일원으로서 한국인문학은 한국학으로 거듭 나야 한다. 아시아 전역에 환상으로 자리하고 있는 '한류'라는 흐름이 한국 상품 수출의 전위대처럼 복무해서는 안될 것이다. 즉 한국학이 문화제국주의로 행세해서는 안된다. 인류사회의 일원으로 한국, 한국인에 대해 새로운 이해가 필요하듯, 한국문학 속 현대시문학은 세계와의 상호이해에 바탕을 둔 '보편적 가치'를 창출해야 한다. 거기에 지역학의 경계를 넘는 시문학연구가 절실하다.

2부

리얼리즘의 영도(零度)

불구(不具)의 시학

―최종천의 『고양이의 마술』을 읽고

1. '진짜'?, '노동자'?, '시인'?

최종천의 시를 가장 잘 읽는 방법을 전해 줄 수 없다. 그런 묘책이 없기 때문이다. 정작 시인도 원치 않을 것이다. 그러므로 최종천을 두고 '진짜', '노동자', '시인'처럼 '괄호치기'하는 호명에 찬성할 리도 없다. 오히려 그의 허락 없이 부여된 불명예스런(?) 호칭들을 거둬낼 때 시는 오롯이 정체를 드러내리라.

존 키츠는 "수세기 동안, <길>은 마술적인 단어였다."고 말하였다. 그가 바로 그 영국의 천재 낭만파 시인인지 확실하지 않다. 다만 「오만한 자동차들」이라는 글에서 존 키츠는 '길'이 왜 마술적인지에 대해 적고 있다. 혹시 최종천이 이번 시집에서 표제로 삼고 있는 '고양이의 마술'이 뜻하는 '마술'의 의미를 알 수 있지 않을까 해서 굳이 언급하면,

군인들, 집시들, 걸인들, 사색가들, 농부들, 상인들, 노상강도들, 학자들, 음유시인들과 도주 중인 도제 소년들이 길 위에서 머물렀다. 최근 50년 전까지만 해도 여러분은, 길가에 집을 짓고 살면서, 낯선 사람이 지나가면 그가 문 앞을 지나쳐 갔다는 이유만으로 그 사람과 친구가 될 수 있었다. 오늘날엔 사정이 전혀 달라졌다. 길은 이제 완전히 자동차의 전유물이 되었고, 길옆에 집을 짓는 사람은 지금은 길 위에 아무도 살지 않기 때문에, 그저 매연가스만을 볼 수 있을 뿐이다. 실제로, 미국의 운전자들은 지나가는 사람들에 대해 생각하는 것이 아니라, 지나가는 차에 대해서만 생각할 정도로 우리의 길은 너무도 기계적이고, 추상적이며, 비인간적이게 되었다.

이 글을 보니 '길'의 마술성은 타인의 개방적 수용과 인간적 연대에 있다. 그것이 자동차로 상징된 현대산업문명의 물결 속에 사라진 것이다. 존 키츠가 훼손되는 것을 안타까워했던 '길'은 비문명적이며, 구체적이며, 인간적인 모습이다. 그것을 '마술적'이라 했다.

그렇다면 최종천이 말하는 '마술'은 무엇인가? 환상일까? 환상은 현실과 괴리된 낯섦 때문에 우리는 쉽게 다가서지 못하고 머뭇머뭇 '주저'하게 된다. 츠베탕 토도로프에 따르면, '존재론적 동요'를 일으킨다. 그런 측면에서 최종천도 존재론적 회의에 빠져있다.

> 사람의 새끼를 보면 한숨만 터지는데
> 고양이의 새끼를 보면 은근히 후회되는 것이다.
> 사람인 나는 못하는, 시집가고 장가가고
> 돈 없이도 살 수 있는 고양이의 마술이다.
>
> —「고양이의 마술」에서

이처럼 최종천은 고양이(?)만도 못한 인간의 삶을 회의하고 있다. 그래서 고양이가 고양이를 생각하듯 그 무엇 대신에 인간이 인간을 생각하는 것이 마술이라 정의한다. 그러므로 그의 마술적인 시는 초현실적이고 인위적인 환상문학이 아니다. 비록 우리가 현실의 극악함에 놀라 주저하지만, 우리가 누구인가 회의하지만, 스스로를 끝까지 해체하지 않으며, 타인을 비현실적 수렁에 밀어 넣지 않는 온전한 리얼리즘을 구사하기 때문이다. 그의 시를 원심적 질서 체계 속에 가두어 두지 않았으면 한다. 오로지 그의 세계 안에서 인간의 경이로운 변화와 유쾌한 축제를 즐겼으면 한다. 그처럼 지난날 시는 마술적이었다. 최종천의 이번 시집이 그 시의 마술을 우리에게 돌려주었다.

2. 경이로움의 카니발리즘

현대시의 두 가지 흐름은 '서정과 인식'이다. 어디에 머리를 두느냐에 따라 시의 모습은 현실을 경계로 진동한다. 최종천의 시는 분명 '서정'을 버린 것 같다. 세계 인식으로 가득 찬 시집 속에서 노동의 현실이나 에로티시즘이 지배적이다. 그렇다고 해서 그를 혁명적 리얼리스트로서 혹은 페미니스트로 규정할 수는 없다. 다만 노동의 현실이 그의 손을 타고 어떻게 변주되고 있으며, 에로티시즘이 시적 마술을 통해 어떻게 재현되고 있는지 엿볼 뿐이다.

공장 구석구석 숲이라고는 없는 곳에
메아리를 풀어놓아 숲을 우거지게 한다.
망치 소리에는 하늘과 땅도 귀를 기울인다.

> 하늘과 땅은 망치가
> 일을 망치는 일이 없음을 알고 있다.
> 주먹과 망치는 같은 것이 아니라는 것은
> 주먹을 쥐었을 때만
> 망치를 쥘 수 있다는 사실로 확인된다.
> 망치는 나의 연장, 내 몸이다.

―「망치에게」에서

이 노동의 경이로운 현실 앞에 고개가 절로 숙여진다. 정작 노동은 거리로 뛰쳐나갔다고 누군가 따가운 눈초리가 호들갑을 떨지만, 내용 없는(망치) 형식(주먹)만을 가지고 비유할 수 없는 노동의 진면목이 일상에 자리하고 있다. 이 시를 통해 우리는 일상의 권태를 수사적으로 치장할 근거를 잃게 된다. 오늘날 우리의 일상이 이처럼 해체된 탓을 그 누구에게도 그 무엇에도 정확히 주장할 수 없었다. 그러나 시인은 말한다. 사물화된 인간의 비본질적 행위가 현실을 망쳤다고.

경이로운 현실은 인위적인 것이 아니다. 도구화된 이성이나 예술을 핑계 삼은 상징이 아니다(「그리운 곡선」에서). '언어가 굶주린 입을 한껏 벌리고', '허구를 허구로 즐긴'(「요리사의 책상」에서) 수사가 아니다. 최종천은 어떠한 수사도 없이 '땀방울 속에 모여 표정을 짓는 먼지 알갱이들의 반짝거림'(「먼지 알갱이」에서)을 보여주고 있다. 우리가 일상 속에서 함께 거주하는 풍경들이다. 이 경이로운 체험의 시적 마술은 무엇을 목적하고 있는가? 그건 분명히 새로운 변화에 대해 끊임없이 숙고하는 자의 이법이며, 주변적 역사와 소수자에 대해 시인이 취하는 무한한 믿음이라 할 수 있다.

춤은 不具의 것이다 춤을 추는 것은
죽음으로 곧장 가기를 망설이며
말을 버리고 말하는 고장 난 몸짓이다
온통 不具인 삶을 보여주는 것이리라

—「춤을 위하여」에서

‘춤’을 ‘예술’로 ‘시’로 바꾼다면, 참으로 마술적이다. 시는 온전한 삶의 기록이 아니라 주장하는 순간, 시는 목적이 된다. 권력과 자본 그 어느 것에도 복무하지 않아 시를 통해 경이로운 삶의 현실을 체험하게 한다. 그러므로 최종천은 ‘모든 창녀는 어떤 의미에서 司祭라(「성(性) 앞에 평등하라」에서)’고 선언한다. 이는 ‘빨갱이, 목사, 거지, 공산주의자, 자본가’로 호명되는 이데올로기의 허구로부터 벗어난 인간 평등의 모색이다. ‘창녀와 사제’의 차이와 경계가 무너질 수 있는 경이로움은 ‘불구의 시학’ 즉 세계의 마술적 인식에서 비롯된다. 이 불구의 인식이 펼치는 경이로움의 현실적 세계가 바로 에로티시즘의 시편에서 구현된다.

시 「진정한 司祭」에서 최종천은 ‘창녀와 거지’를 궁극적인 노동계급으로 규정한다. 창녀와 거지라는 불구의 삶에 계급적 정당성을 부여함으로써 노동에 가해지는 착시현상을 불식시키고 불평등하게 자동화되었던 계급인식에 균열을 가해 낯설게 함으로써 노동의 보편성과 특수성이 가지는 소중한 가치를 부각시킨다. 그것을 그는 ‘알몸만큼 황홀한’ 경이로움의 체험으로 변주시킨다. 이 변주 속에 에로티시즘이라는 노동의 특수성이 자리하고 있다. 이 특수성의 핵심은 ‘벗기고’, ‘핥는’ 행위로 집약된다.

> 허물없는 사이 그 없는 허물을 벗어놓는
> 오늘 밤 네발 달린 짐승이 되어
> 아내가 어떻게 허물을 벗어놓았다가 다시 입는지
> 보아야겠다. 그간 벗지 못한 허물을 벗겨주고 싶다
>
> —「허물벗기」에서

> 곡선의 애무를 받고 싶을 땐
> 욕조의 물속으로 들어간다
> 아주 옛날에 물은
> 곡선을 느꼈다 그 기억 본능
> 녹이 슨 배관을 따라 흐르는 동안
> 놓아버리고 이제 나의 몸을 만나리라
>
> —「그리운 곡선」에서

'벗기는' 성애적 행위는 알몸의 추구에서 근원한다. 알몸은 곧 자연이기에 알몸의 자연상태로 벗겨주는 행위는 착취가 아니라 일종의 환원이다. 아내에게 드리워진 상징체계는 가족이데올로기로 무장하고 있다. '아내'라는 폭력적 호명을 거둬주는 시 쓰기는 비본질적인 것을 본래대로 되돌려 놓으려는 자연의 복원력을 닮았다. 이처럼 에로티시즘의 힘은 불구의 상태를 자연의 상태로 되돌려 놓는 경이로움에 있다. 또 하나 '핥는' 성애적 행위는 상처의 치유에 있다. 세례의 신비한 재생의 기적처럼 불구의 상처를 치유해 이전의 알몸으로 거듭나게 한다. 이 또한 경이롭지 않는가? 이것을 볼 때 최종천은 불구를 인정하거나 결코 연민하지 않는다. 오히려 불구의 상태를, 변화를 일으키기기에 가장 적절한 존재성으로 인식한다. 그러므로 그의 시는 문명의 완벽한 몸에서 허위를 벗겨주거나 위선을 핥아주지 않는다. 에로티시즘의 원초적 에너지가 스밀 수 없는 인위적 세계이기 때문이다. 그 대척점에서 그의 시는 '볼트를 심고(「볼트를 심다」에서)', '노래가 나오는 가슴(「가슴」에서)'을 만지고, '이 새 천년에 제발 보지 같은 것들이 많기를!(「이데올로기 概論」에서)' 소망하며, '네발 달린 짐승이 되어 사랑(「네발 달린 짐승이 되어」에서)'하는 소릴 엿듣고 있다.

불구의 일상을 자연 상태로 되돌리려는 시 쓰기의 노동은 신성하다. 이 신성한 축제는 카니발이다. 인간과 짐승의 구분이 없는 알몸의 사육제이다. 두 발로 걷던 인간이 네 발로 걸음으로써 짐승의 처지를 내면화하게 된다. 그리고 노동 착취의 현실에서 짐승처럼 불구의 삶을 영위하는 비극을 혁명적으로 돌려세우는 경이로운 체험을 하게 된다. 이 마술적 축제에 초대된 사람은 복이 있나니 최종천의 시를 새겨 읽길 바란다.

3. 최종천의 시를 내 왼편에 두고 싶다

최종천은 '정문보다 개구멍을 통하여 드나드는 자(「오늘 거멍이가 죽었다」에서)'에게 축복한다. '인간의 역사에는 개구멍을 통하여 구원받은 자들이 많'기 때문이다. 이 논리적 인식에 서정이 끼일 자리가 있겠는가? 서정은 불필요하다. 불구를 서정으로 채색하는 순간, 진실은 사라지기 때문이다. 최종천의 시는 오로지 그것만을 증언하고자 한다. 그동안 우리가 수사로 비유로 얽어맸던 노동 현실의 속박을 풀어주고자 이번 시집에서 그는 스스로 창녀로 거지로 개로 개미로 전봇대로 볼트로 망치로 변신하였다. 그래서 불구의 삶이 부끄러운가? 그의 시는 그렇지 않다고 마술적으로 쓰고 있다.

불구의 시는 왼편을 지향한다. 내 왼쪽은 많은 빈 곳을 가지고 있다. 마술이 그렇듯 오른 손의 현란함에 이끌려 왼손의 수고에 속아주고 행복해 하는 것이다. 이 순간 그에게서 시의 사제직을 박탈한다. 그래서 그의 시가 곪아터진 우리 일상의 허위를 벗겨주고 현실의 상처를 핥아주길 원한다. 그의 시를 엎질러서 생긴 경이로운 자국이라는 확신 때문인데,

나는 두고두고 동물처럼/사물을 대하고 싶어지는 것이다.

—「보랏빛」에서

리얼리즘의 궤도 이탈과 깨진 조각

―박후기

1. 한 발 늦은 것은 아닐까

2010년이다. 진화론적 문학사 기술을 두고 또 다시 한 시인과 마주하고 있다. 돌아보면 이 남루한 10년 단위 근대 역사 인식을 벗어나지 못해 자괴감이 든다. 어느 정도 수용한다 하더라도 10년을 넘어 또 다른 10년을 함께 구가하는 시인이 우리에겐 없다. 그러므로 새롭게 만난 시인을 지난 10년 속에 또 다시 가두어 두는 것은 아닌지 두렵기만 하다. 박후기의 시집을 대하는 순간 헤롤드 블룸이 떠올랐다. 시 읽기가 오독(misreading)이거나 오작(miswriting)이 아닐까 불안하다.

헤롤드 블룸(Herold Bloom)에 따르면, 시인은 '한 발 늦은 것은 아닐까(belated)'하는 고통을 갖고 있다.[1] 이미 선배 시인들이 모든 것을 이루

---

1) 헤롤드 블룸은 『The Anxiety of Influence―A Theory ofPoetry』(New York : Oxford University Press, 1973)와 『A Map of Misreading』(New york : Oxford

었기 때문에 자신이 할 일이 많지 않으며 보잘 것 없으리라는 두려움이 있다. 박후기 역시 겪는 고통이라 짐작된다. 그의 이력을 보면 동년배 시인보다 늦게 등단(2003년)하여 첫 시집 출간(2006년) 또한 늦었다. 문학 매체의 성향을 따진다는 것은 유치하기 짝이 없지만 그가 『작가세계』로 데뷔하여 '실천문학'과 '창비'에서 각각 첫 시집과 두 번째 시집을 내고 신동엽 창작기금을 수혜한 사실에 눈길을 거둘 수 없다. 애초부터 리얼리즘의 영역에 있었으면서도 현실로부터 이탈하였다가 선회(旋回)하는 그의 행보는 수정주의적 태도라 할 수 있다. 이러한 시적 기만행위는 그의 숙명이다. 즉 기존 리얼리즘의 영향으로부터 벗어나 자기 세계를 구축하려는 강한 시인의 면모를 읽을 수 있다. 이처럼 그의 '영향에 대한 불안'은 두 권의 시집 속에 온전히 반영돼 있으며, 앞으로 전개될 시의 앞날을 예측하도록 한다.

다시 헤롤드 블룸에 따르면,2) 시인은 선배와의 관계 속에서 수정주의적 태도를 취하며 세 가지 단계를 수행한다. 선정(Election), 유아주의(Solipsism), 정체화(Identification)이다. 극복의 대상으로 선배작가를 '선정'하고, 좌절하여 '유아주의'에 빠지기도 하지만 자기 정체성을 확인하며 '정체화' 과정을 거쳐 선배작가와 동일시함으로써 영향에 대한 불안을 심리적으로 극복한다. 이 과정은 여섯 단계로 세분된다. 궤도 이탈(Clinamen)과 깨진 조각(Tessera), 자기 비하(Kenosis)와 악령화(Daemonization), 고행(Askesis)과 환생(Apophrades)의 대치체계이다. 즉 시인은 '선정' 단계

University Press, 1975)에서 그와 같은 논지를 전개함.
2) Harold Bloom, *A Map of Misreading* (New York : Oxford University Press, 1975), p.84 ; Harold Bloom, *The Anxiety of Influence — A Theory of Poetry* (New York : Oxford University, Press, 1973), pp.14~16.

에서 선배 시인의 영향으로부터 벗어나(궤도 이탈) 다른 것을 통해 성취 (깨진 조각)하며, '유아주의' 단계에서는 자기 비하를 통해 선배와 단절 (자기 비하)하고, 선배 시인의 시를 보편화시킴으로써 스스로를 선배와 대적할 만한 위치에 놓는다(악마화). '정체화' 단계에서 시인은 선배 시 인으로부터 자신을 분리시키기 위해 자신의 인간적 재능을 포기하고 선배 시인이 겪었던 고행을 경험(고행)함으로써, 오히려 선배 시인을 추 종하게 된다. 이때 이미 쓰였던 선배시인의 모든 시는 후배 시인의 한 편의 시에서 총체적으로 드러난다(환생). 이는 새로운 시의 창조를 의미 한다.

다시 짐작컨대, 박후기는 자기 시의 의미를 구축하는 과정에서 헤롤 드 블룸이 말한 '선정' 단계에 있다. 그는 첫 시집3)에서 '나무'로부터 이탈하여 '종이'로서의 궤도를 선택하였다(궤도 이탈). 그리고 이탈의 대 치체계(깨진 조각)로 두 번째 시집4)에서 '거짓말'을 선정하였다. 그러므 로 우리는 그의 두 권의 시집을 통시적으로 살펴봄으로써 이후 전개될 그의 시적 행로를 가늠할 수 있을 것이다. 이렇게 보려는 것은 어쩌면 시인과 무관하리라. 오로지 창조적·오독일 뿐이다.

2. 궤도 이탈 — 『종이는 나무의 유전자를 갖고 있다』

한국 시에서 리얼리즘을 표방하는 시가 반복적으로 인용하는 지배적 이미지는 두 가지 환상5)을 함축하고 있다. 하나는 영웅적 승리의 추구

---

3) 『종이는 나무의 유전자를 갖고 있다』(실천문학사, 2003).
4) 『내 귀는 거짓말을 사랑한다』(창비, 2009).
5) 이민호, 「한국 리얼리즘시에 나타난 강(江)의 역사성과 시적 주체의 민중성 연구」,

이며, 다른 하나는 집단적 정체성의 추구이다. 저항과 순결성의 강조를
통해 집단적 공동체의 안전에 대한 갈망의 깊이를 들어내는데, 그것은
역설적으로 한국 리얼리즘시가 승리와 우월과 자존의식이 결핍되어 있
음을 드러내는 것이다. 즉 패배주의와 열등감, 소외감의 무의식적 표출
이라 할 수 있다.

> 비가 그치자/나무들은 있는 힘껏 잎을 부풀렸다/성긴 나무의 뿌리는/
> 부활절 사제의 분주한 발길처럼/햇빛의 설교를 땅 속에 퍼뜨렸으며/바
> 람 앞에서 잎들은 성호를 그었다/죽은 잎은 쉽게 떨켜를 놓아버렸지만/
> 죽은 형의 애인은 끝까지 죽은 형의/관짝에 매달렸다 땅바닥에 뒹굴었
> 다//스무 살 여린 내 눈물이/군용 소보루빵의 푸른곰팡이로 피어났고/숨
> 죽인 초소 뒤편/발목까지 바지를 풀러 내린 풀들의 수음이/은밀했다 바
> 람에 뒤집혀 반짝이는/은사시나무 잎사귀들, 그토록/수많은 충고를 담아
> 두기에 내 귀는/너무 천박했다 누가/건드리지 않아도 저 혼자 튀겨나가
> 는/폐타이어 화단의 봉숭아씨/나도 팍, 터지고 싶었다 그러나/터진 열매
> 껍질처럼 빈주먹 말아 쥔 채로/이리저리 얻어터지며 원위치 하던 나는/
> 후두둑 후두둑 후박나무 잎사귀/비 맞는 소리 눈물겹던 그 여름의/나무
> 밑을 잊지 못했다//십일월은 쌀쌀하고/집으로 돌아오는 길/쓸쓸하게 널
> 브러진 갈색의 잎들/오그라들고 한때 부풀었던/그 많은 시간들/더는 뒤
> 돌아볼 수 없음이여//나무들/딱딱한 가슴 속/섬세한 울림으로 새겨지는/
> 둥그런 생의 기록/아, 무엇을 쓸 것인가/얼룩진 무늬들, 덧없는
>
> —「내 가슴의 무늬」 전문

박후기의 등단 시 중 하나다. 이 시에서 우리는 김수영의 시 「풀」이 담
고 있는 민중적 리얼리즘을 찾을 수 없다. 일사불란하게 일어서고 누웠

『국제어문』 제35집, 2005, 224쪽.

던 풀의 집단성에서 이탈하여 '수음'이라는 개인의 성적 욕망으로 반응
한다. 시인을 지배하고 있는 '형의 죽음'과 '군대'는 분명 현실임에도
불구하고 그가 형성하고 있는 심리적 구조는 기존 리얼리즘 시가 지배
적으로 취했던 저항의 이미지를 삭제 한다. '나무'의 언어는 종교적이
며 교술적이다. 시인은 이 거대담론으로부터 이탈하여 현실의 '충고'를
'천박한' 의미 속에 응축시킨다. 그리고 '아 무엇을 쓸 것인가'라며 의
미의 결핍을 말하고 있다. 이처럼 그는 등단부터 리얼리즘 선배 시인들
의 '무늬(이미지)'를 제거하리라 선언한다.

> 산수(山水)분재원/이끼 낀 유리창 너머/여린 나뭇가지에/돌맹이 하나
> 매달려 있다/수형(樹形)을 바꾸기 위해/수형(受刑)의 짐을 지운 것인데,/
> 기묘한 과일*같은 것이/팽팽한 줄에 목을 걸고/온몸으로 가지를 당기고
> 있다/전족을 한 키 작은 나무들/자꾸 허리만 굵어지는 봄날,/휘어진 나
> 뭇가지에/필사적으로 매달린/고통 한 근 *빌리 홀리데이의 노래
>
> —「고통 한 근」 전문

위 시에서 '고통'의 의미는 구체화되어 독자에게 전달되지 않는다.
고통은 실존의 문제로 환원됨으로써 인간 삶의 근원적인 비극성으로
인식된다. 인간존재는 어쩔 수 없이 삶의 고통 속에 존재할 수밖에 없
다는 숙명적 자기 연민을 담는 것으로 이 시의 역할은 끝난다. 구체적
삶의 현실은 포착할 수 없다. 이는 기존 리얼리즘의 영향으로부터 벗어
나려는 시인의 궤도 이탈에서 비롯된다. 현존하는 리얼리즘의 이미지
를 제한함으로써 의미의 결핍에 시달릴 수밖에 없는 것이다. 이러한 의
미의 부재를 해소하기 위해 시인은 상호텍스트적 인유(引喩)의 대치적

텍스트성을 형성한다. 즉 시인은 '기묘한 과일'이라는 텍스트를 끌어와 사용함으로써 독자에게 고통의 현실적 의미를 환기시키는 효과를 누린다. 빌리 홀리데이6)의 노래 '기묘한 과일'은 린치당한 흑인이 나무에 거꾸로 매달린 광경을 담고 있다. 시 「고통 한 근」은 이 '기묘한 과일'이라는 텍스트와 병치되면서 비로소 고통의 의미를 현실 속에서 극명하게 드러내고 있다. 그러므로 시인이 겪는 고통은 차이와 배제라는 현실적 계급 모순에 뿌리를 두고 있음을 알 수 있다. 이처럼 첫 시집의 구성은 이러한 시적 수사의 배열로 이루어져 있다. '경기도 평택시 팽성읍에 있는 마을 이름'도, '한대수의 「행복의 나라로」 가사'도, '캄보디아의 정치가'도, '미제 군용 차량'도, '경기도 평택시에 있는 미군 가지'도, '김승옥 소설 「염소는 힘이 세다」의 한 구절'도, '알렉세이 니콜아예비치 톨스토이의 소설'도, '잉게보르크 바흐만의 「삼십세」'도 모두 기존 리얼리즘의 영향으로부터 벗어나 형성한 이미지의 흔적이다. 이는 텍스트와 텍스트의 관계 속에서 의미를 추구하는 박후기의 해체적 시 쓰기라 할 수 있다. 이러한 바탕에는 다음 시와 같은 아이러니의 수사적 비유가 자리하고 있다.

비가 내렸고, 아궁이에 물이 스몄다. 아버지, 삭정이 같은 팔을 뻗어 눅눅한 신문지 모서리에 성냥을 그어댔다. 아버지의 손가락이 타들어갈 것만 같았다. 짙은 연기가 뱀처럼 부엌 바닥을 기어다녔다. 가쁜 숨을 몰아쉬며 훅, 바람을 일으키던 아버지 입에서도 하얀 연기가 흘러 나왔다. 물 위에서 불꽃이 타올랐다. 어린 누이가 어두운 방 안에 누워 열꽃

---

6) 빌리 홀리데이(Billie Holiday, 1915년 4월 7일~1959년 7월 17일)는 자신의 현실을 노래에 핍진하게 담았다는 평을 듣는 미국의 재즈 가수이자 작곡가이다.

을 피웠고, 나무 몇 토막 살 밖으로 끓는 수액을 밀어내며 타들어갔다. 검은 솥단지가 칙칙거리며 눈물을 흘렸고, 굴뚝의 인후부를 간질이며 피어오른 연기가 쓰러진 나무처럼, 하늘 바닥에 엎드린 채 비에 젖고 있었다.

—「슬픈 온기」 전문

물과 불의 대립적 관계는 슬픔 속에서 통합된다. 아버지는 몇 토막 나무와 서로 관계를 맺으며 맹렬히 타오른다. 이 상승의 의지는 현실의 고통스런 습기를 말끔히 걷어갈 기세다. 리얼리즘은 그것을 요구한다. 그 저항 속에서 시인도 불타오르길 요구한다. 그러나 시인은 그것으로부터 이탈하여 '쓰러진 나무' 즉 패배를 설정한다. 그가 동경했던 이상적 세상의 모습은 허무로 귀결된다. 이처럼 첫 시집의 대치적 구성 속에 자리하고 있는 필연적 좌절의 수사는 현실적 탐구라기보다는 인간 존재에 대한 철학적 물음이라 할 수 있다. 그것은 낭만적 아이러니다.

3. 깨진 조각―『내 귀는 거짓말을 사랑한다』

박후기의 첫 시집은 리얼리즘의 에토스에 대한 로고스적 이탈이라 할 수 있다. 리얼리즘의 그늘로부터 벗어나려 하면 할수록 의미는 응집되고 축소된다. 이러한 아이러니 때문에 두 번째 시집에서 박후기는 파토스적 의미 확장에 나선다. 그것은 선배 시인들이 담고 있던 리얼리즘의 의미 이상의 것을 보여주려는 적극적 시 쓰기라 할 수 있다.

나는 정류장에 서 있고,/정작 떠나보내지 못한 것은/내 마음이었다/안녕이라고 말하던/당신의 일 분이/내겐 한 시간 같았다고/말하고 싶지 않

> 았다/생의 어느 지점에서 다시/만나게 되더라도 당신은/날 알아볼 수 없
> 으리라/늙고 지친 사랑/이 빠진 턱 우물거리며/폐지 같은 기억들/차곡차
> 곡 저녁 살강에/모으고 있을 것이다/하필,/지구라는 정류장에서 만나/사
> 랑을 하고/한시절/지지 않는 얼룩처럼/불편하게 살다가/어느 순간/울게
> 되었듯이,/밤의 정전 같은/이별은 그렇게/느닷없이 찾아온다
>
> —「사랑의 물리학—상대성원리」 전문

박후기의 첫 시집을 언급하면서 그가 이탈하고자 했던 것이 김수영의 시적 영향임을 굳이 말하지 않았다. '나무'로부터 벗어나려는 '종이'의 흔적이 무엇인지 알 수 없었기 때문이다. 두 번째 시집에 이르러 그의 어휘는 더욱 풍성하며 거침없다. 그러나 이러한 성취는 온전히 그의 것이 아니다. 위의 시처럼 김수영을 인식할 만한 증표로서 깨진 조각인 것이다. '사랑의 물리학'은 '전통은 아무리 더러운 전통이라도 좋다'는 김수영 식의 '사랑의 변증법'이다. 다음 시는 김수영이라는 나무의 거대한 뿌리를 인식하게 한다.

> 침묵은/말 없는 거짓말,/내 귀는/거짓말을 사랑한다/살아야 하는 여자
> 와/살고 싶은 여자가 다른 것은/연주와 감상의/차이 같은 것/건반 위의
> 흑백처럼/운명은 반음이/엇갈릴 뿐이고,/다시 듣고 싶은 음악은/다시 듣
> 고 싶은/당신의 거짓말이다
>
> —「사랑—글렌굴드」 전문

두 번째 시집에서 박후기는 이탈했던 영향의 실체로 돌아가는 반전을 보임으로써 더 많은 성취를 이루었다. 이 선정(election)은 온전히 김수영적이다. 김수영이 '버나드 비숍'을 통해 '사랑'의 핵심에 접근했듯

이 그도 '글렌굴드'를 통해 사랑의 거대한 뿌리에 가 닿는다. 그것은 역사의 진실이다. 주류 역사에 편입되지 못한 주변부의 '전통'이며 '거짓말'이다. 그가 김수영에게 돌아가는 반전을 보이는 것은 자신에 대한 공격적 시 쓰기라 할 수 있다. 그럼으로써 첫 시집에서 보였던 리얼리즘의 궤도 이탈로 받아야 했던 불편한 시선으로부터 벗어나려는 것이라 할 수 있다. 혹은 김수영이 담고 있던 사랑의 의미 이상을 보여주려는 외디프스적 시나리오의 일환이라 할 수 있다.

이처럼 두 번째 시집은 박후기 나름대로 만든 것을 선배 시인의 시와 대조시켜 제시함으로써 자신이 이룬 성취를 확인하는 작업으로 전통의 깨진 조각과 같은 것이다. 그런 측면에서 다분히 제유적(提喩, Synecdoche)이다. '사랑'의 이미지를 중심으로 김수영의 강력한 힘, 즉 완성된 '전체'와 박후기의 무력한 힘이 상징하는 '부분'이 대조돼 만나고 있기 때문이다. '제유7)'는 두 개의 의미가 필연적인 관계를 띠고 있다. 그 중의 하나를 제거하면 다른 것도 없어진다.

> 누군가의 걸음걸이가 위태로워 보인다면, 그는 분명 난간 위를 걷고 있는 것이다.//재개발지구에서는 꽃들도 난간 위에서 피고 진다. 버려진 꽃들이 생사의 경계 위에서 목을 길게 빼고 망을 본다. 가끔, 발을 헛디딘 꽃잎이 난간 아래로 추락하기도 한다.//지상에서 쫓겨난 사람들이 난간 위에 망루를 세웠다. 망루가 서 있던 난간은 무너진 하늘의 일부였다. 그곳은 철거민들의 소도(蘇塗)였지만, 관리들은 용산4지구라고 불렀다. 누군가 망루에 불을 질렀고, 시커멓게 타버린 사람들이 들것에 실려 급하게 이승을 빠져나갔다.//모두 난간 위에 살고 있으면서도 발아래 세상을 보지 못했다.

―「난간에 대하여」 전문

---

7) 김학동·조용훈, 『현대시론』(새문사, 1997), 162쪽.

이 시는 일종의 행사시이며 집단시이다. 이미 완성된 전체 속에 부분을 이루고 있다. 그럼에도 시인은 그 누구의 시보다 더 많은 의미를 담아내고 있다. '난간'에 기댄 위태로운 삶은 보편적 현실이기에 '용산 참사'라는 역사의 비극은 파토스적 의미의 확장을 통해 리얼리즘의 승리를 성취한다. 이는 선배 시인들이 구가했던 리얼리즘의 단순성에서 이탈된 것이며, 그 이탈로 응축되었던 의미의 새로운 길을 여는 것이다. 박후기는 개인이면서도 집단적이다. 그는 개인의 집단성을 너무도 잘 인식하고 있기에 자신의 삶과 사회와의 관계 속에서 깨진 조각을 맞추듯 시를 쓴다. 즉 고립된 개인으로서 나르시시즘적 파멸에 이르는 것을 미연에 방지하며 자기 존재의 부분을 전체와 퍼즐 맞추기 하고 있는 것이다. 그러므로 그가 두 번째 시집에서 펼친 파토스적 이미지는 새롭다.

> 떨어진 꽃잎이/제 그늘을 밟고 간다//수척한 눈길,/도로 옆 구인전단 위에/잠시 머물다 간다//다리를 절며/불 켜진 집으로 돌아오는/중년의 헛기침 속으로/하루살이가 날아든다//검은 비 내리고,/젖은 바짓단/구두 뒤축에 자꾸 밟힌다//비바람에 시달려/너덜너덜해진 꽃잎,/하수구 물살의 등에 업혀/어디론가 흘러간다
>
> —「실업자」 전문

박후기는 현실을 전체로 접근하지 않는다. 부분을 통해 전체를 인식한다. '떨어진 꽃잎' 속에서 오늘날 우리 사회에서 밀려난 사람들을 읽는 시선은 이 시집을 지배하고 있는 '사랑'에 뿌리를 두고 있으며, 선배시인들이 놓치고 있는 집단적 환상으로부터 벗어나 이룬 시적 성취

다. 그는 소우주이다. 이는 개인들의 소망이 결집된 '혁명의 진리'와도 같다. 가타리는 "혁명가의 일은 말을 전하는 것이 아니고, 더욱이 무엇을 말하기 위해 누군가를 파견하는 것도 아니고, 모델이나 이미지를 운반하거나 이송하는 것도 아니다. 혁명가의 일이란, 자신들이 있는 곳에서 더도 덜도 덧붙이지 않고 술책을 부리지 않고 단 한마디로 진리만을 말하는 것이다.[8]"라고 말한다. 시인의 일도 마찬가지다. 박후기는 진리만을 말하기 위해 '거짓말'을 사랑하기로 했다.

4. 환생을 기다리며

박후기는 아직 선배 시인의 영향력 아래 있다. 그가 리얼리즘을 선정하고 그것으로부터 이탈하여 새로운 리얼리즘을 구성하려는 것을 두 권의 시집에서 확인할 수 있다. 그는 아직 깨진 조각 상태이다. 리얼리즘 조각들에 새롭게 의미부여 하고 있다. 헤롤드 블룸의 '오독의 지도'를 따른다면 그렇다. 도래할 날들은 '자기 비하'의 유아적 단계다. 그는 이 시기에 무력감에 빠져 절망할 것이다. 그러나 이 고립과 퇴행은 그를 단련시켜 더 강력하게 자존의 욕망을 자극할 것이다. 그래서 선배 시인과의 영향 관계를 점진적으로 극복 온전히 자기 세계를 구축하길 바란다. 다시 가타리의 말을 빌려 이 땅의 시인이 보여줘야 할 순간을 그에게서 고대한다. "혁명적 진리의 순간이란 사람(당신)이 어떤 일로 진절머리나지 않을 때이며, 사람(당신)이 그 무리 속에 들어가고 싶다고 원할 때이며, 사람(당신)이 이제 아무것도 두려워하지 않을 때이며, 사람

<hr>

8) 펠릭스 가타리, 윤수종 옮김, 『정신분석과 횡단성』(울력, 2004), 477~478쪽.

(당신)에게 힘이 되살아날 때이며, 사람(당신)이 어떤 일이 일어나든 목숨을 걸고서라도 끝까지 앞으로 나아가려고 하는 기분이 들 때이다.9)”

이것은 '거짓말'이다.

---

9) 앞의 책, 478쪽.

이상한 나라의 리얼리즘
―이재무의 『저녁 6시』와 최승익의 『휘파람 소리』

1. L씨의 이상한 나라

"언니 곁에 앉아 있던 앨리스는 견디기 힘들 정도로 지루해졌다."

『이상한 나라의 앨리스』는 이렇게 시작한다. 그때, 이제껏 본적이 없는 모양을 한 토끼가 한 마리 뛰어왔다. 눈알이 빨갛고 털이 하얗다. L씨의 이상한 나라도 견디기 힘들 정도로 지루하다. 이때 이제껏 본적이 없는 두 권의 시집이 뛰어왔다. 『저녁 6시』(이재무, 창비, 2007)와 『휘파람 소리』(최승익, 시와에세이, 2007)다. 하나는 눈알이 빨갈 것이고, 다른 하나는 털이 하얄 것이다.

앨리스는 치미는 호기심을 참지 못하고 토끼를 따라 언덕배기 밑에 있는 굴로 들어섰다. 영리한 그 애는 어떻게 이 세상으로 다시 나올 것인가 생각지 않았다. 나도 그렇다. 저녁 6시까지 이 지상에서 잠시 머물다 자꾸만 자꾸만 떨어져 내려가 이 세상으로 다시 나올 것을 생각하지 않는다. 그러나 이 두 권의 시집을 따라가는 것은 호기심 때문이 아니다. 작아진 앨리스가 자신이 흘린 눈물에 빠져 허우적대듯 손톱 만 하게 작아진 리얼리즘 때문이다.

L씨와 함께 사는 이 세상은 신자유주의 체제의 나라다. 이상한 일이 자꾸만 벌이지는 바람에 L씨는 어느새 불가능한 일은 없다고 생각하기 시작한 것 같다. 우웩! 영어를 모국어로 삼을 모양이며, 사교육 받지 못한 아이들을 추려내 팽개칠 생각이고, 쥐똥 같은 돈을 주며 몹시 부리다 노동자를 아예 쉬게 할 심산이고, 대운하를 파 물고기를 쫓아내고 거기다 컨테이너선을 띄워 뱃놀이를 할 작정인가 보다.

L씨의 이상한 나라에서 시인들은 세상 사람들의 말을 알아듣지 못한다. 팔 다리는 떨어져 나갔고 눈앞에 펼쳐진 일들을 무시하려는지 목을 쭉 빼고 멀리 보는 습관이 생겨 목이 가느다랗게 길어졌다. 그래서 사람들은 그들을 뱀이라 부른다. 이상한 나라의 앨리스처럼 시인들은 "난 뱀이 아냐!"라고 고함치지만 궁색하다. "난…… 난 리얼리스트야." 이렇게 말하면서도 지금 그런 말이 정당할지 스스로 의심한다. 이 두 권의 시집은 앨리스의 말을 흉내 내어 말하고 있다. "그렇지만 가야 할 곳이 있어. 그곳이 어떤 곳인지는 모르지만."

일종의 우화적 환상이다. 엔토니 이스톱(Antony Easthope)은 환상을 두 가지로 나눈다. 무의식적 백일몽이라 할 수 있는 환상(fantasy)과 사회적 기능과 의미를 생산하는 환타지(phantasy)이다. 시집 『저녁 6시』에서 백일몽에 빠진 일상의 빨간 눈을, 시집 『휘파람소리』에서 하양게 탈색된 사회적 환타지를 보게 될 것이다.

2. 지상에서의 백일몽 - 『저녁 6시』

하이데거는 일상적 삶의 존재양식을 잡담(Das Gerede), 호기심(Die Neugier), 모호함(Die Zweideutigkeit)이라 말한다. 시인의 일상 또한 여기서 크게 벗어나지 않는다. 우리가 듣는 시인의 목소리는 무어라 무어라 귓가에 맴돌 뿐 잘 들리지 않는다. 그가 전해주는 저녁 무렵 6시의 풍경들은 너무나 익숙한 일상이다. "논일 끝나면 밭일, 밭일 끝나면/읍내 장터에, 잔칫집에, 떡방앗간에, 예식장에, 초상집에,/공판장에, 면사무소에, 군청에, 시위현장에(「깊은 눈」에서)"서 굳이 귀를 열지 않아도 들리는 소리들이다. 이 잡담과 같은 시 속에서 우리가 목도하는 것은 일상에 빠져든 시인의 모습이다. "저녁이 오면 인사동이나 청진동, 충무로, 신림동, 청량리, 영등포 역전이나 신촌 뒷골목(「저녁6시」에서)"을 어슬렁거리는 시인을 만나게 된다. 그는 도시의 일상에 감각이 마비된 우리다. 그래서 우리는 일탈의 호기심을 갖는다. 여행이다. 현실적인 가치가 지배하는 일상에서 벗어나 삶의 깊은 의미를 찾아가는 행위가 여행이다. 시인도 그렇다. 미량으로, 문배마을로, 운문사로, 강진만으로, 백련사로, 양수리로, 사리암으로, 낙양으로 떠도는 그의 시심은 일상에 빠져 허우적대는 자아를 구출하려는 거리두기다. 시집 곳곳에 묻어 있는 일탈의 궤적은 그러나 너무 심심하다. 겨우 아득한 포구에서 갯벌 같은 여자와 꾸미는 불륜의 백일몽이 전부다. 그래서 이 시집의 일상은 모호하다. 잡담과 같은 일상에 빠져 불온한 것들을 맘껏 탐닉하다가 한편으로 속죄하듯 일탈하려는 꿈을 꾼다. 그러나 한낱 백일몽에 지나지 않는다. 그럼에도 이 추함과 아름다움의 동거 속에서 우리가 읽어야 하는 것은 자기 삶의 본래적 모습을 회복하려는 징후들이다. 시인에게 중요한 문제이기보다는 우리에게 심각하기 때문이다.

다시 하이데거는 말한다. 실존적 결단을 내리라고! 우리들의 실존적 결단은 새로운 차원에서 환하게 열려 밝혀진 자기 자신의 세계를 맛보게 할 것이며, 동시에 더 깊고 풍요로운 삶을 사는 본래적 삶의 문을 여는 열쇠를 손에 쥐어 줄 것이라고 말한다. 그러므로 우리가 이 시집에서 읽어 내야 할 것은 일상의 잡담도, 호기심도, 모호함도 아니다. 거기서 풍기는 관념적 고통과 아름다움의 백일몽이 아니다. 하이데거는 본래적 삶을 살라 요청한다. 그 자기 자신의 삶 살기는 일상의 한 가운데에서, 그때그때 삶 속에서 피어오르는 불안과 양심의 부름, 그리고 자기 자신의 죽음 앞에 앞서 달려가 보는 것이다.

시 「부드러운 복수」를 보라. 시인은 생의 분식, 삶의 연민, 사랑의 집착 때문에 불안하다. 그가 두려워하는 것은 높고 푸른 이념이 아니라 자기 소멸이다. 이 두려움이 이 시집을 구원했다. 그리고 우리도 구원할 것이다. L씨의 이상한 나라에서 자본을 향한 끊임없는 분식과 연민과 집착에 결박된 채 불안에 떠는 우리 자신을 볼 수 있기 때문이다. 그러나 미약하다. 우리는 시인이 숨겨둔 양심의 부름을 찾아 들어야 한다. 이 역시 우리 자신을 위해서다.

> 내면의 동굴 서늘하게 울리던 소리를 나는 들었던가
> (…중략…)
> 사는 동안, 살기 위하여 나 말에 멱살 잡혀
> 실감과는 상관없는 생 살아왔는지 모른다
>
> —「말과 권력」에서

시인도 우리도 모두 알고 있다. 살면서 우리는 너무나 많은 실감과
결별했다는 사실을, 귀를 막아도 들려오는 소리가 있음을 알고 있다.
자본이 후려치는 채찍질에 돌고 돌아 눈이 빨개진 인간 팽이가 내뱉는
웅웅거리는 회전음은 이 지상에서 부르는 백일몽의 만가(輓歌)가 아니던
가. 저녁6시도 곧 저물어 가는 시간이다. 이 시집은 그것을 전하려 하
는가. 밤거리를 떠도는 유령처럼 살기를 아무도 바라지 않는다. 시인도
그렇다. 그래서 이 시집을 읽으며 우리는 죽음에 앞서 미리 가 우리의
미래와 만나야 한다. 푸른 늑대처럼.

> 내 생전 언젠가는 찾아갈 거야, 푸른 고독
> 광도 높은 별들 따로 떨어져 으스스 춥고
> 쩡쩡 우는 한겨울 백지의 광야
> 방랑과 유목의 부족 찾아갈 거야
> (…중략…)
> 내 생전 언젠가는 찾아갈 거야
> 한마리 변방의 야생을 살며 폭설 내린 어느날
> 비축해둔 식량마저 떨어지면 파오 우리 덮치다가
> 불 품는 총구 앞에서
> 한점 비명, 회한도 없이 장렬하게 전사할 거야
>
> ―「푸른 늑대를 찾아서」에서

죽음 앞에서 더 이상 우리는 백일몽에 빠져 자본의 거리를 헤매는
개떼들이 아니다. L씨의 이상한 나라에서 우리는 광야로 나가야 한다.
푸른 눈을 번뜩이며 변방의 전위가 되어야 한다. 그처럼 이 시집은 시
인도 모르는 리얼리즘의 열쇠를 던져주고 있다.

3. 지하세계의 환타지 - 『휘파람 소리』

이 시집을 대하며 목소리를 바꾸기로 합니다. 우리 안에 거주하는 여성적 목소리입니다. 왜냐하면 이 시집은 남성적인 대지의 상상력으로 가득하기 때문입니다. 수컷이 수컷에게 갖는 헛된 리얼리즘의 환상을 버리기 위해 잠시 그렇게 하기로 합니다.

이 시집이 끌고 가는 공간이 있어요. 안타깝게도 이 시집은 그때를 말해 주지 않네요. 1980년 4월 사북이어요. 짧았던 봄이었어요. 서른 해가 다 되어 가는데 머릿속에 틀고 앉은 한 장면이 자꾸만 떠올라요. '린치'예요. 김순이라는 살찐 여자가 홀랑 옷이 벗겨진 채 동원탄좌 정문에 묶여 있었어요. 노조지부장의 마누라였어요. 온통 새까만 남자와 부녀자들이 그 하얀 살 첨을 향해 검은 돌을 마구 던졌어요. 때론 음모를 뽑아 바람에 날리기도 했어요. 아아! 그녀는 예수처럼 측은해 보였어요. 그래서 우리는 그 두더지 같은 인간들을 폭도라 불렀어요. 그러나 얼마 지나지 않아 알게 됐어요. '린치'는 악덕 기업주와 거기에 기생하는 어용노조에 대한 서툰 저항이었다는 것을요. 광산 노동자를 짓누르는 권력과 자본의 힘이 그들을 솟구치는 분노의 화산이 되게 했다는 것을요. 그리고 이 땅 노동운동의 봄을 가져온 첫 활화산이었다는 것을요.

그러나 대지의 상상력은 처절하다. 사북의 봄은 오래지 않아 짓밟혔고 광산 노동자와 부녀자들은 계엄군에 끌려가 사회정화의 대상으로 전락했다. 격렬하게 품은 희망은 고작 3일 동안이었다. 얼마 있지 않아 5월 광주에서 똑 같은 일이 벌어졌고 유혈과 혼란의 무법천지였다는 새빨간 거짓말이 아직도 이 땅을 짓누르고 있다.

이 시집은 사북이후 지하세계의 기록이다. 사북의 봄을 꿈꾸는 광산

촌은 이제 이 지상에 존재하지 않는다. 이미 석탄합리화라는 신자유주의의 흉폭한 바람이 스쳤기 때문이다. 지하세계는 달리 규폐병동이라 부른다. 그 나라 사람들은 빛을 볼 수 없기에 창백한 얼굴로 서로를 바라보고 있다. "규폐로 거친 숨을 몰아쉬며 살가죽만 남아(「규폐병동에서1」)", "원형의 창가 하얀 병상에 누워/마른 침 삼키며 숨 몰아쉬는(「규폐병동에서2」)", 좀비(Zombie)들이 아닌가. 악덕 농장주가 던져주는 저임금에 저당 잡힌 타이티의 흑인처럼 지난날 그들의 노동은 시체놀이에 불과하다. 그들을 묶어둔 서푼 임금은 탈출과 저항을 하지 못하게 한 부두교 주술사가 먹인 마약이다. 이처럼 지하세계는 검은 유령들의 나라로 변했다. 그처럼 L씨의 이상한 나라에서 광산 노동자들의 존재는 비현실적이다. 그러므로 이 시집에 등장하는 인물과 이들이 겪는 고통은 생경하다. "노동은 체험 삼아 해보는 것이 아니라/밥줄로 하여야 한다는 철칙을/밥줄로 이겨내야 한다는 형극을/어둠의 땅에서/그 무너진 어둠 속에서 다시 배웠다(「밥줄」에서)"는 말은 낯설다. 왜 그들은 저렇게 말을 할까 고개를 갸우뚱 거릴 뿐이다. 이것은 이상한 나라의 리얼리즘이 아니기 때문이다. 그러므로 석탄합리화로 폐광이 된 광산촌의 유령들이 내뱉는 이 지상의 언어들은 우리를 뜨악하게 한다. 한 때 지하세계의 일원이었던 시인도 그것을 알고 있다. 그도 규폐병동을 한참 헤매고 다니다 결국은 유령의 소리를 우리에게 전해주지 않는가. 휘파람 소리다.

밤바람소리 문풍지 울어대는 긴 겨울밤
할머니 무릎팍에서 듣고 자랐던
뱀 지나가는 쉿 소리가 아니라
하늘이 무너지는 폭풍소리 같아서

> 남은 희망마저 빼앗기는 아내들의 몸부림 끝에
> 내 서방 잡아가는 소리 같아
> 땅이 꺼져라 울어대는 통곡소리 같대서
>
> ―「휘파람 소리」에서

그들의 휘파람소리는 진폐증 말기 환자의 색색거림이다. 시인에게 우리는 이렇게 주문해야 한다. 휘파람을 불어달라고. 지하세계의 노래는 바로 이런 유령의 언어로 들려달라고. 그리고 지하세계의 노래가 사북의 봄을 다시 불러오도록 활화산 같은 주술을 걸어달라고 요청해야 한다. 지금 지하세계 광산 노동자들은 휴화산이다. 그러나 그 안에 솟는 힘(force de soulévement)의 환타지를 갖고 있는 마그마다. 바슐라르가 말했듯이 수직성의 투쟁에 앞서 짓누름(écrasement)이라는 재기(在起)의 과정이 있어야 한다. 끓어오르는 분노를 삭이고 눌러 그 에너지를 상승의 분출구로 이끌 줄 아는 자 그가 지하세계의 시인이다. 그래서 시인도 다음과 같은 시로 이 시집의 문을 닫고 있다.

> 수없이 이어진 길을 잰걸음으로 걷다가
> 무릎 꺾인 관절로 이 거리 한 귀퉁이
> 정차된 위치에 머물렀던 젊음의 족적들은
> 어둠을 가셔낸 새벽 질주하던 삶은 아니었지만
> 파란불 속에 감춰진 내일을 품어
> 수 없는 길을 횡단해온 이 거리에서
> 건너야 할 길과 돌아가야 할 길을 다시금 묻고 있다
> 한 발자국 또 한 발자국
> 신앙처럼 살아오며 믿어왔던 시선의 날들 거듭 놓아
> 어둠을 이겨나온 이 거리에서

새로운 길을 향해 일단정지 해야 하는
이맘때쯤, 역사를 돌이켜 이 길 어디쯤에서
한 걸음 또 한 걸음
길을 건너야 하는 걸까

—「건널목」 전문

4. 리얼리즘의 패배

이 두 권의 시집은 우리에게 "그렇지만 가야 할 곳이 있어."라고 말하는 것일까? 섭섭하게도 그렇지 못하다. 이 두 시집은 "그곳이 어떤 곳인지는 모르지만."이라고 고백하는 일상의 기록이며 우화일 뿐이다. 어떤 곳인 줄도 모르며 그리로 갈 수는 없지 않는가?

돌이켜 보면 리얼리즘의 위대한 승리는 정통왕당파 발자크의 손에서 성취되었다. 그러나 L씨의 이상한 나라에서 위대한 발자크는 존재하지 않는다. 스스로 자신의 몰락을 실감나게 전해 줄 귀족은 없다. 오직 천민자본가만이 제 배를 문지르며 이상한 말을 쏟아 놓을 뿐이다.

그러므로 이 두 권의 시집은 오늘날 리얼리즘의 패배를 단적으로 보여준 상징물이다. 일상의 백일몽이, 짓눌림의 과정이 없는 분노가 오늘날 극악한 현실을 담아내지 못함을 이 두 권의 시집에서 처연하게 목도한다. 그것은 지루함이다. 다행히 이들 시집에는 시인 자신도 모르게 숨겨 논 금쪽같은 시들이 빛나고 있다. 이 땅의 리얼리스트여! 그대가 그것을 찾아 읽기 바란다.

『이상한 나라의 앨리스』 말미에는 이런 말이 쓰여 있다. "하지만 눈을 뜨는 순간 모든 것은 현실로 바뀔 것"이라고. 우리는 지금 눈을 뜨

고 있는 것인가 감고 있는 것인가? 브레히트는 말한다. 어서 눈을 감으
라고.

서기 2013년의 하이퍼텍스트
―이정섭의 『유령들』

프루스트는 우리에게 자기의 작품을 읽지 말고
그 작품을 이용해서 우리 자신을 읽어보라고 충고한다

―질 들뢰즈

1. 묵시록/그로테스크 리얼리즘

시집을 펼치는 순간 책갈피에서 뿜어 나오는 강력한 빛이 눈부셨다. 잃어버린 성궤를 찾았던 사람들이 뚜껑을 열자마자 녹아 없어졌던 것을 떠올리게 한다. 이 시집을 읽은 사람들은 보지 말았어야 할 인간 종말의 낱낱을 목격하고 두 손으로 얼굴을 파묻었던 파티마의 어린 목동처럼 한동안 섬뜩한 공포에서 벗어나지 못할 것이다. 우리 모두는 밀란 쿤델라가 언급했던 '현대의 협력자' 혹은 종말을 이끈 당사자이기 때문이다. 우리는 '매스미디어의 소란에 환호하고, 광고를 보고 멍청한 미소를 흘리고 있으며, 때론 자연을 망각하고, 그것을 미덕으로까지 인정

받는 천박한 사람들'이다. 그럼에도 불구하고 시인이 햇빛 들지 않는 그늘 속에 들어부었던 슬픔의 힘은 우리 모두를 구원하고 있다.

마야문명이 예언했던 세상의 종말은 2012년 12월 23일이다. 일찍이 인류의 종말을 예언했다 실패한 노스트라다무스도 2012년을 다시금 거명했다는 예언서가 발견되었다고도 한다. 주역도, 티벳승려도 하물며 미항공우주국(NASA)까지도 지구변화에 대해 2012년을 적시하고 있다. 그러므로 2013년은 지구 종말이후를 뜻한다. 그래서 들뢰즈와 가타리가 '천개의 고원'에서 상정했던 역사적 기념비들처럼 이 시집은 그동안 박해받던 사람들에 대한 위로이며, 새로운 세계에 대한 약속이다.

묵시록이 상징을 통해 예언하듯 이 시집 또한 쉽게 접근할 수 없다. 언어와 사물이 서로 불일치를 보이고 있으며, 라캉이 말하듯 기의는 기표 밑으로 자꾸 미끄러지고 있다. 이미지와 이미지의 불편한 결합과 의미의 불학정성은 당황스럽다. 계속해서 반복되는 의미의 간극은 이 시집을 환타지로 유도하기 쉽다. 그러나 이 시집에 전면적으로 드러나고 있는 '그로테스크한 몸의 이미지'와 '물질적이며 육체적인 하부 이미지'는 경직된 우리의 사고와 관념을 깨뜨리는 리얼리즘이다. 시인의 뜻을 따르면, 우리 삶의 모습에서 '햇빛'을 허물고, '그늘'로 변주시키려는 민중적이며, 탈중심적인 형식이다.

그러면 어떻게 이 시집을 읽어야 하는가? 우선 "부분은 전체를 포함한다."는 논리가 귀에 솔깃하다. 그리고 프루스트가 '잃어버린 시간'을 찾았던 마들렌의 소중한 경험이 떠오른다. 그러므로 전체를 통해 무엇을 얻어낼 생각은 말자. 이때부터 이 시집은 들뢰즈가 말했듯 "전체화할 수 없는 부분적인 조각들을 이웃시켜 공명의 효과를 생산해내는 기

계이다.” 그렇다면 이 시집기계에 합당한 이름은 ‘하이퍼텍스트’가 아
닌가?

이제 우리는 이 시집의 첫 페이지에서부터 마지막 문장의 마침표까
지 시인이 정해 놓은 한 가지 순서로 시를 읽을 필요가 없다. 컴퓨터
모니터에서 마우스로 링크를 선택해서 꼬리에서 꼬리를 물고 정보를
읽어 나가듯 시를 읽는 것이다. 결국 이 시집은 읽는 사람에 따라 수천
수만 개의 텍스트로 변주될 것이다. 여기에 적는 것은 다만 한 가지 텍
스트 읽기에 불과하다. 들뢰즈와 가타리의 선택을 따라 이 시집에서
‘욕망하는 기계’를 클릭 하고, 이어 ‘기관없는 신체’, 그리고 ‘탈주’를
클릭했다.

2. 말랑말랑한 욕망

내가 나임을 인식하는 것은 어떤 방법으로 해야 하는가? 다시 말해
주체로서 내 스스로를 체험하는 계기를 어떻게 마련하는가? 사르트르
는 다른 사람의 눈을 의식해 수줍음을 느낄 때 자신을 경험하였고, 레
비나스는 고통받는 사람들을 보고 책임감 속에서 스스로를 깨달았고,
라캉은 타자가 겪는 결핍 속에서 스스로를 체험하였다.

이정섭은 후각적 충동에 민감하다. 이 충동은 현실에서 채울 수 없
는 어떤 것을 상징한다. 그러나 그가 이 세상에서 맡았던 냄새의 근원
은 배설물이다. 인간이 쏟아낸 악취는 시인을 절망에 빠뜨리지만, 다른
한편으로 스스로를 체험하는 순간이기도 하다.

성(性)은 아름답지도 않으며 먹고 먹히는 경제논리처럼 돈으로 거래

되고 있어 생생했던 살냄새는 불판위에 올려진 고깃덩이처럼 탄내를 풍긴다(「달 달 무슨 달」). 경제불황 속 도시는 흉물스럽기 그지없다. 빈곤의 냄새를 가득 품고 있는 도시에서 우리는 출구를 찾을 수 없다(「결빙기」). 전쟁은 끊이지 않는다. 세상은 화약냄새가 진동하고 어린 아이들이 시한 폭탄처럼 전쟁기계로 내몰리고 있다(「복수는 나의 것」). 후각을 통해 감지한 세상은 종말의 징후로 가득하다. 이처럼 서기 2012년 종말의 때는 무엇보다도 후각을 통해 감지되었다. 그러기에 시인은 자신의 존재 근거를 냄새에서 찾는다(「달빛에 돋은 사마귀」).

느티나무 아래 군청색 햇빛이 고여 있다 점점 묽어져 젖은 흙길을 푸르게 물들이는

느티나무를 가로질러 걸어가던 소년이 푸른빛에 녹아내리고

담장을 따라 하늘이 번진다 철책이 자란다 그 곁을 뛰어가는 소녀의 머리가 어두워진다

포로가 된 붉은 가방은 생살 사이에서 딱딱해지고 굳은 다섯 개의 방을 건너 변신하는

소녀의 몸에 금속성 냄새가 이식된다 부패하기 시작한다 머리가 줄어든다 사라진다 머리가 사라진 소녀가 소녀의 어깨에 팔을 두른다 눈보라처럼 비상구처럼

느티나무에는 군청색 토르소들 주렁주렁 여물고

그림자 밟은 햇빛은 독한 약품 냄새를 슬그머니 감추고 있다

—「햇빛의 냄새」 전문

종말의 후각적 징후는 '햇빛'에서 연유한다. 인류가 오랫동안 향유했던 '태양을 숭상하는 문명'은 비로소 쇠퇴기를 맞고 있는 것이다. 그동안 아이들을 길들였던 태양의 질서는 '딱딱하며, 굳은 것이며,' '금속성 냄새'가 나는 것이다. 이 고정화된 틀에서 참으로 오랫동안 인류는 자유스런 변신을 억압당했고, 축소되고 축소되어 아예 자취 없이 사라지고 마는 운명을 반복했다. 그동안 태양이 조장했던 밝은 논리와 교술은 독한 방부제였을 따름이다. 태양을 추종하는 무리들은 모두 부패했다. 시인은 '그림자'를 욕망하고 있다. 그를 존재케 하는 냄새는 태양의 발 아래 신음하는 '어둠'에 갇힌 대상들이다. 그것은 2013년 종말 이후에 펼쳐질 세계를 예감하게 한다.

이즈음 '욕망'을 링크했다. 금방 들뢰즈와 가타리가 상정했던 '욕망'으로 갈 수 있었다. 그들은 '욕망'을 모든 것을 움직이는 기본적인 것이라 말한다. 그들은 욕망을 결핍이나 결여, 부정에서 비롯된 것으로 본 것이 아니라 능동적이고 긍정적인 힘으로 파악한다. 그래서 '욕망'은 무엇인가를 생성하게 하고, 생산하게 하며, 창조한다. 다시금 이정섭이라는 '욕망하는 기계'를 클릭한다.

꿈꾸는 동안 붕어빵은 황금으로 변하지 먼 훗날 황금은 돌아올 테지만 멀미하는 나는 일 없어 꼼짝없이 꿈에 갇혔네 그녀는 내게 마음 주지 않았어 (…중략…) 꿈꾸는 동안 태양은 허가받은 만큼 녹아내리고 마취에서 깨어난 붕어는 뼈 없는 몸 흔들어 금가루를 뿌리네 빵냄새를 가꾸는 그녀가 나는 좋은데 내게 마음 주지 않았어 (…중략…) 태양은 사뿐히 마법을 건너뛰었네 다리 아픈 그녀는 눈썹 긴 달빛에 이끌려 구석구석 검은 재를 채웠네 배신이 무르익는 동안 신나는 호루라기 식어버린 마법을 덤핑 판매하는 호루라기 소리, 붕어 떼는 연이어 태양계를

탈출하고 빵집은 영영 문 열리지 않았지 꼼짝없이 꿈에 갇힌 날들 불편
한 나는 간절히, 알싸한 빵냄새를 꿈꾸는데

―「겨울에 살해당한 마법사 이야기」에서

이 시에서 부패한 냄새를 풍기는 햇빛의 변주가 '황금 붕어빵'임을
단박에 알아챌 수 있다. '황금 붕어빵'에 집착하는 것은 '욕망'이 아니
다. 그것은 의식하는 순간에 금방 채울 수 있는 '식욕'과 같은 것이다.
'그녀'에 대한 의식적 지향은 시인을 '꿈'이라는 상징적 질서에 가두고
만다. 거기에 매개로 등장하는 것이 '햇빛의 냄새'다. 그 냄새는 의식적
인 것이며, 결핍을 모르는 우악스런 폭력이다. '꿈꾸는 동안' 즉, '햇빛
냄새'에 중독돼 있는 동안, 우리는 마술사가 아니다. 다시 말해 마술이
갖는 놀라운 무의식적 자유를 상실하고 마는 것이다. '황금빛 향기'에
삶의 생기와 자유를 정지당한 우리 자신을 떠올려 보라. 자본 논리에 쉽
게 유혹 당해 그 황금빛 꿈에 갇혀 있는 동안 우리는 재가 되어 소멸했
고, '호루라기' 소리를 들어야 한다. 그것은 종말을 예견하는 경종이다.

신선한 살코기에는 관심 없어 테라스에 앉아 아메리칸 스타일 커피
를 마신다. (…중략…) 누군가 썩는 일은 우리 행복에 대한 보증이니까
맘껏 미끄러져 춤춰야겠어 커피 향 가득 붉은 잇자국을 남긴 아지랑이
는 살냄새를 흔들며 떠나네. (…중략…) 손에 잡히지 않는 더운 김이 졸
졸졸 살냄새를 따라가네. 저당 잡힌 신선한 근육에는 관심 없어 캠브리
지 멤버스는 가까이 다가오질 않고 은근슬쩍 추방을 강요하는 오전 막
바지구겨진 작업복으로 무장한 막일꾼들이 횡단보도를 건너온다.
그만 달아나야겠어
신선한 건 도무지, 무서워 죽겠다니까.

―「Fresh Life Restaurant」에서

비로소 시인을 존재하게 하는 냄새를 링크했다. '신선한 살코기' 냄새다. 황금빛 냄새에 길들여진 사람들이 두려워하는 냄새다. '햇빛' 영역 안에 속한 사람들. 다시 말해 '멤버'들은 아지랑이와 같은 가벼움을 가장 하고 있지만 모두 거품이다. 시인은 이 거품 속에 진동하는 것을 부패의 냄새라 풍자한다. 그리고 '손에 잡히지 않는 더운 김'에 가져다 놓는다. 통상 우리는 그것을 행복이라 칭한다. 그 황금빛 알싸한 냄새 틈을 비집고 저당 잡힌 냄새가 다가온다. 그것은 꿈속에 갇힌 의식화된 요원이 아니다. '구겨진'자들이며, 추방당한 존재며, 횡단하는 타자들이다. 이처럼 시인이 욕망하는 냄새, 즉 '그늘의 냄새'는 신선한 것이다. 시인의 욕망은 '햇빛'처럼 딱딱하지 않다. 그늘처럼 '말랑말랑하다'. 죽음을 딛고 생명을 잉태할 그늘이다. 그가 욕망하는 그늘에 숨어 잠시 우리의 타자화된 심신을 쉬어도 좋을 것 같다.

3. 햇빛기계를 부수고

이정섭의 욕망기계는 강력하다. 시인의 욕망은 사회의 고정적인 가치, 체계, 질서 등을 거부하며, 중심부의 획일적이고 억압적인 권력을 전복시키려 하고 있다. 시인이 저항하는 지배의 실체를 링크해 보자. 들뢰즈와 가타리는 '기관'이라 명명하고 있다. 기관이라는 기제는 우리 개개인의 자유로운 삶의 흐름을 방해하고, 사회가 다양한 모습으로 변화하는 것을 인정하지 않는다. 오직 획일화된 이데올로기 속에 가두고자 한다. 시인의 신체는 이 복종과 굴종의 체제를 해체하려는 욕망으로 가득 채워져 있다. 그것은 생성과 생산의 욕망이다.

> 르네가 태어났을 때 르네는 바람 르네는 향기 르네는 견디기 힘든 유
> 혹 (…중략…)
>
> 르네가 늙었을 때 르네는 바카라 르네는 바다이야기 르네는 확신할
> 수 없는 펀드
>
> 바게트를 찬미할 시간이야 르네 엉덩이처럼 부풀어 오른 거품을 터
> 뜨리자 묽게 번진 마스카라는 추억에 감금하자 복숭아꽃 벌건 춘화도
> 건너 신호는 제자리걸음 무단횡단을 감행하는 학생들 싱싱한 고기를 냉
> 동 보관하는 모델하우스
>
> ―「르네의 사생활―공룡시대」에서

서기 2012년은 공룡시대다. 이 시대가 멸종을 예고하고 있음을 어린 아이들이 먼저 알고 있다. 현대는 공룡시대다. 지루한 드라이브에 감염된 시대다. 그러나 제자리걸음, 앞으로 나갈 수 없는 덩치를 갖고 '무단횡단을 감행하는 학생들, 싱싱한 고기를' 가두는 모델하우스 같은 시대다. 르네는 그 생활에서 몸의 자유를 획득하는 상징으로 기표화되지만, 그것은 공룡의 다른 모습이다. 어린 시절 르네는 욕망의 대상이었지만 늙은 르네는 공룡시대의 기표로서, 그 흉물스런 종말의 기표를 함축하고 있다. '르네가 늙었을 때 르네는 바카라 르네는 바다이야기 르네는 확신할 수 없는 펀드'로서 시인을 자본으로부터 소외시키고 있다.

그러므로 '공룡'이라는 거대한 기관 속에 갇힌 현대인들은 산업사회의 대량생산되는 가치 체계 속에서 꼭두각시 '인형'처럼 무기력하다. 아무런 대처 능력이 없다(「공룡은 인형을 좋아해」). 생명을 죽이는 이기적인 욕망들은 자본주의적 환각(커튼피그트리)과 폐쇄적 신앙의 결합을 통해 기관 없는 신체(아기)를 죽음으로 이끈다(「이기적인 유전자들」). 현대인

의 삶은 노예선(아미스타드)에 실려가는 노예와 같다. 햇빛 아래 '약시'로 살아야 하기 때문에 현실을 제대로 파악할 수 없다. '생각'이 없다는 것과 일치한다(「아미스타드」). 이는 모두 공룡시대의 일이다. 산모의 평화가 아이의 죽음을 통해 이루어지듯, '아무도 책임지지 않는 나날'을 시인은 산 것이다. 의사도 간호사도 책임지지 않는 현실처럼 아이의 현기증은 시인이 겪는 삶의 소용돌이다. '귀신'이 달라붙는 죽음과 같은 현실이다.(「병원놀이」)

그 앞에 서서 아이는 말이 없었네
십 여 미터나 되는 단단한 어금니가 날이 선 듯 번쩍거렸네 녹슨 철제 난간 너머 아이가 물고 다니던 꿈이 굴러다닐지 어망처럼 꼬인 격자무늬가 입술을 달싹였지만 아이는 고개를 가로저었네 지붕 위를 보고 싶은 아이들은 천천히 벽을 타고 있었네 (…중략…)

물은 아이의 속도보다 빠르게 차오르고, 옹벽은 완강하게 물을 껴안고, 아이는 물에 잠기고, 그 앞에 누워 저녁놀 말이 없었네

어디선가 젖은 연탄 말리는 연기
모락모락 피어올랐네

―「어디선가, 아이 말리는 연기」에서

급기야 시인은 기괴하고 참을 수 없는 증오를 우리로 하여금 링크시키게 한다. '아이'는 '기관 없는 신체'다. '십 여 미터나 되는 단단한 어금니'를 하고 '공룡'이라는 기관이 '벽'으로 변신하여 아이 앞에 서 있다. 넘을 테면 넘어 보라는 식이다. 그럼에도 불구하고 아이는 그 벽을 넘어서려 한다. 길들여지지 않았기 때문이다. 하지만, 종말의 때에 모든

선한 자들을 죽여 없애듯 '기관 없는 신체'를 참혹하게 해체한다. 저 '젖은 연탄 연기'는 주검 앞에 피어오르는 향불처럼 침묵하며 밀려온다.

공룡시대 아이들은 때로는 최면에 걸린 듯 총을 들고 전쟁터로 나가 그저 대상도 없이 무기력하게 총질을 한다(「천국의 아이들」). 때로는 실종되고 만다. 세상을 잘못 읽은 아이들은 기화해 버리고, 세상은 공장처럼 아이들을 생산하고 있다(「실종사건 전문탐정의 수첩」). 분해 조립되어 순치된 아이들만 세상에 남는다(「개나리 노란 꽃그늘 아래」).

> 6.
> 햇살 한 줌 들지 않아도 노래는 있다
> 봄 물어오는 여치 계단을 스치는 가을에는 귀뚜라미
> 원활한 호흡을 걱정하는 환풍기까지
> 뱃가죽부터 켜켜이 먼지 쌓여도
> 알몸으로 골고다를 오르던 사나이처럼 가만히
> 어둠 안을 때 어둠보다 빨리 안기는 어둠
> 동굴에 사는 모든 벌레가 자유로운 것은
> 소리를 만지는 안목을 가져서다
> 가느다란 늑골 사이로 퍼지는 선율이
> 동틀 무렵 고단하게 뒤척이는 어둠을 부축해
> 지하 깊은 곳으로 대피하는 아량도
> 어둠의 상처를 알아듣는 더듬이 때문이다
>
> 9.
> 지구의 자전이 밤낮을 만드는 게 아니다
> 알량한 태양의 양심이 지하를 기웃거리는 잠깐
> 불온하게 우리 꿈꾸는 것일 뿐
>
> ―「지하로 가는 길」에서

마침내 시인은 '공룡기관'을 키운 '햇살'을 부수고 지하로 향한다. 서기 2012년의 11월이다(종말은 그 해 12월에 예정돼 있다). 종말을 예감한 것이다. 그곳에 거주하는 사람들은 '알몸' 상태다. 그것은 어둠이 주는 혜택이다. 햇빛아래서 행했던 분별과 시기와 분리와 배제를 거부하고 서로의 상처를 더듬는 어둠의 축제다. '양심'은 알량한 것이다. 이 시시하고 하찮은 기관의 시혜를 거부하는 것을 시인은 '불온하다' 한다. 그래서 우리도 '불온'을 클릭한다. 여지없이 김수영에게 링크된다. 김수영은 정치권력의 검열에 순치된 문학예술행위를 거부한다. 이정섭이 간파한 햇빛의 냄새에 중독된 행위다. 김수영은 그 알량한 양심으로부터 벗어나기 위해 '불온'을 유포한다. 그것은 전위적 행위다. 이 전위적 행위는 과거와의 단절을 통해 이루어지는 것이기 때문에 그 실험성으로 해서 불온할 수밖에 없다. 이정섭 시인도 그것을 꿈꾸는 것이다. 일체의 권력적 헤게모니로부터 자유로운 유목인이 되려는 것이다. 그리고 그가 가버린 지하의 세계로 함께 가기위해 또 클릭!

4. 그늘을 향해 탈주

다시 틀뢰즈와 가타리에게 왔다. 그들은 말한다. 탈주는 현실도피가 아니라 현실을 변화시키려는 창조적인 생성행위라고. 기관화된 사회로부터 탈주함으로써 새로운 사고와 가치를 생산해 그동안 불온시하고 부정되었던 인간 존재의 차이와 복수성을 긍정하는 것이라고. 그래서 경직된 사회를 보다 유연하게 만드는 것이라고. 다시 말해 이정섭이 포착한 말랑말랑한 관계이며, 어둠이 감싸 안은 안온한 세계이다. 이제

서기 2013년 종말 이후, 이정섭이 탈주한 세계로 가야겠다.

> 물방울이 낳은 검은 아이들이
> 웅덩이를 닫고 제방의 주둥이를 메우고
> 웃자란 터럭을 매끈하게 깎아낸다
> (…중략…)
> 좁은 관 속에서 무럭무럭 잠을 키운다
> (…중략…)
> 빳빳하던 이승은
> 나비가 앉고 뜨기를 반복해서야 비로소
> 붉게 누워 얌전해진다
>
> —「장마 이후」에서

대홍수이후 지상의 모든 살아있는 것들은 전멸하고 다시 시작하는 세상과 만났던 신화 속 인물처럼 이정섭은 담담하게 새로 펼쳐진 세상을 보여준다. 그 세상은 '빳빳하던 이승'과 대비되는 곳이다. 햇빛기계 아래 경직된 곳이 아니라 신체 없는 관속의 아이처럼 얌전한 세계다. 그러므로 우리는 죽음을 통과한, 새로운 탄생이 거듭되는 놀라운 생성의 신비를 목격하게 된다. 기관없는 신체, 그 아이들은 과거 순백색의 태양의 아이들이 아니다. '검은 아이들'이다. 시인이 탈주하여 재영토화한 세계가 얼마나 다른 세계인지 짐작할 수 있다. 그 곳은 동물적 생존만을 의식하여 '밥과 안부로 포장'된 삶을 부끄러워하는 회색지대다(「회색을 말한다」). 그동안 '효율성'만 따지는 자본의 분별 때문에 소외되었던 사실을 망각해 버린 무의식의 세계다. 그곳에서 시인은 '주인을 삼킬 수 있는' 야성을 깨우며 순치될 수 없는 욕망에 대해 이야기한다

(「순한 양」). 그것은 움직이는 식물이 움직이지 않는 동물을 삼켜버리는 기존 체계의 전복이다. 그 곳의 출입은 '매일 열려 있으나 매일 닫히는 문'을 통해, 혹은 '매일 닫혀 있으나 매일 열리는 문'을 통해 가능하다. 이 변화무쌍한 말랑말랑함을 시인은 '자유로운 고립'이라 명명한다(「문 앞을 서성이는 그림자들」). 우리가 좀체 경험할 수 없는 이 아이러니와 역설이 그가 꿈꾸는 종말 이후의 세계다. 그리고 그는 다음과 같이 서기 2013년의 보고서를 쓴다.

1. 긴 평화의 시대는 막을 내렸다.

3. 하늘하늘 내리는 봄볕. 반가운 살육의 계절이 돌아왔다. 널찍한 도시를 향해 원정을 떠난다…….

5. ……전쟁의 시대는 바야흐로 너희들의 놀이터……

7. 인해전술 : 포탄 대신 사람 투하하기. 전면전 막바지 아이템이 바닥난 종족들이 주로 사용하는 전술. 바닥에 떨어지기 전 대부분 사망하지만 생명을 유지한 것들은 좀비가 되어 적진 깊숙이 침투, 게릴라전을 벌인다. 원격조정으로 지하 곳곳에 암약해 바퀴벌레로 변신, 적진을 습격하기도 한다.

—「봄에 대한 보고서」에서

　이 보고서는 지구의 종말과 종말 이후가 가상세계가 아님을 증명하고 있다. 우리가 현재 향유하고 있는 '평화'는 진실인가? 그것을 시인은 되묻고 있다. 우리가 유지하고 하고 있는 비겁하고 잔인한 평화는 자본과 권력이라는 이름하에 수없이 많은 사람들을 타자화시키며 획득한 전리품에 지나지 않는다. 그리고 아무 것도 모르는 아이들을 전쟁기계로 만들어 사지로 내몰고 있는 전지구적 침묵의 카르텔이 만든 폭력의 유산이다. 그러므로 시인은 전쟁을 선언한다. '반가운 살육'이라는 자연의 힘을 통해 인간이 만든 도시, 태양의 제국을 향해 진격하는 시나리오를 제공하고 있다. 이 탈주의 비밀은 전쟁의 시대를 놀이터로 만드는 신비한 체험을 가능케 하며, 포탄 대신 투하된 사람들. 그 인해전술을 통해 사람과 사람이 이루어 내는 새로운 영토를 꿈꾸고 있다.

5. 다시 시(詩)의 품으로

이제 우리의 하이링크행위도 그만 멈춰야겠다. 지루하기 때문이다. 원래 하이퍼텍스트의 용이한 접근성이 보이는 결말이 그런 것이다. 마지막으로 다시 들뢰즈와 가타리에게로 갔다와 보자. 그들은 탈주선이 지배권력에 의해 재영토화되어 차단되고 소멸될 수 있음을 경고하고 있다. 더불어 긍정적인 생성능력이 고갈될 경우 부정적인 죽음의 선으로 변질될 수 있음을 경계한다. 다음 시를 조용히 음미하며 이정섭의 시집을 덮는다. 그가 저장한 슬픔의 힘을 믿기 때문이다.

> 그 밤이었을 거예요 언제나 왼편 어디쯤 서성이는 우리는 연등 하나 밝힐 수 없었는데요 소나기처럼 쏟아지는 무슨 말인가 목쉰 소리를 알아듣지 못하고 눈물만 요란했는데요 초파일은 지난 지 오래 가난한 길손 대신 손등을 드는 밤, 추녀에 매달린 왼쪽 날개가 상하고서는 못 속에 엉킨 실타래를 풀 수 없었겠지요 흙먼지 휘감듯 멱살을 잡는 산길의 반란으로 의지할 먼 불빛도 없이 돌아온 장터, 막차는 벌써 우리를 등졌던데요 그 날처럼 내리는 비를 맞으며 술 취한 아버지는 비틀거리고

요 바람의 화법을 채 익히지 못한 비구는 늙어 헛바퀴만 밟아대고요 팔
십년엔가 지어졌다는 다리 밑에서 부쩍 해쓱해진, 연꽃 그 참담한 경계,
이백 미터를 넘어가면 다리도 끊기는데 석회더미를 뒤집어 쓴 그 날 밤
처럼 연꽃은 알 듯 모를 듯 새하얀 미소만 허, 날리는데요 닿지 않는 거
리를 두고 숭숭 씨앗만 날아드는 왼편의 물은 허허벌판 등 시린 겨울인
데요

—「연꽃 근처」 전문

3부

일곱 개의 헌사(獻辭)

시간을 물들이는 자의 현상학적 몽상

―정우영의 『살구꽃 그림자』와 조은의 『생의 빗살』

1. 서랍과 장롱

시인은 시간 속에 발을 담그고 있다. 흐르는 물속에 발을 담그듯 이미 흘러가 버린 시간과 다가오는 시간의 현존을 체감한다. 시인은 현재를 살면서도 시간의 일부를 과거에 던져두고, 동시에 미래로 스며들어 연속적 시간의 흐름에서 벗어나 단절된 과거와 현재와 미래에 공존한다. 그래서 시인은 기억 속에 머물지 않고 진정 시간을 '사는(體驗)' 존재다. 그 시인 덕분에 우리는 '열려진 세계'를 나눠가질 수 있다. 현실에 사로잡혀 기능하는 인간기계에서 벗어나 때론 이방인 같은, 나와 아닌 것 같은 나와 만나게 된다.

이제 두 권의 시집을 손에 들고 일찍이 바슐라르가 앞질러 갔던 몽상에 사로잡힌다. 이 두 권의 시집은 손때 묻은 장롱처럼 묵묵하게 다가서 있다. 우리는 장롱 속 공간이 "깊다는 것을 본능적으로 안다.1)"

내밀의 공간이며, 누구에게나 열리지 않는 공간이기 때문이다. 그 공간
은 서랍과 같은 시집 속에는 없는 세계이다. 요즘 우리가 열고 닫았던
서랍 속에는 '메타포'라는 기계적 상상력으로 가득하다. "그것은 순간
적인 표현, 혹은 지나가면서 한 번만 사용되고 버려짐으로써 순간적인
것이 될 수밖에 없을 표현이다.[2]"

"장롱은 추억들의 소리 없는 소란으로 가득 차 있다." 그렇지만 "그
것은 매일 열리지 않는 것이다. 가슴을 터놓지 않는 영혼 마냥 그 열쇠
는 문 위에 있지 않다.[3]"

2. 수직적 시간의 전망 – 정우영, 『살구꽃 그림자』

우리가 기억하는 것은 매우 의식적인 것뿐이다. 쉽게 설명할 수 있
는 것이며, 내놓더라도 아무 이상이 없는 것이다. 이 촘촘한 기억의 조
직을 뚫고 내밀한 공간으로 들어간 몽상의 흔적이 정우영의 시집이다.
시인은 시간을 손에 넣고자 한다. 그 욕망의 근원은 시간을 선점하여
나 아닌 타자를 지배하려는 근대의 폭력적 이상과는 사뭇 먼 것이다.
시간의 흐름 속에 갇힌 기억이 아니라 시인이 아프게 밟고 지나왔을
시간의 징검다리 속 열린 세계다.

> 나는 이제 문지방을 넘지 못한다.
> 문지방을 넘기만 하면 낯선 얼굴이 되어

---

1) 가스통 바슐라르, 곽광수 옮김 『공간의 시학』(동문선, 2003), 176쪽.
2) 위의 책, 170쪽.
3) 위의 책, 177쪽.

나도 알지 못할 곳으로 떠나버린다.
몇 개의 나를 잃어버린 뒤,
나는 문지방 안쪽에다가 그물을 치기 시작한다.
나는 다만 나를 가둬두고자 할 뿐이나
그물에는 생각지도 않은 것들이 걸려든다.
오래 묵은 바람과 풀죽은 볕을 따라
곰삭은 지린내도 들어와 파닥거린다.
노랑나비 두 마리도 찾아와 나풀나풀
사랑을 나누다가 아예 그물을 찢어놓는다.
야가 자나?
아야, 비 온다. 장독 뚜껑 닫아라.
시간의 주름에 접혀 있던 엄니 음성 풀려나오자
문지방도 그물도 가뭇없이 사라진다.
나는 말짱하게 일어나 부리나케 달려간다.
없는 발, 없는 손으로 재빨리
지금은 없는 장독 뚜껑 닫는다.
허공에 지은 집이 잔상들로 부산한 저녁.

—「시간의 주름」 전문

시인이 추구하는 것은 수직적 시간이다. 문지방을 경계로 시간은 두 가지 양상을 띠고 있다. 문지방 너머 밖은 정지된 시간이 분명하다. 강물이나 바람처럼 수평적으로 사라져 버리는 밋밋한 시간이다. 그 일상적 시간의 지속 속에서 시인은 자기 상실을 기억하고 있다. 그 시간은 시적 시간이 아닌 것이다. '자기 자신의 고유한 시간을 타인의 시간에, 사물의 시간에, 삶의 시간에 귀속시켰음4)'을 인식하는 순간, 시인은 문

----

4) '수평적 시간의 자질'(가스통 바슐라르, 이가림 옮김, 『순간의 미학』(영언, 2002), 151~152쪽).

지방 안쪽으로 선회한다. '자신을 가두고 그물을 치는' 행위는 수평적 시간에 길들여지지 않으려는 내적 의지다. 이 시간의 파열을 통해 시인은 수평적 시간 속에 묶여 있는 존재를 해방시키려 한다. 그 존재들은 '생각지도 않은 것들이며, 지금은 없는 것들'로서 시인의 수평적 시간에 내적 질서를 새롭게 형성하고 있다. 바로 수직적 전망이다. 그 열망 속에는 모성의 호명이 자리하여 남성적 목소리로 가득했던 수평적 시간을 신비롭게 채색하고 있다. 그것은 우주적 몽상이다. 갇힌 세계로부터 새로운 세계로의 열림을 뜻하는 것이다. '허공에 지은 집'은 시인의 상상력을 끈질기게 끌어당겨 '어머니'에게로 가져다 놓는다. 이 '어머니'와 '집'의 이미지 결합으로 시인의 수직적 사유를 또 한 번 확인하게 한다. 그 집은 '지상에 지은 집'이 아니다. 시인의 꿈과 상상력을 가두는 수평적 시간이 존재하는 곳이 아니다. '허공'은 수직적 시간이 꿈틀대는 공간이다. 대지를 뚫고 솟아나는 화산처럼 그 가열된 열기 속에 마련된 공간이다. 그러므로 시인의 시간은 단순히 과거로 돌아가 어린 시절 애틋한 연민에 멈춰 있지 않다. 시인은 공동체적 질서 속에 기억으로 남은 것이 아니라 어머니의 호명과 하나의 몸을 이루어 '부리나케 달려나간' 존재의 응집을 보여준다.

> 그 메마른 나뭇가지에서 초록 싹이 불쑥 돋는 거야
>
> —「초경」에서

> 이제는 곳곳에서 사람들이 솟구친다.
>
> —「우주로 날아간 절망들은 어떻게 되었을까」에서

창문에 머리 박고 죽은 새끼가 푸드덕 날아오르자,

　　　　　　　　　　　　　　　　　　ー「노랑부리할미새」에서

세상을 향해 실컷 욕을 퍼붓고 온 날 밤, (…중략…) 낭창낭창한 잎사
귀를 뒤집으며 대나무가 삐죽이 솟아 있다.

　　　　　　　　　　　　　　ー「목구멍에 대나무 잘 키우는 법」에서

노르무레한 하초에 새 피 돌더니
생의 촉 꼿꼿이 섰다.

　　　　　　　　　　　　　　　　　　　　　ー「산목련」에서

　이처럼 정우영의 시집은 곳곳에 수직적 이미지들로 가득하다. 그 장
롱을 열면 어둠에 갇힌 빛들이 느닷없이 달려들어 엿보는 자들의 눈을
시리게도 하고 아프게도 한다. 수평적 삶의 주름에 갇힌 존재들이 있기
때문이다. 시인은 세상의 중심에서 밀려나 주변부를 서성이는 시간들
을 하나 둘 모아 어루만져 세우고 있다. 이 외로운 시 쓰기는 연민이
아님을 다음과 같이 선언하고 있다. 그리고 자기 존재의 증명을 현실의
가장 가파른 높이에서 확인하고 있다.

　그러니 연민은, 거둬라.
　한 점 티끌 없이 사라질 테다.

　　　　　　　　　　　　　　　　　ー「전서구(傳書鳩)」에서

동이 트면 너는 돌아간다.

볕과 그늘이 만나는 네 흙눈에서

말간 어둠이 돋는다.

바람은 다가와 신화(神話)의,
너를 다시 낳을 것이다.

망루,
망루,

―「하관」 전문

'한 점 티끌 없이 사라질' 생의 각오는 '망루' 위에서 구체화된다. '망루'는 현실의 대지를 균열시키고 솟아오른 신화적 몽상이다. 시인의 이러한 상상력의 힘은 죽음을 삶의 힘으로 바꾸는 용기를 갖게 한다. 시간은 자못 너무도 멀리 거슬러 갔다. 신화 속 이야기처럼 현실은 함몰되어 형체 없이 땅에 묻힐 것이다. 그러나 순간순간 불쑥 솟아나는 시간의 수직적 전망 속에서 정우영의 시는 '말간 어둠' 속 새로운 세계의 '돋움'을 예감하고 있다. 그리고 살구꽃 나무가 되어 서 있다.

나는 마흔아홉 해 전 우리 집
우물곁에서 베어진 살구나무이다.
내가 막 세상에 나왔을 때 내 몸에서는
살구향이 짙게 뿜어져 나왔다고 한다.
오랫동안 등허리엔 살구꽃 그림자가 드리워졌고
목울대엔 살구씨가 매달려 있었다.
차츰차츰 살구꽃 그림자는 엷어졌으나
서러운 날 꿈자리에서는 늘 우물곁으로 돌아가
심지 굳은 살구나무로 서 있곤 한다.
그럴 때마다 전설과도 같은 기쁨과 슬픔들이

노란 전구처럼 오글조글 새겨진다.
가끔 눈 밝은 이들이 조용히 다가와 내 어깨에
제 목 언저릴 가만히 얹어놓는다.
그러면 살구나무가 기록한 경전이 내 눈에서
새록새록 돋아나와 새콤하게 퍼지는 우주의 기밀,
슬그머니 펼쳐 보이기도 한다.
언젠가 별 총총한 그믐날 밤 나는,
가만히 눈 기울여 천지를 살피다가
다시 몸 부려 살구나무로 돌아갈 것이다.
나는 태어나기 이전의 역사이다.

—「살구꽃 그림자」 전문

이 시를 통해 비로소 정우영의 시집이 담고 있는 수직적 시간의 현상이 '나무'에 응집되어 그 실체를 드러내고 있음을 보게 된다. 시인이 과거와 현재와 미래에 동시에 존재할 수 있는 비책이 있다면 그것은 '나무의 몽상'이었을 것이다. 그러나 나무는 오래전 베어져 사라진 존재다. 이처럼 죽은 존재에 삶을 의탁하려는 아이러니를 시인은 어떻게 극복하려는 것일까? 시인은 꿈꾸는 영혼이다. 정우영도 마찬가지다. 그는 베어진 살구꽃 '그림자'에서 새로운 삶의 뿌리를 몽상한다. 그럼으로써 "뿌리는 살아 있는 죽은 존재[5]"라는 극적인 가치를 얻게 된다. 이 뿌리의 모순은 가지가 잘려도 나무는 또 자라나고 싹이 트는 진리에 가 닿아 있다. 시간의 흐름 속에서 죽은 듯 보여도 대지 아래로 끊임없이 뿌리내린 지하의 생명력을 감추고 있는 것이다. 땅 밑 뿌리에는 지탱하는 힘이 있는 동시에 솟아오르려는 힘을 가지고 있다. '심지 굳

---

5) 가스통 바슐라르, 정영란 옮김, 『대지 그리고 휴식의 몽상』(문학동네, 2002), 320쪽.

은 살구나무'가 '기록한 경전'의 내용이 바로 그것이 아닐까? 혹은 '우주의 기밀'임이 확실하다. 이렇게 정우영의 시에 담긴 수직적 상상력은 나무의 은밀한 이미지와 결합되어 다시금 역동성을 갖는다. 그래서 그의 시집 속에 수많은 뿌리들이 얽혀 있음을 목도하게 된다. 그는 나무가 되길 몽상하고 있다. 그것은 거대한 뿌리의 역사이다. 뿌리의 시간을 인식하는 순간 시간은 더 이상 흐르지 않는다. 그것을 바슐라르는 '용솟음친다6)'고 말했다.

3. 흙으로 빚은 시간 – 조은, 『생의 빗살』

메를로 퐁티에 따르면 시간은 '지금'의 연속적 흐름이 아니다. 지금 아닌 과거와 미래의 시간을 부정해야하기 때문이다. 그 시간들을 부정하는 순간 그 시간 속에 존재하는 나도 부재하기에 자기모순에 빠지고 만다. 이렇게 볼 때, 조은의 시집은 '지금'이라는 일상적 시간에서 벗어나 근원적 시간을 꿈꾸는 몽상의 기록이다.

> 삶의 갈래
> 그 갈래 속의 수렁
> 무수하다
>
> 손과 발은 열 길을 달려가고
> 정수리로 치솟은 검은 덤불은
> 수만 길로 뻗는다

---

6) 가스통 바슐라르, 『순간의 미학』(영언문화사, 2002), 152쪽.

끝까지 갔다가 돌아 나오지 못한 진창에서는
바글바글 애벌레가 기어오른다

봄꽃들 탈골한 길로
단풍 길 쏟아진다

손가락마다 지문을 새겨 살아도
내 몫이 아닌 흙이여

―「모순1」 전문

과장된 의미처럼
발목을 잡으려는 늪의 반짝임처럼
흑심이 있는 선물처럼

닿아보고 싶은
한 세계를 보았다

―「모순2」 전문

　시인의 삶은 수렁 속에 빠져 있다. 헤어날 길 없는 무수한 반복 속에 시인은 존재한다. 있는 힘껏 손과 발을 움직여 발버둥 쳐 달려가 보지만 '지금'이라는 시간의 길은 멈추지 않고 '수만 길로 뻗'쳐 있다. 일상적 시간에 갇힌 시인의 내면은 흉측한 애벌레와 같다. 그러기에 자기 몫의 삶을 누리지 못함을 인식하는 순간 시인은 몽상에 빠진다. 그 세계는 근원적 시간이 자리하는 공간이다. '봄꽃'이 '단풍'으로 새롭게 열리는 순간이다. 이 '닿아보고 싶은 한 세계'를 포착하지 못했다면, 일상의 '의미, 반짝임, 선물'은 이해할 수 없는 것이다. 하이데거의 말처럼 "근원적 시간이 바탕이 될 때 하나의 규정된 지금으로서의 존재자적 지금 이 순간이 가능해진다.[7]" 그리고 존재하면서도 부재하는 자기모순에서 벗어날 수 있을 것이다.

근원으로 돌아간다는 것은 자기 자신으로 돌아가는 꿈이다. 그 꿈은 '배려[8]'로부터 시작된다. 자신을 위해 배려한다는 것은 자신을 삶의 중심에 두고 이슈화하며 드러내도록 하는 구조를 말한다. 그리고 거기에는 시간의 연장이라고 하는 연금술의 상상력이 자리하고 있다. 그것은 과거에 있었던 자신을 현재화시키는 것이다. 혹은 미래의 자신을 상정하는 것이다. 시인은 이 배려의 시간성을 '흙'의 이미지를 통해 빚어내었다.

> 나는 태어나자마자 절망했다!
> 발버둥치고 패악을 부렸지만 바꾸지 못한
> 전생의 기억을 가지고 태어났다
>
> —「흙의 절망」에서

> 성에 차지 않는다는 듯
> 오래 참아줬다는 듯
> 흙이 또 떨어진다
> 한밤중 몇 번씩 얻어맞는
> 나의 내면이 식어간다
>
> —「마른 흙은 떨어지고」에서

> 처음이다. 이런 마음은

---

7) 이동수, 「하이데거 시간 개념의 정치적 함의」, 한국현상학회편, 『몸의 현상학』 (철학과 현실사, 2000), 256쪽.
8) 위의 글, 256~259쪽.

슬픔도 외로움도 아픔도 불빛으로
매만지고 얼싸안는
저 무리에서 혼자 떨어져
몸이 옹관처럼 굳어가는 것 같은

―「생의 빛살」에서

시인은 절망함으로써 그가 지금 어디에 있는지 확인한다. 수렁 속에 반쯤 빠져 헤어날 길 없는 시간의 흐름 속에서 일상 속에 반복되는 무변화의 정지된 자기 삶을 발견함으로써 새로운 세계의 열림을 몽상하며 절망을 희망으로 바꿀 꿈을 갖게 된다. 지금 시인을 지탱하고 있는 흙의 시간은 모래와 같이 흩어지는 물질이다. 다 빠져나간 시간을 다시금 재탕하여 뒤집어 놓는 모래시계처럼 지루하다. 나는 나를 뜨겁게 달구지 못하는 시간 속에 존재하고 있었다고 배려하는 순간 흙은 새로운 모습으로 변주된다. 흩어지는 일상적 흙이 아니라 딴딴한 근원적 흙이다. 시간이 근원으로 연장되는 순간, 시인의 내면은 달궈지고 일상 속에서 허물어지기를 반복했던 흙의 미립자는 서로 얽히고설키어 형체를 빚어냈다. '옹관'이라는 몸의 현상은 '집'이라는 근원적 몽상에서 빚어낸 시인의 변화된 내면이다. 우리는 시인이 모래알 같은 일상의 집을 허물고 과거와 미래로 열려있는 자기 자신의 집을 새롭게 지었음을 보게 된다.

재개발을 앞둔 텅 빈 골목에
누가 기타를 버리고 갔다
흠집 하나 없다
눅눅한 공기가 현에 닿아

들어본 적 없는 음조를 띤다
기타가 기댄 벽은 뻥 뚫렸고
공가(空家)라는 붉은 글씨가 씌어 있다
버려진 수캐가 뒷발을 들고
찔끔찔끔 오줌을 누는 이 골목길을
내 친구는 자주 술에 취해 걸었다
골목이 쩌렁쩌렁 울리는 호된 꾸중을 들으며
할아버지 대부터 살아온 집으로 들어갔다
대문이 뜯겨나간 그의 집 마당엔
문짝들이 시루떡처럼 쌓였다
그가 취해 오줌을 누곤 했던 나무는
유리 조각 위로 끌리는 그림자가 아픈지
바스락거린다
아무도 살지 않는 동네의
음습한 시간이 내 폐 속으로 들어온다
한 번도 소멸을 지켜보지 못했던
내가 살았던 집들이 떠오른다
끝까지 함께하지 못했던 슬픔들이 밀려온다
그 집들이 사라지는 것을 지켜봤을 시간의
눈동자가 보인다

―「골목길」 전문

조은 시의 장롱은 굳게 닫혀 있다. 안으로 문을 잠가 열리지 않는 그 어둠의 공간에서 숨죽이며 뒤척이는 시인을 마주하게 된다. 시집 속에 시간은 흐르는 듯하지만 결박된 일상의 반복이며 시인의 내면은 모래 알처럼 성기다. 시인이 일상 속에서 빚어낸 사물들은 만지면 쉽게 부서 져 내릴 만큼 견고하지 않고 불안하기까지 하다. 하지만 시집 한 켠에 숨어 사금파리처럼 살아 숨 쉬는 빛들이 길을 내고 있어 우리는 시인이 빚은 시간 속에 합류할 수 있다. 그 시간 속에는 '못 드는 사람 눈 먼 사람/팔 없는 사람 다리 없는 사람/기어가는 사람/껌을 들이미는 사람/예의 없고 무례해 보이는 사람(「모순3」에서)'이 거주하고 있고, '한 번이라도 마음 닿아본 적 있는 생명(「깨끗하고 우아하게」에서)'이 주검이 되어 나뒹굴고 있다. 그리고 시인은 일상적 시간이 지배하는 사상누각에서 나와 근원으로 향한다. 근원의 시간은 그리 먼 곳에 있지 않다. 비록 문짝 떨어진 장롱처럼 속속들이 파헤쳐졌지만 오늘의 우리를 느끼고 살 수 있는 '배려'의 공간이다.

시인은 재개발 지역에 비어 있는 집들의 공허와 소멸의 현상을 체험하면서 거기 존재했던 참흙의 다져진 시간들을 발견한다. 일상의 시간을 지배하는 모래알 같은 사람들은 재개발지역에서 새집을 짓는다고 흩어졌다 모이기를 재탕하겠지만, 시인은 재개발지역에서 사라지는 것들을 내밀한 공간에서 다시금 일으켜 세운다. 이 때 경험하는 '슬픔'의 질료는 모래알 같은 흙의 관념적 찌꺼기가 아니다. '바스락 거리고, 들어오고, 떠오르며, 밀려오는' 물질적 질감을 갖고 있는 실체이다. 이제 우리는 시인이 발견한 근원적 시간의 눈동자를 통해 흙의 역동성을 발견하게 된다. 재개발 지역에 뒹구는 '기타, 수캐, 문짝, 유리조각'들과 같은 근원적 시간의 잡동사니들이 시인의 슬픔이 부어져 버무려짐으로써 새로운 집을 짓는 질료로 변화되는 것이다. 이처럼 시인이 슬픔의 흙으로 빚은 시간은 타자를 향한 견고한 몽상이다. 그럼으로써 우리는 조은의 시집에서 지금 우리가 지었다 부수기를 지속하고 있는 헛된 욕망들을 멈추고 황톳빛 옹관 속에 고요히 스며드는 시간을 경험하게 된다.

타블로 라사(Tableau rasa)에 쓴 환상시학 선언문
―김병호의 『poetologie』

1. 왜 '환상선언'인가?

시집의 출발은 '혁명의 낌새'를 눈치 채면서부터다. 1848년 혁명 전야, 인민의 함성이 유럽을 휩쓸고 갈 무렵 칼 마르크스와 프리드리히 엥겔스는 머리 맞 대고 「공산당선언」을 작성한다. "하나의 유령이 유럽을 배회하고 있다."로 시작하는 이 짧은 문건은 160년을 넘게 유럽과 아시아와 아메리카를 떠돌아 2011년 김병호의 '환상선언'으로 변주되었다. "하나의 환상이 일상(日常)을 떠돌고 있다"고.

'선언'은 두 가지 메시지를 담고 있다. 하나는 더 이상 견딜 수 없는 지경에 이른 급박한 현실의 폭로이며, 또 다른 하나는 새 세계의 도래를 긍정하고 예감하는 실천 강령이다. 일찍이 '선언'은 권력가진자들을 공포에 떨게 하거나 불편하게 만들었다. 그래서 그들은 허둥대며 선언의 진의를 아전인수(我田引水) 격으로 읽어 형편없는 휴지조각으로 만들

거나 망각 속에 가두려 한다. 하지만 괴물인 듯 다시 살아나는 괴력을 보인 것이 혁명의 현대사다. 아무리 '유령'이라 치부해도 역사의 수레바퀴를 되돌릴 수 없듯이 '환상'은 우리 일상 속에서 언제나 거주하고 있다. 이 시집은 그것을 우리에게 확인시키고자 한다.

「공산당선언」의 폭로의 비등점은 "소외된 노동에서 행복은 나오지 않는다."는 것이다. 그 실천 강령의 정점은 '개인의 자유로운 발전이 만인의 자유로운 발전의 조건이 되는 세계를 향한 꿈'을 꾸는 것이다. 그처럼 이 시집의 '환상선언'은 6장의 폭로에 40편의 시들이 강령으로 꽂혀 있다. 소외된 시의 모습을 6장에 나누어 구조화하고, 거기에 유토피아적 시의 세계를 향해 가는 시인의 실천의지를 담았다.

「공산당선언」은 사회주의자가 택할 수 있는 전술의 원리를 '연대'에 둔다. 이와 견주어 김병호가 시인으로서 도모한 전술의 원리는 '포이톨로기(peotologie)'다. '시학(poetics)'적 차원의 시 쓰기 방식이나 원리에서 벗어나 시를 하나의 신념체계로 새롭게 개념화한다. 즉 언어차원에서 '시인(poet)'과 '이념(ideology)'이 하나의 논리로 변형 합체되면서 시의 새로운 인식을 열어 놓는다. 이 환상체계를 어떻게 이해하고 수용해야 할지 꿈을 잃은 것 같은 우리에게 힘겨운 고통이 아닐 수 없다. 그러므로 시인은 우리에게 굳은 세계의 단면에 균열을 내고 상상력의 싹을 틔우라 요구하고 있다.

시집을 받치고 있는 손바닥이 내내 뜨겁다. 오래 기다렸지만 좀체 식지 않는 언어들을 찬물에 손 담그며 호호 불며 떡 가래 뽑아내듯 편편히 텅 빈 서판 위에 나란히 올려놓고는 하나하나 단단히 굳어지길 기다려야만 한다. 그런 후 간이 잘 배도록 무딘 칼로 어슷하게 썰어 놓는다. 그러나 맛은 어떨지 장담할 수 없다. 시인은 그처럼 우리를 코너로 몰고 간다. 그 막다른 골목에서 벗어나는 방법은 환상 아니면 안 된다는 것이다. 김병호의 시를 읽는 고통의 핵심은 그가 쳐 놓은 그물망에서 벗어날 수 없다는 데 있다. 시인은 한 편의 시를 던져 놓고 조금 더 촘촘한 진술을 달아 놓았다. 그 진술을 따라가다 보면 우리는 분명 허무에 빠지고 말 것이다. 그렇다고 시에 의지해 돌파해 가는 길도 쉽지는 않다. 이 아슬아슬한 시 읽기를 제시한 시인은 혁명가인가, 몽상가인가, 아니면 무엇인가?

현재 시인은 행복하지 않다. 세상 시인들이 구사하는 언어가 이미 시효를 다해 그들이 생산한 시가 형해(形骸)에 불과하기 때문이다. 어떤 아름다운 수사로 시를 치장하여도 시의 내용은 언제나 빈곤하다. 언어를 다루는 노동자이면서도 생산수단의 결과물을 온전히 수수하지 못하는 현실 앞에 시인은 소외될 수밖에 없다. 김병호의 시적 인식은 이 불행한 시의 현실에서 출발한다. 그는 변화의 순간이 도래했음을 직감하였다. 우리도 서둘러 그가 제시한 환상시학의 체계로 들어가 보자. 그는 「공산당선언」의 유토피아적 욕망과 더불어 역설적으로 엘리자베스 퀴블러 로스(Elizabeth Kubler Ross)의 죽음의 다섯 가지 수용 단계를 차용하고 있다. 사람들은 죽음에 직면하여 그 사실을 다섯 단계를 거쳐 수용한다. '1단계－부정, 2단계－분노, 3단계－협상, 4단계－우울, 5단계－수용'의 이 수순을 시의 체계로 변주시키면 '다다이즘－초현실주의－환상시학'의 세 층위로 압축할 수 있다. 이는 죽음을 폭로하고 환상적 유토피아를 꿈꾸는 '포이톨로기(poetologie)', 즉 현실에 대해 시인이 취하는 시적 반응의 뼈대이다.

2. 부정과 분노

시를 소외시킨 세 가지가 있다. '시간과 현실과 의식'이다. 이러한 자질들은 시를 지배하고 억압하는 권력으로서 이를 부정하지 않고는 온전히 시의 길로 들어서지 못한다. 김병호는 오늘의 시들이 이 다다이즘의 단계를 거치지 않았음을 폭로한다.

> 어제를 계산한 결과가 오늘, 나다 오늘 나는 다시 같은 하루의 초기 항으로, 아침이 내지르는 비명을 썰어 밥 비빈다 간단하다 세상은 너무 안정적이어서 매 순간 나를 되먹인들 변한, 변할 게 없거니와, 그래서 여기 텅 빈 골목은 거기 텅 빈 시간과 같다 여기 텅 빈 순간은 거기 텅 빈 들판과 같다
>
> —「현실의 기작」에서

> 시간은 의식의 자취이다. 의식을 풀어 해석하기 위한 기준이다. 객관적인 실체로의 시간에 대해 회의적인 언술이다. 좀 더 구체적으로 시간을 공간과 함께 우주를 구성하는 실제 존재하는 양이기도 하다. 시간은 다른 차원에 숨어있는 불연속적이면서 객관적 실재이지만 낮은 단계의 차원에서는 한 방향성만을 가진다. 시간은 실재하는 조각조각의 편린이며 이것들의 예측 가능한 변화에 의식은 따라다닌다.
>
> —「시간과 사건, 현실과 인생 사이의 경험적 연쇄」에서

시간과 현실과 의식의 세 단위가 하나로 묶일 수 있는 것은 '무변화'의 특성 때문이다. 시간은 과거-현재-미래로 한 방향으로만 흐르고 있다. 이 직선적 구조 속에서 시인의 삶은 같은 일상을 살 수밖에 없는 지루함의 포로가 된다. 너무도 안정적이어서 그의 시가 텅 빈 골목처럼, 텅 빈 들판처럼 허무주의에 빠질 것을 두려워한다. 생의 공허함을

조장하는 주체는 '의식'이다. 객관성과 예측가능성으로 포장된 의식의 폭력 앞에 시인의 현실은 회의적이다. 의식이 꾸며놓은 시간의 흐름과 현실의 경험을 시인은 참을 수 없다. 그래서 안정과 무변화의 신기루에 갇힌 삶의 현실을 구출하는 방법은 우선 이를 전적으로 부정하는 일이다.

> 필연인 것이 나를 죽였다 원래 시간은 죽음 쪽으로 골지지 않았다 오해였다 갈 곳 없이 어슬렁거리는 시간이 줄 댄 곳, 인연이었다 이름이었다 메아리가 지나간 자리 쓰레기차를 탈출한 비닐처럼 나부끼는 작은 날숨으로 새는 신음, 이름이었다

—「이름의 고향」에서

시인은 자신을 소외시킨 정체를 알고 분노한다. 부정해도 받아들일 수밖에 없는 호명에 응답하는 현실은 '쓰레기차'에 실려 가는 처지와 같다. 시간은 인연이라는 이름으로 언제나 시인을 그곳으로 인도한다. 그러나 필연을 거부한 그 이름은 비록 '비닐처럼 나부끼는' 존재지만 신음하는 부정의 몸짓이다. 이러한 분노의 내면적 용솟음을 시인은 그리워한다. 이 부정과 분노의 다다이즘이 불러온 기재가 '혼돈'이다. 그래서 김병호의 시에는 정체된 현실의 메커니즘이 혼돈의 탄생을 가져온 아이러니가 있다. 그가 꿈을 꾸면 꿀수록, 그를 둘러싼 시간과 의식을 안개와 심연의 공간 속으로 던져놓고 추락시키면 시킬수록 오히려 현실은 묵직한 볼륨을 갖고 살아 움직인다.

3. 협상과 우울

죽음을 감지하고 이를 부정하고 분노했던 다다이즘의 단계에서 시인은 한발 더 나아가 '혼돈'의 다양성을 보다 구체화한다. 부정하고 분노했던 현실의 새로운 이해이다. 이러한 소통은 시간과 의식이 지배하는 직선적이며 폭력적 기재로는 불가능하다. 새로운 시간과 무의식과의 타협 속에 이루어지는 현장은 현실 저 너머의 세계이다. 그 초현실주의는 시를 소외의 굴레에서 벗어나게 하는 동력이다. 바로 '욕망과 추앙과 자유'다.

> 욕망과 추앙과 자유, 이 세 점으로 내 평면은 완성된다 허공으로 꺼지는 살얼음의 위태로운 평면위에서 단 한번 헛디딘 당신의 춤 한 자락이 내가 있는 차원에 빛으로 흩뿌려지자 나는 먼지의 시선도 따가운 소심한 그림자이고
>
> 나는 욕망의 장자長子이자 그의 유다이다 자유를 세 번 부정하고 맞은 아침 내 왼손은 고드름이고 오른손은 소금이었다 당신이 봄 안에 있을 때 내 안에서 녹아내린 것이 무엇인지 눈 뜨고도 이해할 수 없었고 빗속을 헤매는 당신을 향하다 녹아든 손이 불경不敬인지 몰랐다 모든 사건들이 모여 손잡고 뛰어내리는 곳에서 당신의 가는 숨은 나를 묶어 허공에 매달았으니
>
> 비극마저 우아할 수 있는 대가로 늙지 않았다 당신은, 세월의 고치에서 뽑은 실로 신발 신었었으니 맨발이 아닌 한 연보라이지만 욕망이 식으면서 토하는 긴 트림의 여운으로 이제 외면하는데 졸리는데 눈동자의 얼룩을 애써 지우는데
>
> 잠과 연애와 가려움, 이 세 점을 지우면 한 생이 붕괴하며 부르는 노래가 들린다는데

—「당신의 차원」 전문

시인은 욕망하고 추앙하며 자유롭기 위해 '잠과 연애와 가려움'과 통(通)하였다. '잠'은 시간의 단선적 흐름에서 벗어나 과거와 현재와 미래로 경계 없이 탈주하기 좋은 무의식의 공간이다. 의식이 가지치고 현실이 단죄한 욕망을 잠과 소통하며 이루는 세계는 가히 초현실적이다. 누군가를 동경하며 우러른다는 것은 사모의 정이 사무칠 때이다. 시적 사물이 추앙의 대상이 아니고는 그처럼 절실하지 않고는 삶의 변혁은 성취될 수 없다. 이 혁명의 전위성은 또한 초현실적이다. 이러한 욕망과 추앙의 깊이와 속도는 속박으로부터 해방되는 그 때까지 한없는 것이며, 무한대이다. 시인이 존재의 '가려움'을 느끼지 못한다면 불가능한 세계의 초월이다. 거추장스러운 철학적, 종교적, 윤리적 껍데기를 한 겹 거두어낼 때 비로소 시인은 자유다. 이 또한 실로 초현실적이지 않는가? 시의 차원은 그렇게 초현실적 순간을 교직한 평면적 공간이다. 이 평면성은 시간과 의식이 조장하고 있는 수직적 현실을 파열시키며 솟아오른 수평적 고원이다. '고드름'의 상징성은 섬뜩하다. 날카롭기 짝이 없는 칼날들이 땅을 향해 달라붙어 있는 그 입구에 시인은 서 있다. 흉측하고 거대한 괴물이 입을 벌리고 먹이를 기다리는 무의식의 세계다. 그곳을 거쳐야만 우리의 시는 정화되고 마술적 경이로움을 보여줄 수 있다. 이때 이처럼 시를 소외로부터 구출하는 초현실적 체험은 오히려 현실을 직시하는 날카로움을 보이며 극도의 의기소침을 동반한다.

사막에서 꽃은, 가을은 없는 것에 대한 비유이거나 존재하는 것에 대한 새로운 명명 이상은 아니었다 그러나 가을의 투명도가 무저갱의 암흑과 같은 곳 9가 행복할 수 있는 곳 여기, 덩그러니 놓인 생이라는 빈 껍데기에 상징이 걸린 곳 가을볕이 모든 사물을 뚫고 지나가 아무것도

남지 않은 곳

―「9는 행복한가?」에서

현실을 초월한다는 것은 이렇듯 우울한 풍경이다. 소외로부터 탈주하여 통과한 상징의 끝에는 아무것도 없는 것 같은 공복의 헛헛함이 가득하다. 이 상실과 안타까움 속에서도 시인은 '3의 환상성'을 끝까지 부여잡고 있다. '9'는 단순히 숫자에 불과한가? 아니다. '3'의 배수로, 근대적 이분법을 해체하고 복원한 환상성의 정체다. '3'이 나와 너와 우리를, 하늘과 땅과 사람을 상징하는 순간, 3과 3의 3이라는 삼차원의 세계에 우리는 가 닿을 수 있다. 바로 삶의 현장이며, 일상이다. 그곳은 힘의 원천을 담지한 곳이며, 구원의 원천이다. '9는 행복한가?' 묻는 행위가 곧 시의 실천 강령이 아니겠는가?

4. 수용

시인은 다다이즘과 초현실의 단계를 거치며 이제 수용의 단계에 이르렀다. 현실을 완전히 받아들이며 유토피아의 욕망을 실현하는 환상의 공간을 설정하는 것이다. 이는 살아남은 자를 염두에 둔 탈주의 공간이다. 캐서린 흄(Kathryn Hume)은 '주어진 것을 바꾸고, 현실을 변형시키려는 욕망'을 환상이라고 말한다. 그러므로 환상시학의 핵심은 변화를 꿈꾸는 보다 적극적인 시적 체계라 할 수 있다.

우주가 점으로 수축할 때
너는 벽이었다가 경계선이었다가 접점으로

그 긴장으로 일어나
나와 시간은 살 부빌 일 없었으니
텅 빈 공간을 감아 넣은
동면의 바닥에 뿌려진 씨앗 하나

—「당신의 패턴」에서

환상공간은 '텅 빈 공간'이다. J.로크의 견해를 따른다면 '타블로 라사(Tableau rasa)'이다. 일체의 경험 이전의 인간의 정신상태를 나타낸다. 선천적으로 주어진 어떤 의식적 판단을 중지한 채 감각과 반성의 경로를 거쳐 획득된 공간을 말한다. 외부에서 빛이 흘러드는 '암실(暗室)'이나 아무것도 쓰여지지 않은 '백지'와 같다. 거기에는 시간이 발붙일 수 없다. 그러므로 현실적 의식 또한 일체 거부한다. '점'으로 수축하기도 하고, '벽'으로 확장하기도 하며, '경계'로 용적을 포기할 수 있는 변화무쌍한 공간은 현실의 눈으로 볼 때 가히 환상적이다. 생명이 움트지 않을 것 같은 타블로 라사, 통토의 대지에 시인은 시의 씨앗 하나를 뿌렸다. 환상이 아니면 불가능하다.

다시 무한은 제곱해도 무한이라는 동어반복뿐인 암흑을 손으로 더듬어 느끼는 곡률, 얼마나 빨리 발산하거나 얼마만큼 맥없이 수렴하는 차이 없는 차이만이 내가 고를 수 있는 전부임을 아는 일은 저 가을 햇빛을 온몸으로 투과하는 일, 암흑과 정확하게 같은 투명도를 가진 저 빛에 온몸으로 뛰어드는 일과 곱게 화장하고 좌표공간에서 소수素數로 살아남는 일 사이

—「사이」에서

그와 내가 함께 있으면 우주이고 그에게서 나를 덜어내면 처음이다

—「이야기의 역사2」에서

시인은 텅 빈 공간에다 환상적 유토피아를 그려 보여주었다. '차이'와 '계급'이 없는 세상이다. 역설적으로 현실은 '배제'와 '차별'로 신음하고 있음을 고발한다. 시의 소외는 거기서 초래되었다. 현실에서 시를 만들 재간이 김병호에게는 없다. 아니 포기하였다. 이는 현실로부터 도피하려는 심사일까? 그럴지도 모른다. 시의 결절마다 숨겨진 여린 서정을 보면 분명 그럴 수도 있다. 하지만 그보다는 변화의 욕구와 현실을 수정하려는 욕망이 이 시집 전체를 지배하고도 남는다. 시인은 '암흑'을 어루만지며 빛을 향해 온몸으로 투신하기를 주저하지 않는다. 그런 측면에서 '포이톨로기(peotologie)'는 혁명을 신념으로 한다. 시인은 공동체적 주체가 이루는 우주를 꿈꾸다가도 스스로 제거될 것을 마다하지 않는 헌신적 열정을 시의 유토피아로 삼고 있다. 이는 모두 환상을 통해 이루어지는 경이로운 체험이다.

5. 시는 의미하는 것이 아니라 존재하는 것

김병호의 환상시학은 아직 선언에 불과하다. 그래서일까? 그의 시적 도정에 참여하는 일은 쉽지 않다. 산문적 진술을 따라가다 보면 요설의 함정에 빠지기 십상이다. 시만을 부여잡고 징검다릴 건너다보면 어느새 첨벙거리기 일쑤다. 방법은 없다. 그가 파 놓은 구덩이에 스스로 만든 마구리를 대고 건널 수밖에. 요즘 시인들은 모두 숲으로 갔다. 길 위에 있지 않다. 숲 속에는 자유가 있지만 고독한 일이다. 그러므로 숲 속에서 꿈꾸는 환상은 백일몽과 같다. 아무런 폭로도 소망도 없는 허무주의다. 김병호는 숲으로 가지 않았다. 그렇다고 길 위에 있지도 않다.

환상시학은 숲과 길의 경계에 있다. 우리는 여차하면 숲이 되고, 길이 되는 변신을 사랑해야 한다. 그렇지 않으면 영원을 획득할 수 없다.

> 6시, 지상보다 하늘이 밝아지는 높이 하늘 아래 60m 작은 독방, 한 번 오르면 땅이 하늘보다 빛날 때까지 머물러야하는 허공의 고치, 지상의 누런빛이 하늘보다 무거워지면 그는 다시 지상으로 올라간다 발부터 밝은 곳을 향해, 어두운 곳에서 밝은 곳으로 오르는 일, 그를 이루고 있는 분자들은 어디가 죽음이고 어디가 밝음의 땅인지 적응 못하고, 그래서 새벽녘 땅위 60m 독방의 그림자에서, 어스름녘 지상의 파도 바로 아래에서 한 대 담배를 태운다 경계 위를 어슬렁거리는 영혼을 위한 향, 한 오라기 연기를 올리는 작은 불빛을
>
> —「우울한 타워 크레인(죽음의 계단 4)」 전문

김병호는 지금 경계에 거주하고 있다. 공중과 지상을 오가며 때론 어느 편인가 신문(訊問)에 제대로 답하지 못해 어두운 독방에 갇히기도 하다가 분연히 일어나 '경계를 어슬렁거리는 영혼'이기도 하다. 시간으로도 공간으로도 묶을 수 없는 자유가 그에게 있다. 우리는 그것을 호흡하면 된다.

「공산당선언」을 죽은 문건이라 치부하면 할수록 새롭게 읽히는 마술적 체험을 똑 같이 이 시집의 '환상선언'에서 마주하게 된다. 시가 무엇인가 끊임없이 고민하는 흔적이다. '포이톨로기(peotologie)'는 시의 신념체계다. 여기에 "시는 의미하는 것이 아니라 존재한다."는 시의 언어적 자율성이 포섭된다면 이후 김병호의 '환상선언'은 우리시의 새로운 유토피아를 열게 되리라 전망한다.

가랑잎 한 장에 실은 발자국 소리
―김정수의 『티그리스강의 아침』

1. 산책자의 고독

　김정수는 산책자(promenade)다. 도시에 사는 사람들은 두 가지 유형의 보폭을 가지고 있다. 보들레르처럼 파리의 거리를 어슬렁거리며 돌아다니는 사람들 틈에 있는가 하면 모파상처럼 도시의 가장자리에서 환멸과 고통의 삶을 사는 사람들과 함께 걷는 것이다. 보들레르가 자본의 거리를 냉소하며 배회자(flâneur)로서 사람의 물결 속으로 흘러갔다면, 모파상은 철학적 사유를 버리지 않고 사람이란 무엇인가에 대해 고민하였다. 그런 측면에서 김정수는 모파상과 같은 걸음으로 이 거리를 사유하며 걷고 있다. 그러므로 김정수의 문체는 난삽하지도 자극적이지도 않다. 담담하게 세상을 관조하는 듯하지만 가랑잎 구르는 소리처럼 내밀한 속삭임을 차분히 간직하고 있다. 자연의 모습을 해학적으로 풀어감으로써 자신이 얻은 깨달음을 보여주려 함이다.

또 한편 김정수는 도시 건설자다. 그런데 자신이 만든 거리 풍경을 바라보며 그는 무슨 상념에 빠진 것인가? 로마시대 네로황제처럼 흐뭇하게 즐겨야함이 마땅하지 않는가? 그러나 그는 자신이 축조한 풍경에서 눈길을 거두어 다른 시공간을 향해 걸어가고 있다. 역설적이다. 세련된 수식으로 치장되어야 할 그의 시는 소박하기 그지없다. 그 여백을 고독이라 이름 붙여도 괜찮을 듯싶다. 그것은 다분히 반성적 사유에서 비롯된다. 도시의 이미지로 시를 채우기보다는 자연 그대로의 상태를 추구하는 생태학적 사유이기도 하다.

발터 벤야민은 오늘날 도시인의 파괴적 행위를 19세기 부르주아의 불확실성과 무기력에서 찾았다. 새로운 산업시대를 구가했던 유럽의 도시들을 가득 채우고 있었던 사람들 속에서 멸종의 조짐을 보았던 것이다. 그래서 도시를 걷고 있는 사람들을 '불안한 듯 황야를 배회하는 부랑아[1]'로 묘사하고 있다. 이 자기 파괴적 배회는 일종의 군중 속 고독을 암시하고 있다.

김정수의 시에도 고독이 있다. 그러나 그 고독은 아직도 철학적 산보자의 풍모를 갖고 있다. 그래서 그의 시는 도덕적 성향이 짙게 묻어나고 때론 너무 완고하여 그의 삶의 자세를 다 헤아릴 수 없고 온전히 좇을 수 없는 독자를 멀리 떼어 놓기도 한다. 그의 시를 읽는 우리가 다 왔다 싶으면 어느새 그는 한 걸음 더 멀리 가 있다. 그는 여전히 '아침 햇발 같은 시'를 쓰고 싶어 한다. 그래서 첨단 테크놀로지의 위력이 휘감고 있는 21세기 거리에서 아침 햇발을 좇아 걷는 자체가 고독일 수밖에 없지 않겠는가?

---

1) 발터 벤야민, 조형준 옮김, 『아케이드 프로젝트』(새물결, 2005), 966쪽.

밤새
눈물 함뿍 머금은
풀숲에 발목 적시며
이승에 걸어 나오면
느닷없는 아침 햇살에
박수치며 날아오르는 새들
문득
아침햇발 같은 시를 쓰고 싶다

—「아침햇발 같은 시를 쓰고 싶다」 전문

도시의 산책자로서 김정수의 시는 낯설다. 우리가 습관처럼 목격하는 거리의 풍경들이 존재하지 않기 때문이다. 그의 시에는 첨단 유비쿼터스 빌딩도 마천루 같은 아파트도 눈부신 아케이드도 유혹적인 백화점 진열장도 찾아 볼 수 없다. 그러므로 저승과 이승, 눈물과 환희, 인간과 새의 몽타주는 낯익기도 하지만 도시 안에서 낯설다. 근시안으로는 그가 조직한 시의 맛을 음미할 수 없을 것이다. 견고하게 맞추어진 시의 조각보를 넓게 펼칠 때에만 그를 따라 아침햇발 같은 시의 세계로 들어갈 수 있으리라.

이제 우리는 발터 벤야민이 19세기 파리의 거리를 산책했듯 김정수의 시 속으로 걸어갈 것이다. 누군가 발터 벤야민의 구상을 '신화·자연·역사'의 개념2)에 초점을 맞추어 읽었는 바 인상적이었다. 우리도 따라 해 보자. 김정수의 시적 구상도 이 개념을 따라 변주하고 있음을 눈치 챘기 때문이다. 시집은 3부로 구성돼 있는데, 그것을 다시 해체하

---

2) 수잔 벅 모스, 김정아 옮김, 『발터 벤야민과 아케이드 프로젝트』(문학동네, 2004), 71~261쪽.

여 새롭게 펼치려 한다. 시인의 상상력은 역사 속으로, 자연 속으로, 신화 속으로 걸어가고 있다.

2. 지하철에서 내리다 : 탈주

신문 보는 사람
휴대전화 동영상에 킬킬거리는 사람
꾸벅꾸벅 조는 사람
생각에 골몰한 사람
적당한 거리를 두고 서로 지탱하고 있는 걸
아무도 알아채지 못한다
한 순간도 버릴 수 없는
내 삶의 소중한 시간 속에
함께 한 사람들에게 작별 인사도 못하고
그만 다음 정거장에 내리고 만다

—「작별 인사도 못하고」 전문

도시의 역사를 실체적으로 보여주는 공간이 있다면 그것은 매장된 공간 '지하'일 것이다. 지상의 삶은 화석화된 이미지일 뿐 실상은 아니다. 끊임없이 새로운 물건들이 쏟아져 나와 언제나 새로움으로 가득 찬 거리이지만, 또 다른 새로움 앞에 그것들은 모두 쓸모없는 것으로 전락하기 때문이다. 그래서인지 언제나 시인은 지하철을 타고 있다. 위 시 속에 등장하는 지하철 안 사람들은 도시의 산책자들이다. 흘러가는 자연 속 물결처럼 하나의 풍경이 되어 흐르고 있다. 그 안에 시인도 존재한다. 그러나 그는 단순한 산책자가 아니다. '삶의 소중한 시간'에 대해 골똘히 생각하며 걷는 사람이다. 시인이 그러한 존재임을 아무도 알아

채지 못한다. 시인은 오히려 그것이 다행인 듯 도시 산책자의 흐름 속
에서 벗어난다. 이러한 탈주가 없었다면 그도 영락없는 배회자로 오인
되었을 것이다.

이놈이 차면 이리로
저놈이 차면 저리로
길바닥에 나뒹구는 낙엽
아무리 막 굴러먹어도
돌아갈 자리는 있어야 하는데
죽어야 다시 태어날 텐데
도회지에 산다는 건
사는 게 사는 게 아니고
죽는 게 죽는 게 아니여

—「곱게 썩지도 못하고」 전문

도시의 삶을 단적으로 드러낸 대상은 '가랑잎'이다. 시인의 눈은 거
기에 멈춰있다. 그는 자신의 소중한 시간이 흘러갈 도착지점과 함께
'낙엽'의 행로가 궁금하다. 궁극적으로 그의 철학적 사유는 '귀환'과
'재생'에 있다. 그가 도시적 삶에 대해 회의하는 것은 삶과 죽음의 구
별이 없는, 고통스런 연속성 때문이다. 그 연속성은 도시의 욕망을 기
호화한다. 도시는 언제부터인가 밤과 낮을 구분하지 않는다. 언제나 새
로운 상품들로 가득 차 있다. 멈추지 않는 물결처럼 끊임없이 흐를 뿐
이다. 이 연속성은 어쩌면 자연을 닮은 것 같기도 하다. 이 유사성 때
문에 시인은 착각을 일으키고 있는지도 모른다. 도시는 자연의 일부가
아닌가 하고. 그러나 도시의 흐름은 새로운 것으로 대체되는 풍경의 착

시일 뿐, 자연 속에서 일어나는 썩고 새롭게 싹 트는 귀환과 재생의 과
정은 아니다. 그러므로 도시의 삶은 아무렇게나 구르는 거리의 낙엽처
럼 신산하다. 그가 도시의 물결 속에 합류하거나 도피할 수 없는 것은
도시와는 다른 세계가 존재하기 때문이다.

> 종로 바닥 깊숙이 지하철을 놓을 때
> 이불 보따리를 싸가지고 서울로 올라 왔습니다
> 완행열차로 세 시간, 연착을 밥 먹듯 했었지요
> 신문에 '천안'이라는 활자가 보이면 가슴 한 켠이 아려오던
> 젊고 외로웠던 시절이었습니다
>
> 술 한 잔 걸치고 종로에 나가 전철을 타는데
> '천안' 두 글자가 가슴에 들어와 박힙니다
> 보따리도 없이 그냥 올라탑니다
> 삼십 년 전 그 마음으로 고향길을 따라 가다가
> 이제는 외로울 것도 그리울 것도 없이
> 신도림에서 가던 길을 잃어버립니다
>
> ―「천안 가는 길」 전문

지금 시인은 '역사'에 대해 말하고 있다. 그것도 '있었던 것으로서의
역사가 아니고, 있었으나 말해지지 않았던 역사, 혹은 있어야 할 역
사3)'를 이야기하고 있다. 도시를 거닐며 고향을 사유하는 것은 과거의
역사를 빌려 도시적 삶의 현실을 드러내려는 현실적 상상력의 발로이
다. 찰라 속에 스쳐 지나는 '천안'이라는 기표는 과거의 기억 속에 묻

---

3) 권용선, 『세계와 역사의 몽타주, 벤야민의 아케이드 프로젝트』(그린비, 2009),
257쪽.

혀 있는 '고향'을 의미하는 것에 그치지 않고, 끊임없이 되새기며 지향할 수밖에 없는 인간 삶의 원형에 대한 '그리움'을 뜻하는 것이기도 하다. 시인이 '길을 잃은' 것은 '상실'을 의미하지 않는다. 그것은 '탈주'다. 도시적 순환성으로부터 튕겨져 나와 과거와 현재 나아가 미래가 동시에 공존하는 역사의 흐름 속에서 상실한 것을 '재생'하려는 산책자로서의 철학적 테제이다.

3. 자연의 소리를 엿듣다 : 응답

산책길 발을 멈추니
발자국에 갇혀있던
개울물 소리 산새 소리가
마구 풀려 나온다

—「소리」 전문

시인은 더 이상 도시의 산책자가 아니다. 매장된 지하 도시에서 탈주하여 근대의 지배적 이데올로기로부터 자유를 획득한다. 그것은 그동안의 배회자로서의 관성에서 벗어난 이후다. 도시에서 듣게 된 자연의 소리는 환상처럼 들린다. 그러나 인간이 전능하여, 자연을 지배할 수 있다는 신화로 가득 찬 도시의 판타지로부터 벗어나는 유일한 출구이기도 하다.

삼청공원엔 온통 벚꽃 뿐 아무것도 없습니다

아니, 진달래만 있고 나머진 아무것도 없습니다

박새만 있고 까투리만 있고 소나무만 있고 청댓잎만 있고
바람만 있고 개울물만 있고 그 밖엔 아무것도 없습니다

내 안에는 오로지 이들 뿐 아무것도 없습니다

―「삼청공원엔 아무것도 없습니다」 전문

부정의 변증법이다. '아무것도 없다'는 병행구문은 도시 속에서 자연의 존재성을 강하게 인식하게 하는 소유의 역설적 수사다. 도시의 욕망이 불러일으키는 오만함은 꽃과 새와 바람과 개울물이 합주하는 자연의 판타지 앞에 꼬리를 감춘다. 시인은 도시에서 살아갈 비책을 찾은 것이다. 도시의 산책자로서 배회하는 부랑인의 신세로 전락하지 않고 참 인간으로 사는 길은 자연을 허용하는 일 뿐이다. 그러면서도 이러한 판타지는 또 하나의 역설을 함축한다. 바로 자연을 소외시킨 도시의 그늘이다. 그러므로 도시의 일부로 대치되는 '삼청공원'에는 실상 시인이 꿈꾸는 자연은 존재하지 않을지도 모른다. 이 비극적 사유는 독자로 하여금 자연과의 공존을 절실하게 소망하게 하는 유토피아적 욕망을 자극한다.

내 몸을 지탱해 줄 참나무
손을 잡아 주는 조릿대
깃발을 흔들어주는 억새풀
지친 다리 쉬어 갈 나무둥치
앞서 간 노루 발자국
돌아와 묻힐 한 줌의 흙
흔적도 없이 덮어 줄 낙엽

―「가을 산」 전문

이제 시인은 자연의 소리에 응답한다. 도시적 삶으로부터 벗어나 자연과 인간의 경계를 허물고 합일하겠다는 의지를 표명한다. 시인의 몸은 개별자로서 존재하는 것이 아니라 자연친화적인 유기적 존재가 되었다. 그의 몸은 '줄 참나무'와 '조릿대'와 '억새풀'과 '나무등치'와 '흙'과 '낙엽'과 소통하는 관계망을 갖게 되었다. 그러므로 몸은 단순히 인간적 욕망의 거푸집이 아니라 자연으로 가는 통로로 승화된다. 인간의 한 걸음 한 걸음이 총체적 자연의 움직임으로 변화되는 놀라운 경험을 시인은 체험한다. 이 생태학적 상상력이 불러온 자연체험은 시인을 또 다른 세계로 이끌고 있다.

4. 경계를 허물다 : 혼융

시인의 생태학적 상상력은 하나의 결을 이루고 있다. 그것은 '바람결, 물결, 나뭇결 등이 그러하듯이 중간적인 존재이다.[4]' 주위 타자와 총체적 조화와 평형성을 찾으려는 능력이 시인에게 있는 것이다. 이 능력에는 신화적 상상력이 또 하나의 길을 보태고 있다.

> 종려나무 껍질에
> 터져나온 기지개
> 파랑잎들이 일제히
> 속살을 내비친다
> 닭이 울고

---

4) 남경희, 「생태주의와 기호학/제1부 인문학과 생태주의 : 생태주의 인문학 서설」, 『기호학 연구』 9권, 2001, 72쪽.

날아오르는 새들
소 한 마리
강물을 내려다 본다
강가에 선 싯달타의 이마에
해가 와 박힌다

―「티그리스강의 아침」 전문

"신화에 나타난 것은 과거에 생겨난 것이 아니라 현재에 존재하는 것을 정당화하기 위해 과거에 일어났던 것으로 이야기된다.5)" 다시 말해 신화는 현재에 설명할 길이 없는 일들을 설명하기 위한 언어적 형식이다. 시인은 차이와 배제로 얼룩진 도시의 구성원들이 공존하는 길을 신화의 세계에서 찾고 있다. '티그리스'는 문명의 발생지로서 도시의 원형적 공간을 상징한다. 그러나 도시 산책자이자 도시 건설자로서 시인이 상정한 '티그리스'의 공간성은 문명 이전의 모습을 하고 있다. 종려나무도, 닭도, 새들도, 소도, 선지자도 '강'이라는 자연 공간 안에서 종속적 관계가 아니라 서로 동등한 자질을 갖고 있다. 이 평등성의 핵심은 '깨달음'이라는 자기 존재의 자각행위에 있다. 종려나무의 거피 행위도, 통회와 고통과 환희를 예고하는 닭의 울음도, 새들의 비상도, 강물에 자신을 비추는 소의 반성적 행위도, 싯달타의 해탈도 모두 등가적이다. 시인이 도시를 거닐며 꿈꾸는 세계를 단적으로 보여준 것이다.

김이 모락모락
오르는 호수

---

5) 노스럽 프라이, 「문학과 신화」, 김병욱외 편역, 『문학과 신화』(대람, 1981), 12쪽.

애들아 밥 먹어라
갈대 숲을 빠져 나오는
오리떼

—「물안개」 전문

통통배 소리에
잠이 깨
호숫가에 나오니
해가 금빛 머리카락을 빗는다

흙담안에서 나온
맨발의 父子가
어깨에 해를 떠메고 걷는다

—「호반풍경」 전문

발가락이 간지러워
눈을 떠보니
창문너머 들어온 달빛이다
다시 잠에서 깨어나니
이마를 어루만진다
무척 심심했던 모양이다

—「달빛」 전문

화분에 물을 주다가
빛바랜 조화에도
물을 뿌려준다
생과 사를 굳이
구분할 게 무언가

—「경계」 전문

도시 공간에서 펼쳐지는 신화적 상상력은 모든 주체들의 소통을 허락한다. 동물들이 사람의 말을 알아듣고, 사람과 자연은 서로 닮았으며, 지배적 관계에서 벗어나 문명 이전의 유희적 관계로 돌아가 있다. 그래서 마침내 삶과 죽음의 경계도 무화시켜 버리는 환상의 세계에서 시인은 산책하고 있다. 이러한 시적 행위는 비현실적이기보다는 오히려 현실의 충실한 반영이라 할 수 있다. 도시의 현실은 그만큼 소통부재상태이기 때문이다.

시인의 몸은 도시 안에 정주하고 있다. 그러나 그는 도시 풍경 속 하나의 인자로서 존재하지 않는다. 도시를 거닐되 끊임없이 새로운 차원으로 탈주하여 삶의 길을 열고 있다. 자연의 소리에 응답할 만큼 그의 몸은 열려있고, 나아가 삼라만상과 합일하여 공존하는 유토피아를 꿈꾼다. 이것은 현실을 초월(超越)하려는 것이 아니라 오히려 포월(抱越)하려는 인생관이다. 즉 느닷없는 비상을 도모하거나 쟁투 속에 기어코 목적을 달성하려는 피흘림이 아니라 끌어안고 함께 경계를 넘어가는 성실한 삶의 자세를 뜻한다.

5. 한 장 가랑잎의 자유

김정수의 고독은 철학적이다. 그러므로 때론 낯익기도 하지만 낯설기도 하다. 이는 그의 역설적 사유와 문체의 아이러니에서 기인한다. 그의 시선은 한 장 '가랑잎'에 가 닿고 있다. 가랑잎의 삶은 허무적이다. 그러나 거기에 자신의 온 생을 실을 줄 아는 자유를 추구하고 있다. 이는 다분히 노장적 세계관이라 할 수 있다. 그는 쉽게 자연에 이입되어 몰입할 수 있는 재주가 있다. 때론 바람의 형상을 하기도 하며, 때론 나무의 생리를 띠기도 하고, 퇴행하여 유아적 원시성에 빠지기도 한다. 모든 것은 마음먹기 달렸다. '세상의 길바닥이/다 내집('다 내버려 두고」에서)'이라 그는 한 곳에 갇혀 있지 않는 자유인이다. 도시의 산책자가 쉽게 노숙자의 신세로 전락하지만, 그들이 자유롭지는 않다는 것을 그는 알고 있다.

    대륙을 훑고 온 황톳물이
    어스름 속 은빛으로 빛나고
    비스듬히 배 위에 몸을 누인다
    배는 천천히 나아가고
    강물은 천천히 흘러간다
    숲이 흘러가고
    도시가 흘러간다
    두고 온 고향과 사람들
    소중했던 기억들도 함께 흘러간다
    갑판 위로
    별들이 하나 둘 내려오고
    땅보다 멀고 하늘보다 먼 곳으로
    나는 흘러가고 있었다

    * 장사 : 중국 중남부 호남성의 수도. 상강은 장사를 가로지르는 강임

—「長沙 上江에서」 전문

김정수는 고독하지만 자유로운 산책자다. 그는 강물처럼 흐르고 있다. 경계 없이 모든 사물과 사유와 함께 흘러가고 있다. 이 디오니소스적 향연 속에 우리는 함께 하고 있는 것이다. 이때 우리가 사는 도시는

부랑자의 거리가 아니라 생명이 숨 쉬는 숲으로 변화되고 있다. 도시가 다시 사는 방법은 나무를 심듯 고향의 기억과 사람들이 숨 쉬는 공간을 만드는 길 밖에 없다는 것을 깨닫게 한다. '땅보다 멀고 하늘보다 먼 곳'은 어디에 있는가? 되묻는 자체가 세상에 대해 응답하는 시인의 목소리다.

우리는 김정수의 시에서 쉽게 순응주의를 읽게 된다. 그것 때문에 그의 시는 그만큼 단출해 보이기도 한다. 그러나 그의 발자국 소리가 가까이 다가오는 것만으로도 세상은 벌써 생기를 찾는다. 그래서 그의 시는 특별한 준비 없이 묵묵히, 무념무상의 상태로 친밀하게 다가가기만 해도 벌써 우리의 눈짓을 알아듣고 어디론가 우리를 이끌고 간다. 거기는 '가랑잎'의 세계다. 메말라 푸석거리지만 자유롭다. 그는 도시의 산책자이자 파수꾼이다.

'고요'의 변증법적 긴장

—조길성의 『징검다리 건너』

1. 알 수 없는 '고요'

모든 존재는 시간 속에 있다. 무엇도 시간의 연속성으로부터 자유로울 수 없다. 그처럼 인간의 삶도 시간이 지배하고 있다. 특히 이 부자유의 근원에 인간의 욕망이 자리하고 있다. 욕망은 이전의 시간을 지우고 새로운 시간 속에서 드러나기 때문이다. 시간의 생성이 인간의 미래를 담보할 수 있으면 좋겠지만 현실은 그렇지 않다. 불투명하며, 불연속적이다. 생성과 더불어 소멸하는 시간의 단선적 흐름 속에서 인간의 자아도 동시에 사라진다. 이 불행한 인간 서사의 비극적 흐름을 멈추게 할 수 있는 길은 죽음밖에 없다. 그런데 이 패배할 수밖에 없는 시간과의 싸움에서 문학만이 유독 승자의 위치에 있다. 문학 안에서 시간은 재구성되기 때문이다. 과거, 현재, 미래로 단절돼 있을 것만 같은 시간이 문학 속에서 공존하고 있다.

『잃어버린 시간을 찾아서』를 쓴 마르셀 프루스트는 유년의 공간에서 잃어버린 자아를 찾게 된다. 프루스트가 체험한 상실의 실존의식은 지금 현재 알 수 없는 자아에 대한 끝없는 물음에서 비롯된다. 왜 나는 지금 여기에 있으며, 어디서 왔고, 어떻게 될 것인가에 대한 탐구가 문학의 공간에서 역작으로 탄생되었다. 잃어버린 자아를 찾아내는 단초가 되었던 마를렌느의 일화는 잃어버린 기억에 대한 완성을 의미하고 있다. 그 시공간은 무엇인가 불투명한 현실과는 달리 사물이 온전한 형태를 갖는 순간이고, 내가 누구인지 아는 순간이다. 이처럼 잃어버린 것들을 회복하여 고정시킬 수 있었던 것은 시간을 되돌려 다시 만들어 낸 추억의 과정에서 비롯된다. 프루스트는 다시 찾은 유년의 시간으로 자신의 불행을 행복한 순간으로 전환시킨 것이다.

조길성도 '시간의 흐름' 속에 있다. 그를 여기까지 밀고 온 시간에 대해 아무도 말하지 않는다. 다만 추측할 뿐이다. 아니 그 스스로도 왜 자신이 여기에 이렇게 있는지 알 수 없다. 그러므로 그의 시는 어떤 모습으로도 잘 빚어지지 않는 오늘을 다시 빚고자 하는 자기 탐색의 길이라 할 수 있다. 프루스트의 『잃어버린 시간을 찾아서』는 다음과 같이 시작된다.

> 그래서 내가 한 밤중에 잠이 깼을 때, 나는 내가 있는 곳이 어디인지 모르기 때문에, 처음 순간에는 내가 누구인지조차 알지 못하였다. 나는 처음의 순박함에 동물의 체내에서 가능한 전율과도 같은 그런 원초적인 단순성에서 실존만을 느낄 뿐이었다. 나는 동굴 속의 인간보다 더 가련한 존재인 것이다
>
> ―『스완네 집 쪽으로』에서

조길성의 시도 이러한 결핍과 정체성 상실로부터 잉태되었다.

> 어둠속에서 문득 잠이 깨었을 때
> 흰 종이 한 장이 빛을 발하고 있었다
> 종이는 살아 숨 쉬는 것 같았다
> 그저 거기 놓여 있을 뿐인데
> 움직임도 소리도 없는
> 빛나는 고요가 뭉클 내 머리 속에 손을 넣어왔다
> 이게 뭘까 말 할 수 없는 느낌으로 밀려드는
> 슬픔도 아닌 기쁨도 아닌 울음도 아닌 것이
> 어머니처럼 내 속으로 들어와 가득했다
> 고등어 떼가 바다를 모르듯이
> 나는 고요히 종이와 한 몸이 되어갔다
> 태어나 처음으로 만난 이상한 세상의 빛이 되었다

—「보름」 전문

프루스트와 조길성이 체험했던 순간은 모두 원초적 순간이다. 이 순간 두 사람은 무(無)의 상태에 있다. 잠에서 깨어나 한 사람은 동굴 속의 인간보다 가련한 상태이며, 한 사람은 종잇장처럼 그저 놓여 있는 적막한 상태다. 모두 결핍돼 있다. 그것은 자기 자신이 누구인지 모르기 때문이다. '슬픔도 아닌 기쁨도 아닌 울음도 아닌 것'으로 가득한 조길성의 실존은 프루스트의 언어로는 원초적인 단순성이며, 동물의 순박한 전율이다. 그렇기에 조길성의 시도 연민으로 가득하다. 이 순간은 프루스트가 잃어버린 기억을 찾아간 출발점이다. 그처럼 조길성의 시가 출발하는 지점이기도 하다. 이 순간에 조길성도 이상한 체험을 한다. 즉 변증법적 긴장의 순간이기도 하다. 자기를 발견하고, 동시에 자신이 거기에 있다는 것을 발견한 것이다. 그것은 바로 '고요'의 공간이다. 이 공간은 아직은 알 수 없다. 하지만 시간을 초월하여 잃어버린 자아를 발견하는 시적 공간임이 틀림없다.

2. 결핍과 상실을 예술적 전율로 대치하다

프로이트의 기억이론에 따르면 기억의 잔재는 의식하지 못할수록 가장 강력하고 가장 오래 남는다. 그처럼 '고요'는 조길성의 기억에 남아 해소되지 않는 무엇이다. 그는 알고 있을까. 그의 시에서 스무 차례 남짓 등장하는 고요의 정체를.

> 어릴 때 나는 푸른 하늘을 보고 고요를 배웠습니다 무더운 여름 이었지요 아무도 없는 마당에서 나 혼자 고요가 소리치는 걸 보았습니다 깊어서 너무나 깊어서 다시는 돌아오지 못할지도 모르는 깊이까지 가 보았습니다 두려웠습니다 그리고 편안했습니다 고추잠자리 가 나를 깨울 때까지 나는 사람이 아니었습니다 그렇게 깊고 거대한 고요는 정말 무엇이 었을까요

—「고요에 대하여」 전문

조길성의 시에서 고요는 유년의 기억 속에서 늘 등장한다. 아니면 유년과 관계가 있다. 고요의 공간은 두 가지 자질을 가지고 있다. 하나는 공포(두려움)이며 다른 하나는 찬양(편안함)이다. 즉 두렵기도 하지만 깊고 거대함에 경도되었음을 고백하고 있다. 이렇게 볼 때 고요는 미학적 측면에서 '숭고미'에 해당된다. '숭고미'는 근원적으로 고통과 공포를 불러일으키는 대상에서 느끼는 예술적 체험이다. 위 시에서 숭고미

의 대상은 '푸른 하늘'이다. 숭고미가 감성적 차원이 아니라 이성적 측면임을 생각할 때, '하늘'이라는 자연이 시인의 마음 속에서 이미지화되는 과정이 숭고미의 근원이라 할 수 있다. 즉, 하늘에서 포착한 '푸르다'라는 판단이 시인의 마음속에서 공포의 상태를 유발하고 있다. 그리고 연이어 공포의 상태는 '아무도 없는' 고립과 독존의 상태로 구체화되고, '돌아오지 못할' 죽음의 단계를 포함하고 있다. 그처럼 시인의 기억 속에서 '고립'과 '죽음'은 오래도록 강력하게 남아 있는 특수한 시적 체험으로 자리하고 있다. 이 두 가지 기억의 잔재는 시간의 흐름 속에서 언제나 다시 떠올라 시인을 예술적 경지에 가져다 놓는다. 즉 조길성은 자기 삶의 공포로 작용했던 결핍과 상실의 경험을 예술적 전율로 대치하고 있는 것이다. 그 전율의 상태는 '나는 사람이 아니었습니다.' 찬양하는 고백적 언술에서 절정을 이룬다. 이 충일한 단계는 고립의 결핍과 죽음의 상실에 갇혀 있지 않은 고양된 상태라 할 수 있다. 슬픔으로 점철되었을 인간의 시간은 자연의 흐름 속에서 재구성되어 오히려 상처가 평화로 전환되는 경험을 보여준다. 비로소 우리는 그의 시에서 두렵지만 편안하다는 역설의 뜻을 이해하게 된다. 이러한 고요의 숭고미는 다음 시들에서도 드러난다.

> 먹을 갈면 갈수록 푸른색이 돌았다
> 붓 끝에 힘을 줄수록 어둠이 막막해 왔다
>
> —「함박눈」에서

> 문 밖엔 푸른 빗줄기가 내리고 기계충에 버짐 먹던 놈들이 새 양복 차려입고 멋쩍게 들 어서던 날들이 염색약처럼 먹먹하게 깊어집니다.
>
> —「폐업」에서

> 초여름 나지막이 흔들리는 <u>푸른</u> 감자 꽃의 울음소리를 들었다
>
> —「감자농사」에서

> 영동세브란스 영안실엔 아직 죽음이 낯 설기만한 어린것들이 모여
> 메마른 눈빛으로 소주 잔을 기울였다 <u>푸른</u> 소주잔에 떨어지던 붉은 교
> 회 십자가를 생각하는데
>
> —「미루나무」에서

고요의 푸른 상태는 언제나 세상사의 불행과 짝을 이루어 등장한다. 자연의 '빗줄기'가 '푸른' 이미지와 만나면 폐업할 수밖에 없는 동네 이발소의 슬픈 현실로 드러나고, 자연의 '감자 꽃'이 푸른 이미지와 만나면 농민의 아픈 현실로 변화되고, 소주잔과 푸른 이미지가 만나면 도시민의 척박한 삶을 곡진하게 대치한다. 하물며 조길성 자신의 시 쓰기 또한 푸른색을 띠게 되면 그의 붓 끝은 막막하고 어두운 현실을 담게 된다. 이처럼 조길성은 자연을 감성적으로 접근하는 것에 멈추지 않고 이성적으로 재교직하여 보여준다. 그러므로 그의 시 속에 담긴 자연은 자연 그대로 남는 것이 아니라 이성적 표출의 대상으로 작용한다. 마찬가지로 그의 시에서 포착되는 고요의 편안함은 단순히 시간의 흐름에서 벗어나 해방되고자 하는 것이 아니라 개인의 기억을 사회 속에서 역사화하는 과정의 산물이라 할 수 있다. 즉 그의 시는 시간의 각박한 흐름에서 벗어나 유유자적하며 안주하는 편안함이라기보다는 오늘날 우리 삶의 편린 속에 박힌 결핍과 상실의 상처를 대하고 거기에 집중하는 시 정신의 결연함이나 엄중함의 면모라 할 수 있다.

고요 속에는 기억과 망각의 공간이 상주하고 있다. 이때 잊고자하는

무의식적 욕망인 망각과 오래도록 끈질기게 부여잡고 있는 기억은 서로 대립되어 존재하는 것이 아니라 함께 공존하면서 시인의 잠재된 기억으로 자리한다. 그 관계를 상징적으로 담고 있는 인물이 '할머니'이다.

> 석유등잔이 흔들릴 때 마다
> 할머니는 춤을 추는 것 같았다
> 모시이불을 깁고 계시던 할머니
> 밤의 고요는 너무나 단단해서
> 바늘로 찌르고 깁고 홀쳐 보아도
> 골무를 뒤집어 쓴 채 꼼짝도 안했다
> 미국에 간 아버지는 몇 년 째 소식이 없고
> 할머니와 내가 취로사업에서 돌아 온 밤 이었다
> ─나 없으면 어떻게 살래─
> 모시이불 하얀빛이 서러워 돌아누운 등 뒤로
> 서걱거리는 소리가 들려왔다
> 서리를 밟는 것 같았다

─「모시이불」 전문

기억의 잔재 속에서 시인이 망각하려는 것은 아버지의 부재이다. 유년 시절 삶의 경직은 그러한 부재와 결핍 상황에서 비롯되었기 때문이다. 더더욱 모성의 상실은 아예 기억 저편으로 숨어 드러나지 않는다. 이때 고요는 얼어붙은 기억으로 알맹이가 없다. 시인에게는 삶의 생동감이 상실된 단단한 고요가 두려움의 원인이다. 그런데 그것은 감상적 결빙이 아니다. 언젠가 때가 되면, 혹은 고통의 입사식을 통과하고 나면 풀릴 마술이거나 해피엔딩이 예고된 신의 저주가 아니다. 요지부동 움직이지 않는 삶의 고통과 연결되어 있다. 하루하루 연명하는 변두리 삶의 실존적 죽음과 관계되는 비극적 상황 속에서 유년의 시간은 그대로 멈춰 있다. 이 순간 아버지의 부재도 어머니의 상실도 시인에게는 망각의 대상일 뿐 기억의 중심이 아니다. 할머니만이 오직 유년의 기억을 주재하는 인물로서 밤의 고요를 깨뜨리는 해결사로 자리한다. 정작 시인에게는 할머니의 상실이 더 큰 공포였음을 고백하는 것이다. 이 고통의 순간은 빛(석유등잔)의 확산을 통해 녹아내리고 있다. 이처럼 얼어붙은 밤의 고요를 슬픔으로 풀어냈던 기억은 과거의 시간 속에서만 의미를 갖는 것은 아니다. 그 기억은 현재의 시인을 예고했던 미래의 기억이었으며 예술적 차원으로 승화되어 우리들 또한 전율케 한다.

3. '고요' 속에서 역사를 성찰하다

고요의 숭고미는 시간을 과거로 되돌리는 행위의 산물이다. 그렇다면 조길성에게 있어 과거로 되돌아간다는 것은 무엇인가? 단순히 현실의 고통으로부터 도피하려는 수축적 자세는 아니다. 더불어 고요는 자연의 대상물 자체가 아니라 시인의 마음속에서 재구성된다. 이는 개인적이며 사적 차원을 넘어서는 역사적 층위의 물음이기 때문이다. 유년의 기억은 단순히 과거에만 머물러 있는 것이 아니라 현재가 함께 하는 미래의 기억이기도 하다. 다음 시는 이러한 기억의 확장이 어떻게 이루어지는지 보여주고 있다.

울음은 공명이다
목숨 가진 것들의 허파에 들어있는 생명의 탄력이다
아무도 돌보지 않는 쓸쓸함 들이 신선한 이슬의 자궁을 지나

드높은 소리의 사다리다
올라 가 보면 신비가 있을 것이다
울음 없이도 빛나는 은사시나무의 침묵 곁에서
별들을 올려다보면
쓸개마저 딸려 올라간 저 하늘 밤빛이
누구의 울음으로 저리 빛나는지
모든 생명가진 것들의 환희의 눈물인
모든 눈물가진 것들의 기쁜 손짓들이
은사시나무를 어루만져
희미한 울음의 기억을 눈 뜨게 한다
귀 기울이면 발자국 소리 발자국 소리
죽은 나무조차 되살아날 듯 반가운 속삭임이
별들의 피를 깨워 흰 뿌리까지 적셔오지만
제 몸에 키운 이슬방울들이 깨어날까
더욱 숨죽이는 어둠 속
모든 울음이 이슬 곁에서 한층 맑아지는
맑음으로 뿌리를 씻는
은사시나무 고요한 눈빛

―「은사시나무」 전문

 은사시 나무는 과거 시인의 기억 속에 존재했던 자연의 대상이다. 유년의 한 때 시인은 은사시나무의 고요한 숭고미를 경험했을 것이다. 그 공간은 '더욱 숨죽이는 어둠 속'이었을 것이며, '아무도 돌보지 않는 쓸쓸함'으로 채워진 공포와 두려움의 세계였을 것이다. 시인은 그 유년의 시간을 '희미한 울음의 기억'으로 호명한다. 은사시나무를 어루만짐으로써 순간적으로 시인은 과거로 회귀한다. 이처럼 과거와 현재가 서로 교통할 수 있었던 것은 유년의 시간 속에서 경험했던 은사시

나무의 어루만짐이었을 것이다. 이때 유년의 기억은 시인의 과거 속에 멈춰버린 경직된 기억이 아니라 동시에 오늘의 경험을 예고한 미래의 경험이라 할 수 있다. 그리고 은사시나무의 기억은 시각적 이미지로 추억되는 것이 아니라 소리의 형태로 재구성되어 생명력을 갖게 된다. 은사시나무를 어루만지는 행위는 '모든 생명'과 '모든 눈물'의 공통된 경험으로 승화되는 것이다. 시인과 이 세상 모든 이는 은사시나무라는 공통분모를 통해 공명하였다. 모든 이의 환희와 모든 이의 기쁨이 모든 울음소리로 수렴되는 이 상황이 개인의 공간 속에서 이루어진 것은 아닐 것이다. 발터 벤야민의 언어로 말하면 이것은 '집단적 역사에 대한 성찰(발터 벤야민, 『1900년 베를린의 유년시절, 베를린 연대기』에서)'이다. 위 시에서 집단적인 역사의 경험이 직접적으로 드러나 있지는 않지만, '은사시 나무의 고요한 눈빛'을 통해 이루어낸 시인이 의도한 것은 개인적 경험과 집단적 경험이 마주치는 차원이었을 것이다. 시인이 귀 기울여 들으려 했던 '발자국 소리'는 울음의 공명을 실현하는 구체적인 집단성을 드러내고 있다. 궁극적으로 시인이 '죽은 나무조차 되살아날 듯 반가운 속삭임'의 역사적 전환을 꿈꾸고 있음을 확인하게 된다.

> 빈 몸뚱아리 이고 가는
> 젓갈 항아리 같은 저 마디마디 짧고
> 또 굵은 여자 굵은 땀방울
>
> —「봄날」에서

> 한 손에는 지팡이 다른 손에는 소주가 한 병
> 노파의 창자 속을 따라 걷는다
>
> —「골목을 지나며」에서

시간은 여섯 시 오십 분 봉고차에 연장 싣고 대여섯 첫차가 떠나고
다마스에 너덧 싣고 떠나간 뒤에 트럭에도 뒤늦게 너 댓 명이 올라타더
니 오뚜기상회 앞에 술판이 벌어집니다

—「대마찌」에서

오늘도 막차다
여기저기 쓰러진 사람들
반쯤 졸고 있는 나와 함께
마을의 불빛들 까지도 고단한 꽃들이다

—「막차」에서

고물이 돈이 안되니 라면으로 때우다 지쳐 태수는 달리는 자동차에
다리를 걸어 병원에 실려 가고 종식이는 남의 집 담 넘어가 양주 꺼내
먹고 노래부르다 잡혀가고 인철이는 배 라도 타 보겠다고 남쪽으로 떠
나고 이빨 빠진 두 늙은이 마주 앉아 라면을 끓인다 소주를 깐다 웃는
건지 우는 건지 모를 두 늙은이 왕창 뱉어낸 이빨자리가 시린 오후

—「월동준비」 전문

이 일련의 시에서 시인이 직면한 역사의 악몽을 확인할 수 있다. 그
것은 현실 속에서 외면당하고 있는 우리 사회 주변부의 모습이다. 그리
고 이러한 모습은 유년의 기억 속에서도 자리하고 있었던 것이다. 단지
망각의 늪에 빠져있었을 뿐이다. 하지만 앞서 보았던 시 「은사시나무」
의 이미지들 속에서 부활하여 이들 시 속에서 구체적인 사회적 상황과
만나고 있다. 갈치장사의 굵은 땀방울과 불구의 노파와 막노동판에 내
몰린 사람들, 막차에 몸을 실은 고단한 삶은 모두 연속적인 삶의 흐름
이 중단된 채 살아가는 소외된 존재들이다. 이 망각된 존재들은 지난
삶의 무게로 더 없이 깊고 무겁다. 이 무거움은 현실로 다가선 파멸과

파산의 두려움을 함께 담고 있다. 그것은 공포가 아닐 수 없다. 그러나 이 현실적 고통도 유년의 기억 속에 자리하고 있는 '고요'의 숭고한 아름다움 속에서 이미 체험한 역사적 상황이다.

> 그 소란한 틈바구니에서 나는 살얼음판을 생각했다
> 친구를 묻고 돌아오는 차 안에서 나는 고요함과 평안함과 두려움을
> 뒤 섞어 썰매를 지쳤다
>
> —「살얼음은 깨지기 쉽다」에서

개인적 경험과 집단적 경험이 마주치는 공간은 살얼음판과 같다. 시인이 체험한 죽음은 역사의 공간에서 이미 수없이 치렀고 오늘날 삶의 현장에서도 여전히 반복되는 것이다. 하지만 시인은 고통의 강도가 더할수록, 삶을 위협하는 공포가 깊이를 더 할수록 더욱 고요하다. 이 차분한 삶의 인식은 개인의 사적 경험에 국한된 감상의 차원에서 벗어나 역사적 성찰로 전환되는 순간 경험하는 삶의 의지와도 같다. 역사의 순간순간 마다 두려움을 떨칠 수 없지만 삶의 현장에서 구현된 고요의 경지는 시인이 유년 시절에 체험했던 순간을 그대로 확산시키는 평화의 전율적 체험과 같다. 이처럼 조길성의 시는 역사의 변화를 긍정하는 다분히 이성적 인식의 계기를 담고 있다.

4. '고요'의 새로운 계보학을 기다리며

조길성의 시에 등장하는 인물들은 모두 '할머니' 한 사람으로 수렴된다. 어쩌면 '할머니'는 시인의 분신이자 전부인지도 모른다. 아버지

도 어머니도 부재하는 결핍과 상실의 실존에서 그의 본질을 확인할 수 있는 주재자로서 '할머니가'가 존재하기 때문이다. 그 존재의 기억이 유년의 시간에서부터 현재에 이르기까지 변함없이 연속성을 갖는 것은 시간의 흐름이 표출하는 단선적 지속성과는 사뭇 다른 것이다. 이미 유년 시절에 할머니는 미래에 있을 수많은 주변부를 함께 갖고 있는 역사성을 띠고 있다. 그 경이로운 체험을 조길성은 '고요'라고 명명한다. 이 고요함은 공포이면서 동시에 평화이기에 변증법적이다. 시간의 흐름 속에서 망각과 기억이 공존하는 긴장을 통해 시인은 전율한다. 그러므로 고요에 빠지는 순간 마다 변증법적 긴장을 체험하는 순간이라 할 수 있다.

이러한 역사적 인식에도 불구하고 조길성의 시는 숭고미가 갖는 한계에서 자유롭지 못하다. 즉 이성의 힘이 감각의 영역을 지배하고 있기 때문이다. 현대시가 추구하는 전위적 면모와 멀어질 수밖에 없는 깊이와 두터움의 시적 추구가 이유가 될 수 있다. 조길성의 시에서 포착되는 슬픔의 정서는 슬픔의 감각 현상 그 자체가 아니다. 그것은 이미 시인의 의식을 통과한 결정체이다. 우리는 그 빛나는 고요에서 엄숙한 윤리적 계기를 읽게 된다.

조길성은 이미 많은 곡절을 통과한 시인이다. '고요'는 그 역경의 산물이다. 이제 새롭게 쓸 시의 구경은 공포와 두려움의 공간으로서 '고요'는 아니었으면 한다. 더더욱 평화로운 세계도 아니었으면 한다. 새롭게 재구할 세계는 공포가 사라진 이후 자유였으면 한다. 평화의 수평적 공간이 아니라 이 슬픔의 대지를 찢고 나오는 수직적 공간이었으면 한다. 달리 말하면 '할머니'의 계보로부터 나와 스스로 효시가 되어 새로운 계보학을 쓰길 기다린다.

거북과 코끼리를 만나고 돌아온 저녁
―홍명진의 『터틀넥 스웨터』와 김태형의 『코끼리 주파수』

난독증이 분명하다. 한 줄의 글도 읽기 버겁다. 원인은 정확하지 않다. 책을 손에서 놓으면 안 되는 강박 때문일 것이다. '독서의 즐거움' 류의 책들이 베스트셀러 반열에 오르니 어찌된 일일까? 나와는 무관하다. 읽고 쓴다는 것은 '고통'이 아닐 수 없다. 독일 낭만주의를 풍미했던 '저주받은 영혼'을 떠 올리지 않는다 해도 벗어날 수 없는 현실이 우리 모두에게 놓여 있기 때문이다.

두 권의 책을 만난 것은 얼마 되지 않았다. 돈을 주고 책을 산 적이 언제인지 모른다. 그만큼 찾아 읽고 싶은 설렘이 가신지 오래다. 텔레비전을 장악하고 있는 앳된 '걸'들을 보고도 무덤덤한 증세와 같다. 일본이 '문학'이라 우스꽝스럽게 변조했던 'literature'는 어원상 '읽고 쓰는' 능력을 뜻한다. 근대적 문맹이 되어 버린 내게 문학이라는 거창한 성형을 하지 않고 한 권의 소설집과 또 한 권의 시집이 민낯으로 찾아왔다.

수줍은 거북이 먼저 말을 꺼냈다. "사람들은 언제나 나를 호기심과 의구심이 가득 찬 눈으로 쳐다보고 있어요. 내가 고개를 들면 언제 그랬냐는 듯 그 이상한 눈초리를 돌리고 외면하죠." 그녀가 그렇게 말한 것은 아니지만 내 귀에는 그렇게 들렸다. 순간 그녀도 나와 똑 같은 병이 있구나 생각했다. 그녀가 싫어하는 말이겠지만, '연민'을 앓고 있는 것이 분명하다. 덧붙여 무어라 대꾸할 수가 없었다. 그녀가 들려주는 이야기는 그저 고개만 끄덕여도 될 만큼 낯익었다.

아홉 편의 짧은 이야기들은 꼭 윤흥길의 『아홉 켤레의 구두로 남은 사내』를 닮았다. 아무런 변주도 없이 알몸으로 달려드는 실재(reality)는 늘 어둠 속에서 징그러운 모습을 하고 있다. 그녀도 "개지 않고 늘 깔려 있는 이부자리 속으로 들어가 침낭을 뒤집어 쓴 것처럼 몸을 말고 있으면 한 마리 짐승이 된 것 같았다.(「아홉 번째 집」에서)"고 했다. 떼어내고 싶어도 덜어지지 않는 꿈의 잔상처럼 우리를 힘겹게 한다. 그러나 호기심과 의구심의 대상이었던 변두리 인생에게도 삶의 이유가 되었던 존재감 같은 것이 이야기 하나 하나에서 반짝이고 있었다. 그녀는 그 빛남을 " 새끼손톱만 한 작은 새 한 마리가 파드닥거린다.(「즐거운 수선소」에서)"고 전했다.

거북에게 거듭거듭 말했다. 곱추 여인이 뜨개질한 조끼를 생수 대는 사내에게 전해주지 않게 해주어, 미스 고가 옛 사내를 알아보지 못하게 해서, 삼봉 연인숙이 어디 있는지 다시는 찾을 수 없게 해서, 불타는 망루에서 정신이 온전치 못한 은철이를 내려오지 못하게 해서…… 눈물 나게 고맙다고. 미완의 결말로 남은 이야기는 우리에게 아홉 켤레의 구두이다. 이상한 나라에서 마지막까지 소진하지 않은 탄환 같은 것이다. 나는 다시 긴장의 끈을 놓지 않고 노리쇠를 당겨 안았다.

답답해하던 코끼리가 말문을 열었다. 그는 할 말이 많은 듯 했지만 의외로 과묵했다. 코끼리는 김춘수가 시 「은종이」에서 알 듯 모를 듯 속삭였던 '활자 사이'를 가는 중이었다. 낯설었지만 그래도 반가웠다. 어딘가 우리는 닮은 구석이 있었다. 거북도 그렇다고 했다.

그는 반짝이는 발바닥을 내보이며 자신이 걸어온 내력을 보여주었다. 오리, 흰 고래. 참새, 몰래 풀 뜯는 망아지 또는 발바닥이 종일 즐거운 망아지, 뚱뚱한 여우, 이제 막 피 냄새를 맡은 늑대, 목쉰 검은 새, 태양의 흑점을 숨긴 저주받은 새, 벽이 갈라진 틈새에 집을 지은 콩알만 한 새, 갈비뼈 앙상한 개, 꿈속까지 들어온 원숭이, 느릿느릿 길 건너던 누룩뱀, 화석 코끼리 이야기를 했다. 이들 모두가 길에서 벗어나 지도위에서 태어난 낯선 짐승이라 했다. 그리고 이들 모두 한 가족이 된 사연을 들었다. 그러자 그 짐승들이 그의 아이들로, 오줌싸개로, 바다를 만드는 아이로 변신하는 것을 보았다. 환상적이었다. 잘 모르지만 섭섭해 할 것 같아 아는 시늉 삼아 고개를 연신 끄덕이며 웃기도 하고 심각한 표정을 짓기도 했다. 하지만 좋았다.

코끼리는 허무주의자이자 자칭 밤의 리얼리스트라 했다. 아닌 척해도 벌써 나를 알고 있다는 파장이 긴 주파수를 타전했다.

사라 잍따는 게 하필 왜 아무걷또 아닌 걷뜨를
할타대고 지꺼리고 침 흘리는 니릴 뿌니어쓸까
미안하지만 함께 어슬렁거리기에는

이 골모기 너무 비좁따
그래도 달려들 테면 어서 이 써근 목떨미를 깨무러다오
이까진 한 가닥 철사주를 무러뜨더다오 끄너다오
그러치 아느면 삼킬 쑤도 엄는
네 모게 고통스런 목쑤믈 내가 먼저 끄너주겓따

—「혀」에서

근래에 이토록 고통스럽지 않아 심심하던 차였다. 사정없이 뜯긴 날. 행복했다. 거북도 그렇다고 했다. "행복한 하루 되세요." 생수 배달 사내의 목소리가 아련하게 들리는 것 같다고.

한 권의 소설집과 또 한 권의 시집은 난독증에 시달리는 고질병을 단숨에 치유했다. 거북과 코끼리를 만나고 돌아온 저녁 낯익음과 낯설음 사이에서 나도 그들에게 부치지 못할 노래 한 편을 들려주었다.

무거운 집을 버린 앞발 큰 게와 껍질을 벗고 바닷가를 거닐며 뇌 없는 바다가재 이야기를 나누었네. 옆구리로 짜디짠 수액을 흘리는 고로쇠나 무도 한 장 날갯죽지를 잃어 파득이는 고추잠자리도 저수지 갯가에 기대어 가쁜 숨을 내쉬는 참붕어도 여러 대 뺨을 맞았던 죽은 햄스터도 해풍에 밀려 하루하루 서너 발자국씩 뒷걸음질 치는 붉은 해송도 발아래 놓였던 모든 어린 목숨도 졸졸졸 힘없이 흐르는 냇물도 저 파란 하늘도 하물며 하물며 떠도는 바람도 행복했던 순간보다는 고통 안에서 모두 하나다 우우 너희가 우리에게 고통을 안기려느냐 그러면 우리는 하나다

—「바람아래 꽃지에서 울었네」

4부
시조의 발견

우화(羽化)와 빙렬(氷裂)의 시학

─백이운의 『무명차를 마시다』

나에겐 본질적 즐거움이란
내가 알았으면서 몰랐던 것을
기억하는 경이에 있는 것이다.

─R. 프로스트

1. 비조(鼻祖)의 탄생과 새로운 사조(思潮)의 준비

시집 『무명차를 마시다』를 읽으며 프랑스 19세기 문학의 시작을 알렸던 어떤 사람을 떠올렸다. 스탈 부인(Mme de Staël)이다. 그녀는 구체제와 고전주의에 포위되었던 문학의 숨통을 텄던 낭만주의의 시조(始祖)다. 근현대문학에서 어느 유파를 막론하고 낭만주의의 은혜를 입지 않은 것이 없다는 랑송(Gustave Lanson)의 말을 빌리지 않더라도 서구문학사에서 그녀의 위상은 지대하다. 살롱의 공허한 문학을 물리치고 새로운 시의 원천을 발견하였던 스탈 부인의 문학정신을 이 시집에서 경험하게 되다니, 문득 경이롭다. 스탈 부인은 새로운 사상을 퍼뜨리고 새로운 취미의 원리를 만들어냄으로써 새로움에 갈망하고 있는 사람들의 영혼을 해방시켰다. 그처럼 이 시집에서 우리는 회고적 이미지를 지양하고 시대적 의미를 추구하는 새로운 흐름을 읽게 된다.

스탈 부인은 당대 유럽인들이 보편적 '세계'와 진정한 '자기'를 성찰하도록 이해시키고 설득하는 과정 속에서 낭만주의의 원리를 계시했다. 즉, '낭만적인 시는 고전적인 시처럼 수입(輸入)되는 것이 아니라, 우리의 감동과 국민적인 전통을 사용하는 것1)'이라고 제시했다. 이는 한국 근대시의 내적 배경으로서 시조의 형식체험을 연상시키는 일성이다. 한국 근대시는 온전히 '수입'된 것이 아니라 한국 시가 전체를 일관하는 자기동일적(自己同一的) 배경을 내재하고 있기 때문이다. 그런 측면에서 "시조의 형식원리는 우리의 정서를 융합할 수 있는 체험의 보편성이자 종족의 동일성이다.2)"라는 명제는 스탈 부인의 주장과 일맥상통한다. 이는 시조의 현대성이 단순히 외형적 형식의 변화를 꾀하는 것에 그치지 않음을 함축한다.

그렇다면 백이운(白利雲)은 이 시집에서 무엇을 준비했는가? 이는 보편성과 개인성의 긴장 속에서 기계적 형식론에 갇혀있지 않고, 시조적 상상력의 한계를 넘어 시인이 스스로 현실과 부딪힌 경험이 무엇인가를 묻는 것이다. 시인의 자서(自序)는 그 실마리를 넌지시 던져준다.

> 이 책을 쓰는 동안 나를 어여삐 보듬어 주었던
> 영화의 신, 음악의 신, 미술의 신, 도자의 신,
> 茶神, 그리고 자기 혁명을 꿈꾼

---

1) G. 랑송/P.튀프로, 정기수 역, 『랑송 불문학사 下』(을유문화사, 1987), 20쪽.
2) 박철희, 『한국시사연구』(일조각, 1995), 141쪽.

사랑하는 이웃들과 나의 모든 스승들에게

시인이 우리에게 전하려는 비의(秘意) 한 조각은 '소통'이다. 신과 이웃과 스승이 서로 통하여 동일성을 갖는 경이로운 체험을 우리에게도 맛보게 하려는 심산이다. 이처럼 시집에는 시인이 체험한 '자기동일성의 인식'과 그 소통을 가능하게 한 '자기 혁명의 어법'이 마련돼 있다. 세계와의 관계 속에서 자아의 정체성을 찾으려는 인식과 갱신의 어법이다. 시집 표제「무명차(無名茶)를 마시다」에도 비의 한 조각이 반짝이고 있다. '무명(無名)'의 흡수는 호명(呼名)의 완강한 거부다. 이미 규정되고 한정된 종속적 관계로부터 벗어나 자유를 흡입하고자하는 선언이다. 이러한 인식과 어법의 새로움을 시인이 준비한 언어로 변주하면, '우화의 어법'과 '빙렬의 인식'이라 할 수 있다.

이 시집에서 백이운의 시적 완결을 추구하는 것은 무의미하다. 그만큼 새로움의 '탄생과 준비'는 언제나 전환적이며, 역설적 반전이기 때문이다. 좋은 시는 도정(道程)에 있기에 이 시집은 앞으로 도래할 현대시조의 새 세계를 예감하는 설렘을 갖게 한다.

2. 우화(羽化)의 어법과 미적 체험의 변용

"어느 때고 그 상황에 변용되는 시는 새로운 느낌을 주며 현대의 시조란 현대라는 상황에서 새로운 느낌을 주는 시라 할 수 있다."[3] 그러므로 시조의 현대화는 단지 형식의 변형에만 구할 수 있는 것은 아니

---

3) 앞의 책, 178쪽.

다. 연형체, 겹시조 등 시조의 장형화에만 집착하는 것은 형식주의에 불과하다. 즉 시조의 형식을 내용과 짝을 이루는 협소한 층위에서 사고하기 때문이다. 오늘날 현대시가 모든 것을 일갈하듯 서정의 완결을 추구하지만, 서정적 반전이나 전환이 없는 시의 모습은 시조이건 자유시이건 우리의 본질적 리듬이 아니다. 그렇기에 근대 이후 우리 시가 담아냈던 현대성은 창조적이지 못하다. 서구의 어느 풍경이거나 생경한 일본식 분위기의 답습에 지나지 않는다. 그에 비해 백이운은 단순히 장형을 만드는 것에 급급하지 않는다. 삼장시조에 내재된 전환의 미학을 그대로 보전하면서 현대적 의식을 표현하고 있다. 이것이 이 시집이 품고 있는 창조적 힘의 원천이다.

> 뭉개지 마 지우지 마
> 목숨을 갖게 해 줘
> 詩語들이 매달린다
> 羽化의 꿈을 벗고
> 무수히 삭제되고 날조되는
> 네가 있다 내가 있다.

—「詩法」 전문

오늘날 시어들은 '삭제'와 '날조'의 도구로 전락하였다. 형식에 매달린 결과 시는 상투성에 빠져 있고 현실은 왜곡돼 있다. 시적 진실을 도외시한 채 남발되고 있는 시의 모습은 그 자체의 언어놀음에 그치지 않고 거세되고 망각되는 현대 인간 군상의 현실을 외면하고 있다. 이처럼 언어는 단순히 기표의 차원에 머물고 있는 것이 아니라 인간의식의 거울이라는 실존적 언어관을 지니고 있기에 시인은 언어가 타전하는 삶의 신음 소리를 듣게 된다. 시의 타락은 곧 생명의 거부임을 직감한 것이다. 그처럼 이 시는 시가 소외시킨 생명을 복원해야 한다는 메시지를 담고 있다. 그것이 백이운의 시작법이다. 그 시적 상상력을 '우화의 꿈'으로 변주시켜 보여주고 있다. 우화의 상상력은 무엇인가? 존재론적 변화를 요구하는 것이다. 애벌레가 나비로 완전히 탈바꿈하듯 전면적인 탈피와 전환을 도모하는 것이다. 적당히 흉내내고 슬쩍 치장해서는 아우성치는 이 세상 '목숨'들을 구해낼 수 없기에 꿈과 같은 상상력을 시인은 추구한다. 우화의 상상력은 시어의 의미를 새롭게 구조화하여 일상적 언어의 관습으로부터 해방시키려 한다. 다름 아니라 백이운이 보여주려는 시의 현대적 변용이다. 우화의 상상력은 다음과 같이 특징적 어법에서 포착된다. 인유(引喩)의 어법이다.

너의 안부 묻지 않는다고 서운해 하지 마렴

두 평 반 도심산중 이 귀여운 토굴에서

다람쥐 밤알 까먹듯 하루 하루 까먹는 날

아껴 먹는 일 디보나 모리꼬네가 없었다면

팔만사천 모공으로 들어오는 키타로가 없었다면

어떻게 바람찬 토굴살이를 견뎌낼 수 있었겠나,

민중을 노래하다 처형당한 칠레 가수

절규하는 티벳 사내의 오 솔레미오 들어보렴

진실로 영혼을 적시는 시보다도 절절하잖은가.

너의 안부 묻지 않는다고 쓸쓸해하지 마렴

인생은 자비로워 모른 척 지나가는 것

그래도 이 한 곡 네게 보내 나의 마음 전한다.

—「음악처럼」 전문

한시를 비롯한 전통 시가에서 많이 쓰이는 어법은 '용사(用事)'다. 이를 통해 시인과 독자가 시에 내재된 함의를 공유하게 된다. 문제는 용사로 차용된 전고(典故)나 사실은 개인의 체험을 반영하기보다는 관습화된 경험이라는 데 있다. 그러므로 시인의 목소리를 담기에 역부족이다. 현대시조의 경우 이러한 관념적 어법으로부터 탈피하기 위해 주로 서양예술을 소재화한다. 그러나 소재주의는 상상력을 동반하지 못한다는 한계가 있다. 결국 시간이 지나면 그 역시 과거의 용사차원으로 떨어지기 마련이다. 박이운도 이 시집에서 위의 시처럼 고전과 현대의 예술을 인유한다. 차이가 있다면 소재차원을 넘어 새로운 톤의 의미 선택이라는 데 있다.

위 시에 인유된 '일 디보, 모리꼬네, 키타로, 빅토르 하라, 주오마지아'의 음악은 독자에게 어느 정도 교양을 요구한다. 그 정도를 무엇으로 규정지어 가늠할 수는 없지만 시를 읽는 묘미를 배가 시키는 미적 체험임에는 틀림없다. 이들의 음악이 지니는 형식과 내용은 이 시를 이해하는 데 중요하다. 그러나 그보다 더 중요한 것은 이 시에 인유됨으로써 변용된 새로운 의미다. 시조라는 새로운 형식과 어울려 새롭게 창조된 의미를 독자는 체험하게 된다. 위 시에서 인유된 음악은 '숭고한 테마와 다양한 형식'을 정보로 제공하고 있다. 그 정보는 단순히 교양의 지식차원을 넘어 위 시에서 '처형'과 '절규'의 상황을 거치며 또 다른 소통의 의미로 변형된다. 그것은 '자비'와 '초월'의 미학이다. 고립과 고독을 견디고 스스로를 위무하는 미적 체험이다. 시인은 '바람찬 토굴살이'로 묘사된 상황에 처해 있다. 이는 세상과 단절할 수밖에 없는 절실한 삶의 현실이다. 이때 음악은 소리의 차원을 넘어 시조의 형식을 통해 존재변화의 동력으로 변용되었다.

음악 외에도 이 시집에는 다음과 같이 '영화, 연극, 미술, 도자' 등의 예술장르뿐만 아니라 '차'와 같은 다도(茶道)가 인유되었다.

1.
개미 떼가 새까맣게 달라붙어 있는 자리

무슨 먹을거리가 있어 모였나 싶었는데

무서워
혼자서가 무서워
떼 지어 있는 거네.

2.
망토를 휘날리며 클린트 이스트우드가 사라져갔네

뼈도 못 추린 체 게바라 개미에게 먹혔네

시가를 질겅거리던
개미에게
먹혔네.

―「마카로니웨스턴」 전문

마카로니웨스턴은 의사(擬似) 서부극이다. 정통 서부극이 추종했던 명분과 정의는 마카로니웨스턴에서 비정과 잔혹의 상업성으로 변형되었다. 이러한 영화장르의 변형성은 이 시에 인유되어 현대인이 겪고 있는 공포의 밑바닥을 들춰내는 데 쓰이고 있다. 체 게바라는 제국주의의 폭력에 맞선 혁명의 화신이며 상징이다. 그가 클린트 이스트우드와 만나는 순간 '뼈도 못 추린' 우의(寓意)의 대상으로 전락하였다. 그것은 꼭 마카로니웨스턴에서는 존재가치가 없는 존 웨인의 위상과 흡사하다. 하물며 영웅도 아닌 일개 민중은 어떻겠는가? 그들은 '시가를 질겅거리'는 폭력의 우악스러움을 내면화하여 '흉내내기'에 이른 것이다. 시인은 마카로니웨스턴이 담지하고 있는 위선의 이미지를 끌어와 집단적 광기의 배경으로 변주시켜 보여주고 있다. 개미의 집단주의는 기본적인 생활의 방편 때문이기보다는 폭력에 길들여진 공포에서 비롯되었음을 우리로 하여금 체험하게 한다. 세상은 클린트 이스트우드가 사라진 텅빈 마을과 같다. 누군가 다시 발호하여 사람들을 억압할지 모른다. 시인은 '먹히고 먹히는' 이 살벌한 삶의 현장을 풍자하고 있는 것이다.

푸른 시간 위에 네 입술은 닿아 있다

꽃 피는 상처 위를 네 손은 짚고 있다

놓으렴,
재에 대한 명상
환하고 눈부시다.

―「수레질 찻잔」 전문

시인의 시간은 푸르다. 이 푸름의 이미지는 두 번째 장의 '꽃 핌'과 병행하여 '상처'에 가 닿는다. 우리의 감성(입술)과 이성(손)은 시간의 상처 위에 핀 푸른 꽃으로 변주되었다. 시인은 스스로에게 명령한다. 고해와 같은 삶의 흔적에 연연하지 말라고. 이는 찻잔에 대한 새로운 미학적 체험을 경험하게 한다. 그렇게 '재에 대한 명상'은 '치유'의 이미지로 상징화된다. 그저 흙이었던 것이 형체를 갖게 된 것은 무언가의 희생 때문이다. '재'는 그것의 징표다. 불탐이 없었다면 무엇도 재로 남지 않았을 것이다. 그러므로 인간 삶의 세월이 엮은 집착에서 벗어나는 길, 즉 '거리두기'는 '상처'에 대한 새로운 이해로부터 시작됨을 알 수 있다. '상처'는 '환하고 눈부신' 새 몸의 화두이기 때문이다.

시간이 잊어버린 雲南의 차들이

잡미며 잡향 고스란히 버려가며

잊혀진 창고 한구석 요지부동 했을 때,

애서 한 일이라곤 아무것도 없다

주어진 온습도에 자신을 맡겼을 뿐

우화(羽化)와 빙렬(氷裂)의 시학　201

진화의 어느 순간도 거스른 적은 없다.

말없이 차가 익어 진향으로 거듭나기까지

차 아닌 차로 무미한 존재가 되기까지

아, 나는 얼마나 많은 변화를 했던 걸까.

서른 해 진가를 맛보는 혀끝이여

갑절 다 되도록 떫은 기 지우지 못해

갈구의 의식 깊숙이 떫지 않은 게 없구나.

—「茶들이 익어갔을 때」 전문

다도를 통해 시인은 시간으로부터 부자유스런 자신을 성찰한다. 차가 진향을 낼 때까지 거쳐 온 숙성의 과정은 요란하지 않다. 자연의 이법에 스스로를 맡긴 채 잡스러운 욕망에 현혹됨이 없이 마침내 전혀 다른 존재로 변화된다. 차의 존재론적 변화에 비하면 시인의 표변(豹變)은 영색(令色)에 불과하지 않는가 반문하고 있다. 이 모두 시간의 얽매임 때문이리라. 과거에 대한 미련, 현재의 애달픔, 미래의 불안이 시인을 변화하라 재촉하지만, 그 갈구는 미숙하기 그지없다. 다도의 미학을 통해 얻은 '무명'과 같은 '무미'의 체험은 지난 시간을 갱신할 수 있는 여지를 마련해 두고 있음을 짐작할 수 있다.

이처럼 백이운은 다양한 장르의 예술과 다도를 인유함에 있어 편벽된 유행에 그치지 않고 한층 변용된 구경을 시 속에서 펼침으로써 독자로 하여금 새로운 미학적 세계를 경험하게 한다. 그러므로 이 시집을 읽는다는 것은 단지 시의 어의를 감상하는 것을 넘어 새로운 의미를 접하는 경이로운 체험이라 할 수 있다. 즉 백이운의 시는 문화다. 이 문화적 체험을 가능하게 한 것이 '우화'의 변용임은 말할 나위 없을 것이다.

3. 빙렬의 인식과 타자성의 지향

백이운은 이 시집에서 삶의 긴장 속에서 획득한 인식과 보편적 질서의 개체화를 통해 시조 형식의 단조로움과 관념성을 극복한다. 그것은 주어진 형식을 고수하는 것이 아니라 현실과 대면한 경험의 양식이다. 삶의 인식 차이에 따라 시의 양상이 달라지기 때문이다. 다시 말해 그의 시는 현실을 응시함으로써 발견한 새로운 국면이다.

> 더듬한 애벌레도 羽化登仙 했을 테고
>
> 여우도 둔갑하여 하산한 지 오래일 터
>
> 서른 해, 차심 든 빙렬 쓰다 달다 말없네.
>
> —「귀때사발에게 배우다」 전문

앞서 '우화의 어법'을 통해 성취한 백이운의 미학적 변용을 언급하였다. 그 미학의 정점은 어디일까? '등선'과 '하산'의 완결미일까? 그렇지 않을 것이다. 그것은 시조의 본질적 미학인 서정적 반전과 전환에 배치되는 것이기도 하며, 이 시집이 담고 있는 현장성과도 거리가 멀다. 삼십 년의 시력은 관념적 공간에 있지 않다. 나눔의 의미를 담고 있는 '귀때사발'이 무미(無味)의 경지가 무엇인지 실체적으로 보여준다. '빙렬' 즉, 찻잔에 쳐진 '가는 금'의 상징성이다. 빙렬의 인식이 곧 '차심'이다.

　　　한줌 검은 숯이 무쇠 솥을 데워서

　　　물이 끓기까지 차와 하나 되기까지

　　　얼마나 무수한 세상이 지켜보는 것인가.

　　　함부로 말하지 마라 중심에 선 햇살들이여

　　　찻물이 바닥날 즈음 떫을 법도 하건만

　　　오묘함 잃지 않음을 누구에게 물어보랴.

　　　등 굽은 소나무가 宗山을 지키듯이

　　　사람의 사는 일도 마치 저와 같아서

　　　외로운 향기끼리 모여 무명차를 마신다.

―「無名茶를 마시다」 전문

'마시다'의 수용행위는 대상의 자기화, 대상과의 일체화를 뜻한다. 시인은 '무명차'와 '한줌 검은 숯', '등 굽은 소나무', '외로운 향기'가 하나의 계열체를 이루고 있음을 보여주고 있다. 이 시 안에서, 아니 시인의 인식 속에서 '무명'과 '한줌 검은', '등 굽은', '외로운'의 관형어들은 등가성을 이룬다. 이 모든 것을 하나로 묶게 되는 계기를 마련한 시어가 '중심에 선 햇살들'이다. 시인은 '중심과 주변'으로 양분된 이분법적 세계를 통찰함으로써 자신의 시적 위치를 주변부에 가져다 놓는다. 무명차를 마시는 시적 행위는 비루하고, 불구이며, 외롭다. 앞서 보았던 '빙렬의 상태'다. 그럼에도 불구하고 중심을 택하지 않는 것은 '종산을 지키는 주체'의 오묘함의 비의를 알고 있기 때문이다. 그것은 앞서 읽은 '차심'이기도 하다. 그리고 '비승비속(非僧非俗)(「詩法」에서)'과 상통하며, 불법(佛法)의 하심(下心)이기도 하다. 이와 같은 빙렬의 인식은 '그림자'의 이미지로 다음과 같이 구체화된다.

집으로 가는 제 그림자와 아쉽게 작별하고

쓰레기통을 뒤지던 절름발이 고양이

한 곁에 쭈그려 앉은 기척에 멈칫하고

송곳니로 물어뜯던 뼈다귀의 느낌을

끝내 기억하지 못하는 버려진 강아지

늙은 뼈 통증을 참는 그림자를 부축한다.

굽은 등 그림자가 하염없이 바라보는

그림자 없는 고양이와 넋 나간 강아지

그들이 함께 간 밤을 아무도 알지 못한다.

―「밤으로의 긴 여로」 전문

그림자는 존재를 인식할 수 있는 증거이다. 이 세상 존재하는 모든 실체는 그림자와 동반하여 하나의 통합체를 이루기 때문이다. 이와 같은 맥락에서 융은 부정적이든 긍정적이든 인간 원형의 그림자는 인간 본성을 인식하는데 필수적이라고 말한다. 위 시의 고양이와 강아지도 마찬가지다. '그림자 없는 고양이와 넋 나간 강아지'는 '긴 여로'로 비유된 죽음의 세계로 편입되었음이 분명하다. 그러므로 고양이가 쓰레기통을 뒤지던 행위나 강아지가 뼈다귀를 물어뜯는 행위는 현재형이 아니라 과거형일 따름이다. 이 부재를 대신하는 것이 '절름발이'의 불구성과 '버려진' 유기성이다. 이들의 온전한 그림자는 실체와 통합을 이루는 또 다른 인식주체가 아니라 허상일 뿐이다. 시인은 고양이와 강아지의 주변적 인식을 통해 그들을 기억한다. 그만큼 허상이 아닌 진정한 그림자의 존재는 실체 못지않게 중요하다. 그림자의 인식은 다음과 같이 길의 상징성으로 변주된다. 백이운은 그림자와 함께 드러나는 길의 형상을 통해 시간과 공간의 통합, 새로운 인식의 지평을 보여준다.

숲길을 걷다보면 길만 길이 아니라

숨어 있는 모든 것이
길이고 눈물이구나

머리를
하늘에 둔 나무들

외롭게 감춘 뿌리까지,

하늘이 길러낸 나뭇잎들 바스라져

고단히 길을 덮고
길 아닌 길마저 덮어

우리가 함께 한 길이
지상에서 문득,
외롭다.

—「지상에서, 문득」 전문

백이운이 설정한 길의 주제학은 '길'과 '길 아닌 길'의 통합이다. '길 아닌 길마저 덮어' 분별과 차이의 소멸을 꾀하는 새로운 길의 추구는 중심으로서의 길의 인식보다는 주변화된 길의 인식에서 비롯된다. 이 그림자의 인식 없이는 현상적인 길의 실체도 무의미함을 깊이 성찰하고 있다. 이러한 세계 인식은 다분히 타자지향적이다. 시인은 눈물로 얼룩진 외로움의 도정에서만이 나뭇잎과 뿌리가 하나의 나무로 통합될 수 있음을 보여주려 한다.

레비나스에 따르면 타자는 '얼굴'로 다가온다. 위 시에서 길 또한 얼굴의 형상을 하고 있다. 길은 단순히 사물의 차원이 아니라 표현하고 호소하는 표정이다. 이 짓는 표정은 시인으로 하여금 내면의 닫힌 세계로부터 나와 초월할 것을 요구한다. 그리하여 시인은 온전한 길에서 나와 고통스런 길을 자신의 내부로 받아들임으로써 타자와의 동등한 관계를 이루어 낸다. 길은 '꽃길이 아니라 지뢰밭(「詩作」에서)'이며, '바람의 길(「봄을 구걸함」에서)'이다. 그러나 길은 시인의 인식을 통과하며 '노

시인의 저는 다리를 젊은 시인이 염려하고(「불가사의한 세계」에서)', '피아
노와 피아니스트가 서로 청중이 되는(「재즈의 한때」에서)' 통합의 장으로
변주된다.

　루카치가 '길이 시작되자 여행은 끝났다'고 말했던 것처럼, 백이운이
떠난 시의 길은 즐거운 여행이 아니다. 인간과 인간, 인간과 자연, 영혼
과 육체의 합일을 향한 지난한 길이다. 중심과 주변의 해체를 통해 합
일에 이르는 종교적 도장이거나 철학적 심연일 수도 있지만, 그의 길은
늘 꽃과 나무로, 수많은 예술의 혼으로, 차의 향기로 끊임없이 채워짐
으로써 타자를 보듬는 아름다운 길이기도 하다.

4. 새로운 사조의 정체

　시집 『무명차를 마시다』는 경이로운 체험이다. 우리에게 무언가 신
기하고 놀라운 것을 주어서가 아니다. 우리가 이미 알고 있었으면서도
잊고 지내던 것을 새삼 떠올리게 하기 때문이다. 사람은 본질에 가 닿
으면 닿을수록 다소곳하다. 백이운은 순명(順命)하는 삶의 자세를 기억
하고 있는 우리시대 몇 안 되는 비조(鼻祖)다. 그는 지금 산문(山門)에 들
어서기 직전이다. 그만큼 시의 절정에 있다. 그렇기에 그를 저잣거리로
끌고 갈 수는 없다. 그렇다고 고산입적(高山入寂)하게 할 수도 없다. 그
경지는 시의 경계 밖이기 때문이다.

　스탈 부인은 정작 낭만주의 시대를 향유하지 못하고 고립된 채 생을
마감하였다. 백이운의 시 세계는 계시에서 끝나는 것이 아니라 함께 구
가하는 것이었으면 한다. 그의 시는 문화이다. 읽으면 읽을수록 공허의

관념에 빠져드는 것이 아니라 서로 나누며 향유하는 실체로서 습득하게 하고 성숙에 이르게 한다. 그가 성취한 정신적 결과물을 무엇이라 해야 하는가? 백이운이 꿈꾸는 새로운 사조의 이름은 무명(無名)이다. 다음 시에서처럼 동병상련, 이심전심 화엄의 세계다. 일체유심조(一切有心造), 일체의 분별을 떠난 평등의 세상에서 펼치는 비승비속의 무위의 세계.

내 안의 나 너무도 그립고도 멀어서

지나가던 사람 그림자도 밟지 않았던

나, 이제 그리운 것이 그리워하게 하려는가.

—「이제」에서

생의 미늘 : 꿈의 안과 밖

—김일연

1. 꿈밖으로 : 적강(謫降)

시인은 어떤 식으로든 추방된 존재다. 보들레르의 신천옹(信天翁)처럼 창공의 지배자에서 뱃사람들의 조롱거리로 전락한다. 윤동주는 슬픈 천명 때문이라 했다. 그러므로 이 지상에서의 삶은 유배지의 나날과 다름없다. 적강(謫降)한 것이다. 상계에서 신의 존재였던 시인이 어떤 실수나 죄를 저질러 이 지상으로 쫓겨(謫) 내려(降)온 것이다. 혹은 실낙원(失樂園)하였다. 이 적강 모티프를 통해 우리는 단선적인 삶의 모습에서 벗어나 시인의 세계관, 우주관, 신관, 종교관, 가치관 등을 엿볼 수 있다.[1]

---

1) 성현경, 「우리 문화 속의 적강화소와 외국문화 속의 적강화소 대비연구」, 『모산학보』 제1집, 1990.12, 177~178쪽.

네로의 엄지가 된 내 손끝에 복종하던

내가 완전 복종하던 나의 베아트리체가

갑자기 찌르는 장난을 친다

너를…
삭제할까요?

ㅡ「별나라의 장난」 전문

장난 때문이다. 시인이 자기 존재성을 상실하고 거세공포증에 시달리는 이유는 시인의 뜻이 아니라 신들의 주사위 놀이에서 배태되었다. 지금 시인의 삶은 폭군 네로의 손아귀에 놓여 있다. 대 로마제국의 황제이기 이전에 얼치기 예술가였던 네로의 죽음의 기호 앞에 복종할 수밖에 없는 신세이다. 그러나 시인만 그런 처지로 전락한 것은 아니다. 단테의 연인 베아트리체도 그렇다. 사랑과 시혼의 원천이 폭력적 남성성에 무너지고 있는 것이다.

김일연의 시 세계는 이렇게 처연한 자기인식을 통해 문을 열고 있다. '복종'의 상호작용을 통해 김일연이 곧 베아트리체며, 바아트리체가 곧 김일연으로 일체화된다. 이때 '삭제'의 비수를 스스로에게 돌려세운 까닭은 무엇인가? 베아트리체는 시인을 천국의 문으로 인도할 존재인데도 불구하고 말이다. 베아트리체가 아니 김일연이 네로의 하수인인 한 승천(昇天)은 불가능하다. 그러므로 '장난'은 삶의 구조 전체를 바꾸는 전면적인 도전이며 근본적인 사유행위다. 시인은 자신에게 묻는다. 오늘날 전개되고 있는 시의 폭력적 현장에서 자신을 지울 것인지 말 것인지 시인은 생즉사 사즉생(生則死 死則生) 기로의 서 있다.

이처럼 김일연의 시는 병법(兵法)을 다루듯 비장하다. '장난'의 비결(秘訣)이 아니고서는 환골탈태 하지 못함을 잘 알고 있다. 삶의 단단함 속에서 그가 지향하는 시의 세계는 '꿈'으로 호명된다. 시를 도구화하는 삶의 경직으로부터 자유를 획득하는 길을 꿈을 통해 찾고 있다. 그래서 현실은 꿈의 밖으로 명명된다. 이렇게 김일연의 시는 단조로움을 회피하여 안과 밖의 비늘구조(imbrication)로 중첩돼 있다. 하나의 기표는 현실적 기의와 환상적 기의가 서로 어울리며 의미를 발생시킨다. 그래서 표피에 드러난 하나의 기의만 따라간다면 김일연의 시에서 일부만 본 것에 불과하다.

2. 꿈밖에서 꾸는 꿈 : 지상에서의 한철

랭보는 베를렌느와 보냈던 파리 시절을 '지옥에서 보낸 한철'이라 했다. 김일연의 꿈밖의 세상도 그처럼 비유할 수 있다. 랭보가 견자의 시학을 통해 시적 이상을 삼았듯 김일연도 일상적이고 상투적으로 사물에 다가가는 것이 아니라 모든 감각의 왜곡 속에서 새롭고 놀라운 사물의 현현을 발견하고자 한다. 김현은 이러한 견자시론을 '착란과 조롱'으로 함축하여 표현한다.

> 푸른 날을 보내고 아득히도 놓치고
> 삼베 올 주머니에 털어 넣은 찬밥이
> 되었다 묽었다 하며 가고 있는 늦가을

> 새도록 풀 덩이가 몸속을 휘젓는 밤
> 막혔다 뚫렸다 하며 체했다 열났다 하며
> 그대를 잃어버리고 꿈밖으로 놓치고
>
> —「꿈밖의 가을」 전문

시인은 인생의 황혼기에 서 있다. 적강이후 그의 삶은 착란의 연속이다. '보내고, 놓치고, 잃어버리고' 하는 상실의 여정 속에서 무참히 저를 조롱한다. 지금 시인은 '찬밥' 신세다. 이 차갑고 냉소적인 자기 인식 속에는 '푸른 날'의 영광이 있었고, '새도록 풀 덩이가 몸속을 휘젓던' 열정이 내장되어 있다. 그래서 몸소 비참함을 뼈저리게 각인하는 이 시적 장난은 쉽게 현실의 위선과 허구를 오히려 더 조롱하는 것으로 변주된다. 그리고 적강 이전 꿈 안의 계절을 아름답게 연상하도록 이끈다. 하지만 다음 시에서처럼 '꿈꾸는 동안'에만 가능한 일이다.

> 내가 꿈을 꾸는 것인가 꿈이 나를 꾸는 것인가
>
> 나비가 된 내가 팔랑팔랑 날아다닐 때 내가 된 나비가 가시덤불 속으
> 로 나를 쫓아
> 온다 꽃이 된 내가 까마득한 벼랑에 매달려 있을 때 내가 된 꽃이 더
> 까마득한 벼랑
> 으로 위태로운 손을 내민다
>
> 그러나, 꿈꾸는 그 동안만이 살아볼만한 현실이다
>
> —「꿈꾸는 동안만이」 전문

시는 다시 착란으로 시작된다. '내가 꿈을 꾸는 것인가 꿈이 나를 꾸

는 것인가' 꿈과 현실을 구분할 수 없는 몽환적 상태에서 시인은 나비가 되고 꽃이 된다. 이 변신의 서사는 '위태로운' 지경에 다다라서야 멈춰 선다. 이때 스스로 선택한 위험은 앞서 보았던 '삭제'행위와 같은 계열을 이루고 있다. 이 모두 현실 속에서 자신을 지워야겠다는 이상적 삶의 추구가 잉태한 결과물이다. 그렇다면 이와 같이 극도의 현실 부적응을 불러일으키고 나아가 현실을 거부하게 만든 꿈의 세계는 어떤 공간인가?

　　귀띔이나,
　　오달지게 내 술 한 잔 살 테니

　단풍나무 참나무 싱싱한 저고리 섶 금빛 해 수정구슬 노리개 달고 빛날 때 후욱후욱 더운 콧김 내뿜는 여름 산에, 열 두 폭 안개치마 바람도 없이 들치며 갈밭머리 저어새 흑두루미 갈매기 그네 뛰는 궁초댕기처럼 날렵히 날아오를 때 풍기 인견 당홍빛으로 밀려오는 노을 바다 놓게 칠게 엉금엉금 기어 나오는 엉덩이에

　　이보게, 배지기 한 끗
　　파도의 검법이나
　　한 칼

―「한 칼」 전문

　시인은 또 장난을 한다. '무협(武俠)'의 세계, 동양적 판타지를 펼치고 있다. 영웅 탄생의 그날을 기다리며, 혹은 귀천의 날을 기다리며 내공

을 쌓기 위해 비법 전수를 소원하고 있다. 꿈의 세계로 넘어가는 방법은 '배지기 한 끗, 파도의 검법, 한 칼'의 한판 승부가 필요하다. 거기에 시인은 인생 전부를 걸고자 한다. '한 끗'은 '한 번 접은 만큼의 길이'다. 즉 '한 평생'이 아닌가? 현실의 풍경 모두를 일거에 부수고 새로 짓고자 하는 욕망이 간절하다. 그 결단의 공간은 '단풍나무와 참나무'가 '저어새와 흑두루미와 갈매기'가 '농게와 칠게'가 거주하는 곳이다. 이들 모두는 자연의 이법 안에서 자신을 뽐내고 있다. 그렇기에 시인도 그들처럼 '빛나고, 날렵하며, 여유있는' 세계로 편입되려 한다. 이 세계는 '발굴' 이전의 상태다. 그래서 시인은 '깜깜한 들꽃 한 송이'로 '원시의 다이아몬드(시 「발굴의 비밀」에서)'로 변신을 거듭한다.

꿈의 바깥은 호명된 세계다. 규정되고 확정된 이름을 삭제하기 위해 김일연은 때론 착란 속에서 때론 조롱하며 현실로부터 벗어나려 한다, 그 장난과 같은 자기부정은 현실 저 너머의 꿈의 세계를 지향하게 하고 그 세계를 현실과 대체하려 한다. 추구하는 이상적 세계는 아닐지라도 그가 지내고 있는 지상의 한철은 현실에서 꾸는 꿈의 세계다. 세상을 혹은 자기 자신을 조롱하면 할수록 꿈의 세계는 보다 구체화되는 삶의 아이러니를 보여주고 있는 것이다. 이처럼 김일연의 시는 조롱받는 자의 기표 속에 현실 부조리의 기의와 이상적 세계의 기의를 쌍으로 갖는 겹침 구조를 보이고 있다.

3. 꿈속으로 : 귀향(歸鄕)

김일연의 '장난'의 시 쓰기는 김수영의 시법을 떠올리게 한다. 김수

영은 시 「달나라의 장난」에서 '팽이 돌리기'를 '달나라의 장난'으로 제
한해서 대치시킨다. 팽이의 회전과 변화양상을 '달'에서도 동일하게 인
지한 것이다. 그래서 삶의 회전력과 맞물려 시인 스스로 자신의 생활을
고쳐보게 되는 동인으로 삼는다. 달의 변화는 유희(장난) 같지만 달은
스스로 갱신하는 밤을 지배하고 있다. 김수영은 팽이의 위태위태한 회
전력을 성인의 경지에 비유하며 쓰러질 것 같지만 쓰러지지 않는 생명
력과 변화에서 태동하는 힘을 확신하였다.

　이처럼 김일연도 삶과 유희의 공존을 모색한다. 이 생의 미늘을 꿈
의 안과 밖에 겹쳐 놓음으로써 삶의 동력을 찾는 것이다. 시 「별나라의
장난」에서 보았듯 '별'의 상징성은 미의 절대성과 상통한다. 김일연이
이 지상에서 삭제하고자 하는 것은 오염된 시적 현실이다. 별이 명멸하
듯 시의 아름다움은 순간순간 갱신하는 신비한 힘을 갖고 있다. 이처럼
현실 속에서 우리의 삶도 별처럼 지우고 다시 태어날 수 있다면 더 할
나위 없을 것이다. 이 장난 같은 시적 발상이 김일연의 시 쓰기를 통해
변신 이야기로 변주된다.

> 걸어가는 사람들
> 나무속으로 들어가고
>
> 실한 나뭇가지는
> 벽돌 속으로 자라고
>
> 집들은
> 하늘 속으로
> 뭉게뭉게 올라가고

—「여름 귀향」 전문

사람이 나무가 되고 나무가 벽돌이 되며 이 무거웠던 현실이 구름처럼 가벼워져 승천하는 놀라운 힘의 원천은 변신에 있다. 적강한 자가 다시 승천하는 방법을 시인은 깨닫고 있는 것이다. 자연이 비자연과 교섭하고 지상과 천상이 연계됨으로써 지상에서의 경직된 생의 미늘은 귀향을 위해 깃털로 돋았다. 이처럼 김일연의 시적 장난은 '변신의 의지'에서 발원한다. 그 장난의 시법은 '놓으며 끌어당기는 바람과 물결의 힘(시 「만유인력」에서)'과 같은 고통스런 연동이다. 김일연은 그 의지를 '고난과 순리의 힘'이라 명명한다. 이 종교적 수난의식을 통해 비로소 꿈속으로 귀향할 것을 예감한다.

줄은 비단이라도
아무리 좋은 거라도

제가 친 덫 세상에서 놓여나는 몸뚱이

바람에 마르는 거미 앞에
잘 가시라

묵념

—「비단 거미의 죽음」 전문

시인은 한 마리의 거미와 같다. 살기위하여 줄을 치지만 그 줄이 덫이 되는 아이러니 속에 있다. 죽음은 혹은 귀향은 무엇과 같은가? '놓여나는' 것이다. 삶이 죽음이 되는 역설의 굴레에서 자유를 획득하는 것이다. 순간 시인은 숙연하다. 이처럼 김일연의 시는 때론 비장하면서도 때론 숙연하면서도 어김없이 장난처럼 자유롭다.

구속 받은 자유 그 무늬

―김의현

1. 선택 이전에 그렇게 된

"뛰어나오는 초장(初章), 펴나가는 중장(中章), 억제하려고 애쓰는 종장(終章)…… 이는 실(實)로 구속 속에서도 자유로이 자유(自由)를 찾아간 내적 발전상이다." 이는 이병기로부터 '진실한 시인'으로 평가받았던 조남령의 시조 형태에 관한 언급이다. 시조의 역설적 구성원리를 말하는 것이리라. 그런데 '구속'이니, '자유'니, '내적'이니 하는 말 속에서 떠오르는 심상은 시조의 형식을 떠나 다른 무엇인가를 연상하게 한다. '구속'을 '拘束(arrest)'으로 표기한다면 법률적 용어로 '행동이나 의사의 자유를 제한하거나 속박함'을 말한다. 달리 '救贖(redemption)'이라 했을 때는 종교적으로 '인류를 죄악으로부터 건져내어 절대자의 품에 있게 하려는 섭리'를 말한다. 이렇게 볼 때 시조 형태의 아이러니는 다분히 종교적이다. 문학과 종교의 표상체계가 실상 유사하다는 측면에서 어쩌면 당연하기도 하다. 이 때 시조의 종교적 성격은 신적(神的)이기보다는 인간의 편에 한 발짝 더 다가 서 있다.

시조의 형식은 심리적으로 수용될 수밖에 없는 절대자의 의지로 대치되었을 때, 선험적으로 주어진 것이기에 거부할 수 없는 인간의 한계상황과도 같다. 그러한 인간조건에서 분리되어 자유를 찾으려는 내적 발상은 자연스러운 인간 욕망의 추구로 이해할 수 있다. 이 수용과 분리의 관계 속에서 삶의 역설적 아이러니인 슬픔과 기쁨의 희비극이 연출되는 것이기도 하다.

김의현의 시는 이 수용과 분리의 진자 속에 진동하고 있다. 시인이 자신의 삶을 선택하기 이전에 그렇게 된 삶의 조건은 끊임없이 시인을 흡입하여 수용하려 든다. 그의 시 속에서 수용의 주체는 세상의 거대담론으로 읽힌다. 그 굴레에서 시인은 갇힌 존재일 수 있다. 그러나 시인은 자신을 힘껏 밀어 자신을 속박하는 거대담론 밖으로 스스로를 밀쳐내려 한다. 비록 다시금 수용의 한계 속에 회귀하는 운명이지만 그래도 시인은 멈추지 않고 분리의 욕망을 꿈꾸고 있다. 이는 너무도 인간적이다. 그리고 시조의 구성 원리에 합당한 시적 태도이기도 하다. 이처럼 김의현의 시는 선택이전에 그렇게 된 수용의 상태에서 일탈과 변화의 분리를 감행하는 도드라진 삶의 무늬를 보여주고 있다.

2. 용서 · 해방 · 화해

종교적으로 구속(救贖)은 용서와 해방과 화해를 통한 자유를 뜻한다. 김의현의 구속받은 자유 속에도 이러한 인자들이 주요 테마로 작동하

고 있다. 용서 없는 자유, 해방 없는 자유, 화해 없는 자유는 진정한 자
유라 할 수 없지 않는가? 김수영이 말했듯 자유에는 피의 냄새가 어려
있다. 그 피의 정체는 증오와 살육의 앙갚음이 아니라 혁명적 자기희생
을 요구하는 소명 같은 것이다. 김의현의 시에는 이와 같은 소명의식이
드러나지 않게 바탕을 이루고 있다.

언젠가 뛰어내려야 나는 법을 아는 새는

퍼덕대는 날개 짓에 온 힘을 쏟는 탓에

다시는 떠난 둥지를 기억하지 못한다.

숨어있던 벌레들 빛 따라 날아오듯

기억 잊을 만하면 소름처럼 돋는 아픔

상처는 사람이 가진 가장 큰 형벌이다.

—「소름처럼 돋아나는」 전문

　인간이 보편적으로 갖는 공포는 죽음이다. 그러나 죽음의 공포에도
불구하고 인간은 본질적으로 타나토스의 욕망을 간직하고 있다. 여기
에 에로스의 욕망이 비늘처럼 겹쳐있다. '언젠가 뛰어내려야 나는 법을
아는 새'도 이 타나토스와 에로스의 욕망 사이에 존재한다. 하강 없이
는 상승도 없다는 구속받은 자유의 원리가 그대로 적용되고 있는 것이
다. 에로스적 욕망은 구속을 기반으로 하고 있다. 즉 사랑의 대상을 수
용해야 한다는 조건이 붙는다. 이 구속으로부터 분리되려는 욕망이 타

나토스임은 말할 것도 없다. 삶과 죽음의 적절한 길항관계가 인간 삶의 본질이다. 그러나 시인은 죽음의 공포를 제압하는 더 큰 상처를 형벌로 체험하고 있다. 그 형벌의 중심에 '기억'이 자리하고 있다. 기억과 망각의 조화가 깨진 삶의 불균형을 어떻게 설명할 수 있는가? 망각이 없다는 것은 죽음이 예정되지 않는 삶의 굴레가 아닌가? 프로메테우스의 형벌을 연상하게 하는 시인의 상처는 구체적으로 드러나지 않지만, '떠난 둥지'의 기억에서 비롯되었다. 그 기억은 분리의 상처이며, 모체로부터 떨어져 나온 존재론적 고독과 같은 것이라 할 수 있다. 그리고 그 분리의 이면 깊숙이 자리하고 있는 것은 죄책감이다. 무의식에 자리하고 있는 인간의 죄의식은 가학적이건 피학적이건 구속일 수밖에 없다. 그러므로 시인이 말하는 '사람이 가진 가장 큰 형벌'은 '죄의식'으로 대체될 수 있다. 그것은 '상처'의 근원이기도 하다. 죄의식으로부터 자유를 얻고자 하는 인간적 추구가 종교의 세계를 가능하게 하였고, 시적 형성의 원리가 되었을 만큼 죄의식은 인간 드라마의 단골 메뉴이기도 하다. 시인은 현재 시간의 불가역적 진리가 깨진 고통 속에서 신음하고 있다. 이 시간의 구속으로부터 자유를 획득하는 방식을 다음과 같이 시인은 용서와 해방과 화해의 테마에서 찾고 있다. 이는 구속된 삶에 무늬를 새기는 일이다.

　　허름하고 낮은 지붕 그림자 길어지고 종일 묵언한 집들 더듬더듬 말
　문 열면
　　음울한 한 장의 판화 풍경 찍는 골목길

　　대체 누가 시린 등을 한사코 떠미는가 오래된 집 문을 밀면 덮쳐 오

―「아득해지다, 함께」 전문

　둥지를 떠난 시적 화자의 실존은 적막함으로 가득 차 있다. 그래서 다시금 그 기억 속으로 돌아가는 발걸음은 소름 돋는 공포일 수밖에 없다. 그처럼 인간은 시간의 노예가 되는 순간 죽음보다 더 한 고통에 사로잡힌다. 시간은 오늘을 살기 위해 마련된 것인가? 아닌 것 같다. 시간은 언제나 미래를 위해 예정된 것이다. 오늘의 시간은 과거의 시간을 지우고 다시금 미래에 공간을 마련함으로써 예정된 죽음 앞에서도 당당할 수 있는 것이다. 시인은 자꾸 과거로 회귀하려 한다. 아니 시인의 의지와 상관없이 그런 운명에 있다. 왜 망각하지 못하고 기억 속으로 돌아갈 수밖에 없는가? 스스로 되묻고 있지만 '텅 빈 것'들이 시인의 발목을 잡는다. 이제 시간은 죽음의 문턱에 와 있다. '저물녘'에 시인은 그것을 예감하고 있다. 그래서 한낱 삶의 구속에 얽매일 수 없는 지점에 도달했음을 직감한다. 그래서 지금껏 시인을 고통 속에 몰아넣었던 충만하지 못했던 삶의 부재를 허용하기에 이른다. 시인은 부재하는 것들에게 '더듬더듬' 낯설지만 말문을 열고, '적막함'과 함께 거주함으로써 비로소 자유를 얻게 되었다. 비록 아득하지만. 그처럼 용서는 타나토스의 욕망과 결부되었다.

　사람을 보내고도 허기가 지더라고

　지상에 기댈 곳 없어 휘청대는 사람아

둥근 등 쓸어내려 줄 따스한 손 없지만

네 방에 큰 어둠이 무작정 밀고 올 때

빛 찾아 홀로 떠난 초인처럼 먼 곳을 봐

너에게 주어진 길은 오직 그 길 뿐이니까

—「초인처럼」 전문

해방은 에로스적 욕망의 분출이다. 분리 이후 경험하는 '허기'는 강렬한 삶의 의욕이며, '휘청대며' 흔들리는 존재의식은 수용의 구속으로부터 벗어나려는 자유의 몸짓이다. 이제 시인은 '따스한 손'길이 필요한 것이 아니다. 기대려고만 하고, 보호받으려 했던 비주체적 삶을 거부하고 스스로를 어둠 속에 몰아넣는 자기혁명을 감행한다. 그것이 바로 초인의 면모다. 해방은 속박하는 모든 것을 끊어내는 단절 없이는 자유로 연결되지 않는다. 시인은 비로소 선택이전의 삶을 청산하고 자기 앞에 주어진 생을 긍정하게 되었다. 자유는 빛을 향해가는 것이다. 이곳에서 저곳으로 탈경계하여 탈주하는 것이다. 이는 죽음 이후에 맛보는 자유다.

한 번도 햇살 든 적 없을
기둥 위 벽 시계는
세 시 근처에서
허기진 채 멈춰 섰고
이주한 참새 떼 가족
새 살림을 차렸다.

봄바람에 상처 난 삶
그대로 까발린 채
무심만 표정으로
하루 봄빛 즐기는
마당 끝 늙은 감나무
새잎 피워 올렸다.

─「늙은 감나무」 전문

시인은 이제 자기용서와 해방을 통해 궁극적으로 자기화해를 성취했다. 떠난 둥지의 기억을 지우고 새 둥지를 틀었다. 새로운 세계는 성찰의 경지에 도달해 있다. 시간의 선적 흐름 에 떠밀려 가는 인간 실존을 늙은 감나무가 새잎을 띠우는 경이로움 속에서 시인은 변주시켰다. 이제 시인은 젊은 날의 상처와 궁핍과 화해했다. 이는 타나토스와 에로스의 변증법적 화해가 이루어낸 깨달음의 결과다. 무심의 경지는 망상 없는 마음에서 비롯된다. 시인은 분별이 가득한 마음을 지우고 자유를 획득한 것이다.

3. 자유에 새겨진 무늬─연민

용서와 해방과 화해는 종교의 근간을 이루는 삼위일체처럼 서로 다르며 서로 같은 모습이다. 그 핵심에 자유가 있다. 삶의 구속에 대적하기보다는 구속을 인정하고 새롭게 변주시킬 줄 아는 힘이 김의현에게 있다. 구속과 자유의 역설적 삶의 무늬에 새겨진 것은 다름 아닌 연민이다. 강요된 수용의 폭력적 요구를 견디고 분리의 자유를 꿈꾸게 하는 동력이다.

외줄에 목숨 건 채 너울에 출렁대며
세상과 소통하는 흔들리는 신호 하나
누구는 자유라 한다
생목 묶인 절규 두고

눈물의 더듬이를 수억만 개 키우는 너
이곳에 몸 담그며 사는 내력 짚어보면
슬픔의 숙주 같은 것
꿈틀대며 살고 있다

저 바다 지는 노을이 이 가을 내려놓듯
그것들 한 번쯤은 일탈을 꿈꿨으리
아무도 눈치 못 채게
떠나가고 싶었으리.

―「부표」 전문

　　인간은 그 누구도 선택이전에 주어진 삶의 부표를 해체할 수 없다. 그것은 신의 영역이다. 그러므로 오직 연민할 뿐이다. 연민이 없다면 자유를 향한 절규가 소통으로 변주될 수 없을 것이다. 김의현이 키우는 '눈물의 더듬이'는 자기 연민에서 비롯된 일탈의 욕망으로 끝나는 것이 아니라 '간절한 마음 켜드는 어떤 생의 등불(시 「꿈으로 오는 일」에서)'로 승화된다. 그 빛은 '버릴 것 다 버렸는데 돌아보게 하는(시 「꿈으로 오는 일」에서)' 인간에 대한 끊임없는 사랑 바로 그 자유다.

생의 굴절, 11월의 윤리학

―정도영, 이원식, 임채성, 박성민

1. 냉혹한 패러다임

인간이 스스로를 가두는 멋진 말로 '패러다임(paradigm)'이 있다. '특정한 시대 사람들의 견해나 사고를 지배하고 있는 이론적 틀이나 개념의 집합체'라고 토마스 쿤은 더 세련되게 풀고 있다. 하지만 인간의 굴레일 뿐이다. 이 틀 안에서 인간은 갈등과 대립 속에 끊임없이 무언가를 선택해야 한다. 그 순간 평화는 깨지고 만다. 차이와 배제가 뒤따르기 때문이다.

시인들도 패러다임 안에 존재한다. 그렇기 때문에 선택의 기로에 서 있다. 김우창은 일찍이 미당의 시를 일컬어 '구부러짐의 형이상학'이라 칭했다. '가장 비근한 것의 시화, 사는 대로의 삶의 시화'가 미당의 시적 특색임을 지적한 것으로 미당의 현실주의를 지목한 것이다. 그러므로 미당의 미학적 선택이 전통적인 심미적 경험에만 경도될 수 없었던 굽음의 이존책(以存策)으로 현실 타협의 산물임을 알 수 있다. 그래서 이천여 편에 이르는 미당의 시는 패러다임으로부터 자유로울 때 우리의 심금을 울렸지만, 그렇지 못할 때 구차스럽다.

롤랑 바르트는 패러다임을 의미를 만드는 '양항 대립'의 모양이라 말한다. 어느 하나를 선택하는 순간 그것이 지배적 '의미'가 되기 때문이다. 한 사회가 '흑'에 의미를 둔다면 '백'은 언제나 배제될 것이며 갈등은 치유될 수 없을 것이다. 패러다임의 냉혹함이다. 이 대립적 패러다임에 균열을 내기 위해서는 새로운 차원이 필요하다. 바르트는 그것을 '중립'으로 규정하며 '강렬하며 열정적인' 상태라 말한다. 어느 쪽에도 치우치지 않은 '영도(零度)'로 표현하기도 한다. 오늘날 시 쓰기의 고민도 이 지점에 있다. 이런 차원에서 이원식, 임채성, 박성민, 정도영의 '시쓰기의 영도'는 어떤 모습을 하고 있는가?

2. 굴절하는 시

이원적 대립의 냉혹한 패러다임을 해체하는 방법으로서 시쓰기는 한 방향으로만 지속돼온 정태적인 상태를 돌려세우는 방향의 전환이 필요하다. 그것은 아마 빛의 굴절(屈折)과 같은 과감한 시의 꺾임이라 할 수 있다. 그러므로 '무의미'의 추구나 '무관심'의 시적 대응은 중립을 추구하는 시적 행위가 될 수 없다.

정도영이 해체하려는 패러다임은 꿈과 현실을 구분할 수 없는 '애벌레의 삶(「엇박자 하루」에서)'이다. 현대인은 새벽 두시가 되어도 잠들지 못하고 꿈틀대어야 한다. 잠들 수 없는 자는 변신을 꿈꿀 수 없기에 희망 없이 '묵은 잠'에 시달린다. 그것은 '치욕(「금목서」에서)'이거나 '불안(「저물 녘, 어여뻐라」에서)'이며, '정한(「낙동강 일몰」에서)'의 반중립적 자질로 변주된다. 그런 가운데 정도영은 굴절의 모색을 '엇박자'와 '지천명 문턱', '가을의 비늘', '이무기로 버틴 나날'에서 추구한다. '엇박자'는 '정박'으로 반복되는 규정된 삶의 패러다임을 수정하는 틈새이며, '지천명'이라는 생의 경계이고, '가을의 비늘'과 같은 세월의 중첩이고, '이무기'와 같은 주변적 존재의 시간이다.

> 천길 천애를 열어 극락을 빚은 사람
>
> 천년 그리움을 목련화로 올린 하늘
>
> 비로전 돌탑을 돌아 까치발로 서는 그대
>
> —정도영, 「부처의 얼굴—제2석굴암」 전문

정도영 시의 영도는 '제2석굴암'으로 구체화된다. 그 공간은 경주 토함산 기슭에 정전으로 존재하는 '석굴암'과 비견될 수 없다. '천길 천애'를 '천년 그리움'으로 '까치발로' 서 있는 위태로운 상태이다. 그러나 거기에 소위 '제1석굴암'에서 인공적으로 채색된 극락세계가 새로운 길을 열고 있음을 보게 된다.

정도영의 구도자적 중립세계는 이원식의 시에서 새로운 구경으로 펼쳐진다. 현실의 패러다임을 아예 지우고 선적 중립세계로 굴절한다. 이원식이 좌절시키려는 패러다임은 '지난한 생(「잠자리가 본 농담」에서)'이며, '업(「견화」에서)'이며, '싸늘한 눈길(「연등회 만다라」에서)'이며, '벌레(「절집 비둘기」에서)'의 생이다. 이 모두 현생에서 겪는 삶의 역정이다. 노장적 사유에서 순간에 불과한 이러한 패러다임은 '우화'의 과정을 거치며, '무애'의 공간에서 '화신불'로 존재론적 변화를 성취한다. 이는 '한줌의 바람'과 같은 무소유의 중립적 차원이다. 그러기에 시인은 다음 시에서처럼 재생을 도모한다.

꽃밭에 잠든 영혼을
중랑천에서 보았다

아닐 텐데 하면서도
문득 핑 도는 눈물

폴폴폴
천변(川邊) 길 따라
손짓하는
호접화(胡蝶花)

—이원식, 「화관(花冠)을 쓴 나비」 전문

이원식은 '호접화'의 형상에서 이분법적 분리의 사유를 극복한다. 이제 시인은 나비이면서 꽃이다. 이 분리되지 않은 총체적 세계의 추구를 통해 현실의 애잔함이 삭제되고 있다. 그러므로 '중랑천변'은 어제의 경직된 패러다임 속에 갇힌 공간이 아니라 새롭게 열린 삶의 공간으로 변화되었다.

임채성이 포착한 패러다임은 이원식의 세계와 대척점에 있다. 현실 풍경을 가감 없이 담고 있어 오늘 우리가 실감하는 갈등과 대립의 패러다임을 전형적으로 보여주고 있다. 「겨울 옴니버스」 시편에서는 도시의 허위를 풍자함으로써 자본의 패러다임을 희화화한다. 시 「비곗덩어리 전쟁사」는 인간의 몸을 사물화하는 현대인의 물신적 사유의 패러다임을 적나라하게 해부한다. 이러한 해체의 교술적 의도는 오늘날 현대사회가 직면한 문제들에 대해 격렬하게 반응한다. 시 「새들, 페루에 가서 죽다」, 「초승달 전상서」 또한 그 일환이다. 이 집단적 발성으로 임채성의 해체적 시 쓰기는 영도의 지점을 쉽게 찾기 어렵다. 다만 다음 시에서 어렴풋이 짐작할 따름이다.

> 끝끝내 서로의 경계 못 허문 한 뼘 거리
> 낡고 닳은 옷가지들 훌훌 벗고 다시 설 때
> 다 늙은 느티 한 그루 붉은 기를 내린다
>
> 체위 바꾼 물과 물이 부둥켜 흐느낀다
> 동트는 새벽 강에 닦아보는 젖은 눈빛
> 누군가 발소리 쿵쿵, 물속을 걸어온다
>
> —임채성, 「두물머리」에서

임채성의 시쓰기는 예언자적이다. 현실 부조리를 고발하는 데서 머물지 않고 새로운 세계의 도래를 발원하고 있다. 그 중립지대는 대립적 구도에서 구태와 구습을 일소하는 가운데 성취된다. '두물머리 물이 체위를 바꾸듯' 상호 소통과 융합의 차원에서 구체화된다. 그것은 중립의 세계를 주관할 절대적 존재를 예감하는 가운데 실현된다.

임채성의 거대담론 해체는 박성민의 시에서 실감 실정의 중립으로 안착된다. 시 「계백(階伯)」에서 전통적 가족주의가 해체되는 실상은 현대 가정의 몰락을 역설적으로 환기시킨다. 오래전 백제의 국가주의가 제거했던 가족은 오늘도 희생의 제물이 되고 있다. 그럼에도 '한사코 안고 있어야' 할 그 무엇이 있는 듯 시인은 우리를 오래도록 시 속에 묶어 놓고 있다. 시 「오래된 항아리」에서는 세월의 패러다임도 무너뜨리지 못하는 '생의 의지'를 보여주고 있다. 그것은 오래된 과거를 미래로 바꾸어 놓는 기적을 꿈꾼다. 시 「조용필의 고추잠자리」는 변하지 않는 것과 변하는 것의 차이를 숙명적 삶의 궤적에서 찾고 있다. 이는 박성민의 시가 간직한 불변의 지속성이다. 그래서 그는 시 「이방인」에서처럼 삶의 기계로 전락한 여성의 삶 속에서 그 무엇으로도 대체할 수 없는 숭고한 생명의 존엄성을 역설한다.

온 가족 둘러앉아

된장국 먹는 저녁

별들을 떠먹이려고

허리가 휜 초승달

숟가락

입에 문 문고리

밤새 집이 배부르다

—박성민, 「숟가락」 전문

이 시에 앞서 현대 가족의 해체를 목도하였다. 그러므로 이 시는 환상에 지나지 않는다. 그러나 이 환상적 기표를 뚫고 우리를 새로운 세계로 이끄는 패러다임의 전환은 결코 고고학이 아니다. '허리 휜 초승달'에서 앞서 확인했던 생의 의지와 생명의 존엄성을 다시금 확인하게 된다. 이는 현실의 냉혹한 패러다임이 부추기고 있는 삶의 허기를 포만감으로 채우는 열쇠를 우리 손에 쥐어주려는 시쓰기의 영도라 할 수 있다. '숟가락'은 그런 존재다.

3. 11월의 문턱

시인들은 지금 11월의 문턱에 있다. 11월은 경계의 시간이다. 죽음을 향해 가는 시간이면서도 새롭게 싹틀 시간의 문턱이다. 이 문턱에서 정도영은 구도의 세계를, 이원식은 선의 세계를, 임채성은 소통의 세계를, 박성민은 불변의 세계를 중립지대로 구현하였다. 이 시쓰기의 영도는 '모멸(정도영)'과 '인위(이원식)'와 '대립(임채성)'과 '위기(박성민)'의 패러다임을 마감하고 굴절하여 펼친 윤리적 세계다.

시인들은 오늘 우리의 생활이 바람직한 상태인가를 묻고 있으며, 무엇이 선악인지 구별할 수 있도록 이끌고 있으며, 우리가 어떻게 행위해야 하는지 중립의 법칙을 어떻게 세워야 하는지 보여주려 한다. 그럼으로써 지금 우리가 노력해야 할 것은 무엇이며, 생활 속에서 획득해야 할 의미는 무엇인지 되묻고 있다.

갈등과 대립의 패러다임 안에서 우리는 한계상황에 처해 있다. 이 굳어버린 삶의 고착을 풀 수 있는 굴절의 시학은 생의 주변성 즉 문턱에서 찾아야 한다. 인류 역사를 통해 우리는 수많은 문턱을 경험하였다. 모든 혁명들이 그러했으며, 모든 패러다임의 전환이 그러했다. 그리고 거기에 인류의 스승들이 있었고 시인도 그 중에 끼여 있었다.

가람시조의 현대성과 시조성

옛 시조에는 *虛言常談, 模倣踏襲, 套語亂調*가 많다.

이런 건 단연 革新해야 겠다.

*現代時調*는 *實感·實情·創意·新文·新調*라야겠다.

―「時調는 革新하자」

1. 가람시조의 약점?

가람시조가 생명력을 잃지 않고 우리 곁에 살아 숨 쉬는 비의(秘意)는 무엇일까? 아니 가람 시조를 시간의 흐름 속에 맡겨 두지 않고 오늘 우리 삶 속에서 새롭게 조우할 수 있는 길은 무엇일까? 아이러니컬하게도 다음과 같은 언급에서 답을 찾았다.

'가람論'의 前提는 그가 "무엇을 했느냐"가 아니라, 그는 "무엇을 하고 있었느냐"하는 것이 된다. 단순한 직감으로 可變的이고 日常的인 生의 樣式을 숭상함으로써 모든 創作精神이나 文學的 가능성을 포기하고,

動機의 志向性을 외면해 버린 곳에 가람時調의 弱點이 있게 된다.[1]

여기에 새겨들어야 할 금과옥조가 담겨있다. 가람시조가 "무엇을 했느냐"하는 식의 종결이 아니라 "무엇을 하고 있었느냐"는 진행형이라는 사실이다. 이는 가람의 생리적 수명과 함께 그의 문학이 마감된 것이 아니라 그가 생전에 수행하고 있던 문학 도정이 아직도 계속되고 있음을 함축하고 있다. 그리고 퇴색하지 않은 가람시조의 정수가 '일상적인 생의 양식을 숭상'하는 데 있다는 점이다. 이와 같은 '일상성'의 시성을 이 글은 약점으로 치부하고 '모든 창작정신이나 문학적 가능성을 포기'한 것으로, '동기의 지향성을 외면'한 것으로 일갈하고 있다. 이때 가람시조의 약점으로 지적하고 있는 '포기'와 '외면'의 근거를 다음과 같이 들고 있다.

時調라고 하는 樣式性에서 個人的 抒情性이라든가 客觀的 敍事性이라든가 하는 문제와는 달리, 우리 新文學이 日帝에 의한 失國失民의 絶代한 契機와 그 출발을 같이 했다는 점에서, 新文學이나 新詩가 갖는 그 基本的인 성격이나 志向은 日帝의 强迫에 抵抗하고, 植民地的 羈絆에서 民族的인 回復을 爭取하는 것이 歷史的 使命感이나 民族的 양심에서 第一義的으로 選擇되어질 수밖에 없었음은 이 땅의 모든 文學人이 共通된 命題였다.[2]

이 글은 가람의 문학정신을 훼손하고 폄훼하는 것으로 읽히지만 오히려 가람이 추구하는 실감실정(實感實情)의 실체를 정확히 짚고 있다.

---

1) 김동준, 『시조문학론』(우성문화사, 1981), 217쪽.
2) 앞의 책.

즉 이 글이 '시조 텍스트의 생산이나 수용의 문제를 민족 등 이데올로기에 환원하려는 태도[3])'를 취했다면, 가람은 작품성에 초점을 맞추고 있음을 알 수 있다. 역설적으로 현대시조가 '포기'하고 '외면'하지 말아야 할 중요한 현대성이 '작품성'에 있음을 반증하고 있다. 이처럼 "嘉藍이 時調의 形式體驗을 통하여 20年代 自由詩의 他說的 리듬 안에 감추어진 우리의 정서를 찾아 표현하였다는 점은 오늘날 현대 시조의 가능성 여부를 이해하는데 매우 중요한 쟁점의 실마리를 보여 준다.[4])"

가람이 살았던 시대는 근대적 전환기이다. 특히 식민지와 분단 현실에서 시인들은 개인과 민족 주체의 혼란을 겪게 된다. 민족현실에 민감할 수밖에 없는 식민지 주체에게 민족의 동질성 회복은 중요한 문제이기 때문이다. 이는 분단시대 민족문학의 과제가 민족의 동질성 회복과 자연스럽게 연결된다. 이와 같은 고민에서 육당은 전통담론으로 시조의 부흥을 모색한다. 문제는 시조의 심미성보다 계몽주의를 강조함으로써 당대 현실을 벗어나는 방편으로 시조를 차용했다는 데 있다. 그 결과 육당이 소개하고 주창했던 시조의 면모는 윤리, 도덕적 계몽의 고양에 머물게 된다. 이는 "시쓰기를 교양이나 인격 수양과 동일시한 사대부의 시조와 다를 바 없다.[5])" 이에 비해 가람은 시조의 전통적 계승을 다른 측면에서 추구한다. 즉 시조가 정형시이면서도 자유시와도 그렇게 멀지 않다는 점을 강조한다. 이 개인적 자유성의 회복이야말로 민족적 동일성의 회복과 직접적으로 연결될 수 있음을 감지한 결과라 할

---

3) 박철희, 『문학이론입문』(형설출판사, 2009), 240쪽.
4) 박철희, 『한국시사연구』(일조각, 1995), 199쪽.
5) 앞의 책, 239쪽.

수 있다. 구체적으로 시조의 자유스러운 형식과 내용의 현대적 의식을 모색한다.6) 그래서 시조가 되었는지 되지 않았는지는 자수의 규칙 준수 여부에 달려 있지 않고 숫자로는 헤아릴 수 없는 묘미의 구현 유무에 따라 결정된다고 하였다. 그 묘미가 가람시조의 현대성이며 시조성이다. 가람은 그것을 일상에서 개인이 취하는 '實感實情'의 서정이라 말한다.

2. 實感實情의 정체

정지용은 다음과 같이 가람시조의 현대성에 찬사를 보낸다.

時調制作에 있어서 量과 質로써 嘉藍의 오른 편에 앉을 이가 아직 없다. 天成의 詩人으로서 넘치는 精功을 타고난 것이 더욱이 嘉藍과 맞서기 어려울 점인가 하노니, 한참 드날리던 時調人들의 行方조차 알 길이 아득한 이즈음 嘉藍의 거름은 바야흐로 密林을 헤쳐나온 코끼리의 步法이 아닐 수 없다. 예전 어른을 들어 比較할 것은 홀한 노릇일지 모르겠으나 松江 이후에 嘉藍이 솟아오른 것이 아닐까 한다. 더욱이 確乎한 語學的 土臺와 高歌謠의 造詣가 嘉藍으로 하여금 時調製作에 힘과 빛을 아울러 얻게 한 것이니 그의 時調는 敬虔하고 眞實함이 이를 읽는 이가 平生敎科로 삼을 만한 것이요 傳來時調에서 찾기 어려운 自然과 리알리티(필자 밑줄)에 徹底한 점으로서는 차라리 近代的 詩精神으로써 時調再建의 熱烈한 意圖에 敬服케 하는 바가 있다.7)

이처럼 가람시조의 현대성은 전통시조에서 찾을 수 없는 '리얼리티'

---

6) 이병기, 「시조는 혁신하자」, 『가람문선』(신구문화사, 1966), 313~332쪽.
7) 정지용, 「가람시조집 跋文」, 『가람시조집』(문장사, 1939), 98~104쪽.

에 있다. 즉 실감실정(實感實情)의 서정은 사실성에 바탕을 두고 있다. 그리고 그 핍진성은 실증적, 본능적, 육체적인 즉물성으로 표현된다. 이러한 정서는 고시조에서 거부했던 정서로서 일찍이 삶의 현장을 생생하게 보여주었던 황진이 시조의 역동적 구조이다. 즉 자기경험의 적극적 개입이라 할 수 있다. 이러한 측면에서 가람의 시는 실증적이다.

<blockquote>
한고개 또한고개 고개를 헤어 오다
吐含山 넘어 서서 東海바다 바라보고
저믄날 돌아갈 길이 밭븐줄을 모르네

보고 보고지어 이곳에 石窟庵이
힘궂은 고개 넘어 굽이 굽이 도는 길을
잦은숨 잰걸음 치며 오고 오고 하누나
</blockquote>

—「石窟庵」 전문

이 시의 대상은 관념 속에 존재하는 자연서경이 아니다. 실재 사물의 정경을 그대로 묘사하고 있다. 이 바탕에는 '석굴암'이라는 사물과 '토함산'이라는 서경을 시인이 직접 체험한 실증적 일상이 자리하고 있다. 이는 기존 시조의 부르는 '曲'의 성격에서 탈피하여 짓는 '作'의 시로 변환되는 과정이기도 하다. 시인 자신과 자연의 관계를 관습적으로 토로하거나 노래로 쏟아냄으로써 사라지고 말았을 시의 긴장을 온전히 부여잡고 있다. 이 격조의 변화는 사실성을 기반으로 하고 있다. 작자의 감정이 엄격히 배제된 채 묘사의 힘만으로 유지되는 '석굴암'의 현장은 오히려 독창적 예술성을 더 한층 드러내고 있다. 그리고 '지어 놓음'으로써 독자가 자연스럽게 '읽게 되는' 시적 소통을 가능하게 한다.

즉 실감실정(實感實情)에 이르게 되는 것이다. 이러한 사실적 실감실정을 바탕으로 가람은 자기감정에 충실하게 된다. 그래서 가람의 시는 본능적이다.

풍지에 바람 일고 구들은 얼음이다
조그만 책상 하나 무릎 앞에 놓아 두고
그 위엔 한두 숭어리 피어나는 水仙花

투술한 전복껍질 발달아 등에 대고
따뜻한 볕을 지고 누워 있는 蟹形水仙
서리고 잠들던 잎도 굽이 굽이 펴이네

燈에 비친 모양 더욱 연연하다
웃으며 수줍은 듯 고개 숙인 숭이숭이
하이얀 장지문 위에 그리나니 수묵화

—「水仙花」 전문

수선화의 개화는 타자의 호명에 이끌린 비의지적 행위가 아니다. 오로지 생명의 본능적 의지에 따라 피어나고 있다. 이때 생명개화의 본능은 역설적이며 아이러니의 구조를 띠고 있다. 1연에서 시인의 삶은 협소한 책상에 무릎 마주된 상황으로 묘사되고 있다. 수선화를 둘러싼 생육의 환경 또한 풍찬노숙과 같다. 시인과 수선화는 소박하지만 엄정한 삶의 현실 앞에 동일하게 놓여 있는 것이다. 이처럼 수선화가 피어난 것은 거친 삶의 현장에서도 뚫고 나오려는 본능적 의지의 발로라 할 수 있다. 그런 측면에서 의지적이며 역설적이다. 그처럼 수선화를 통해 시인도 본능적으로 삶의 의지를 꿈꾸고 있다.

2연은 1연에서 보였던 삶의 본능적 의지를 보다 확장시켜 구체화한
다. 시인과 수선화는 변함없이 삶의 위선적 현실에 처해 있다. 그러나
얽히고설키어 위축된 현실에서도 '따뜻한 볕'을 지향하여 간단없이 삶
의 곡진 주름을 펴려는 본능적 의지를 실천한다. 이러한 삶의 아이러니
는 3연에 이르러 비로소 장지문에 그린 수묵화의 차원으로 존재론적
변주를 한다. '웃으며 수줍은 듯 고개 숙인' 시인과 수선화의 자태는
흡사 미당의 「국화옆에서,」에 나오는 '거울 앞에서 선 누님'과 같다.
만고풍상을 이겨낸 자의 넉넉한 내면 풍경을 엿볼 수 있다. 이 수묵화
의 정경은 고시조에서 찾아 볼 수 없는 강렬한 생명력의 화신을 독자
로 하여금 체험하게 한다. 이 시적 체험은 가람의 개인적 일상의 투사
이기도 하며 그 일상이 내면화된 자유로운 정신의 고양된 경지이기도
하다. 이 삶의 주체적 체험은 생의 본능적 욕구를 소홀히 하지 않는 가
람의 세계관을 반영하고 있다. 이 시적 사유 속에서 가람의 시는 육체
적이다.

1.
한 손에 冊을 들고 조오다 선뜻 깨니
드는 볕 비껴 가고 서늘 바람 일어 오고
蘭草는 두어 봉오리 바야흐로 벌어라

―「난초(一)」

2.
새로 난 蘭草 잎을 바람이 휘젓는다
깊이 잠이나 들어 모르면 모르려니와
눈뜨고 격이는 양을 차마 어찌 보리아

산듯한 아침 볕이 발틈에 비쳐들고
蘭草 향기는 물밀 듯 밀어오다
잠신들 이 곁에 두고 차마 어찌 뜨리아

—「난초(二)」

3.
오늘도 온종일 두고 비는 줄줄 내린다
꽃이 지던 蘭草 다시 한 대 피어나며
孤寂한 나의 마음을 적이 위로하여라

나도 적을 못 잊거나 저도 나를 따르는지
오로 돌아 앉아 冊을 앞에 놓아 두고
張張이 넘길 때마다 향을 또한 일어라

—「난초(三)」

4.
빼어난 가는 잎새 굳은 듯 보드랍고
자줏빛 굵은 대공 하얀꽃 꽃이 벌고
이슬은 구슬이 되어 마디마디 달렸다

본래 그 마음은 깨끗함을 즐겨하여
정한 모래 틈에 뿌리를 서려 두고
微塵도 가까이 않고 雨露 받아 사느니라

—「난초(四)」

이 일련의 작품은 연시조의 형태를 띠고 있다. 연시조의 특성상 개
별적인 의미를 갖기도 하고 연결 지어 통합된 의미를 형성하기도 한다.

그런 측면에서 일단 형식적 구조 자체가 입체적이다. 분리와 결합을 자유자재로 구사할 수 있다는 형식적 장점은 정신의 완고한 저변에 매몰되지 않는 자유로운 육체성의 획득을 반영하고 있다. 각 연에서 시적 대상을 묘사하고 있는 언어는 육감적이며 생동감을 불러일으키고 있다.

> 1연－조오다, 일어 오고, 벌어라
> 2연－휘젓는다, 꺽이는, 비쳐들고, 밀어오다, 뜨리아
> 3연－줄줄 내린다, 돌아 앉아, 일어라
> 4연－벌고, 서려 두고

이와 같은 서술어는 동작주의 실체감을 강화시키며 독자로 하여금 충분히 그 볼륨을 감각하게 한다. 이러한 감각의 대상은 실물이며, 실사(實事)와 실경(實景) 속에 있으며, 실정(實情)과 실감(實感)을 체험한 시인의 리얼리티이다. 그러기에 난초의 존재성은 허상이 아니라 시인의 실감실정의 서정 안에서 하나로 통합된다.

1연에서 난초는 단순히 평면적 배경이 아니라 육체성을 갖고 있는 실물이다. 그러므로 자연스럽게 난초의 개화는 시인의 깨달음으로 이어져 '책'으로 상징되는 거대 담론 속에 머물러 있지 않는 개방된 사유의 만개(滿開)를 예감하게 한다.

2연에서 난초의 향기는 시인의 풍모와 합일된다. 난초가 바람이 휘젓는 것에 꺾이지 않고 가득한 향기로 반응하듯 시인도 깨어있는 자세로 언제나 스스로를 단속하고 있다. 이 정신적 충일함으로 가득 찬 형국은 보다 더 생생한 육체적 묘사로 강화되고 있다.

3연은 전환의 단계다. 상승하던 삶의 진행은 일순 침잠한 상태로 하

강한다. 이 곡절의 순간이 시조의 형식적 변환의 지점이라 할 수 있다. 이를 돌려 다시 세우는 과정이 시조의 형식미이기 때문이다. 이 전환점에 선 시인과 난초는 축소된다. 그러다 이 파국을 거쳐 새로운 지경으로 도약하는 놀라운 경험을 독자와 시인 모두 체험하게 된다. 그 동력은 이 삶의 일상에 참여 하고 있는 모든 주체의 교감에서 비롯된다. 서로 측은하여 위로하고 연민하는 가운데 죽음과 상실을 극복하게 된다. 이제 난초만이 향기를 피어나게 하는 것이 아니다. 시인이 책장을 넘길 때마다 그와 같은 난초향이 일어나는 경이로운 체험을 하게 된다.

4연에서 마침내 시인은 일상을 초월하는 깨달음을 얻게 된다. 그러나 그 성찰의 양상은 고답적인 선적 경지가 아니라 삶의 경계에서 경험하게 되는 인내하는 삶의 지혜와 같은 것이다. 그래서 4연에서 묘사하는 육체성은 유연하고 여유 있다. 이처럼 가람의 정신세계는 삶의 실재를 통과한 산물이며, 일상의 성찰이다.

"현대시조는 그 자체로서 시조의 보편적 질서에 더하는 것이 있어야 한다. 이미 있어 온 시조의 형식을 반복하는 것은 아니다…… 따라서 현대시조는 한국 시가(詩歌)를 일관하는 의미의 고리를, 즉 자설적(自說的) 요소를 포착하여 이를 새롭게 밝히는 장르다. 어디까지나 시는 개성적일 때 그 시는 보편성을 얻기 때문이다.8)" 이런 측면에서 가람시조가 담고 있는 일상의 실증적, 본능적, 육체적 고리는 오늘날 시조 형식의 방향과 가능성을 예측할 수 있는 중요한 현대성이자 시조성이라 할 수 있다.

---

8) 박철희, "한국시가의 지속과 변화연구", 영남대 박사논문, 1979, 158쪽.

3. 實感實情의 서정은 어디에서 오는가?

　　이전과 이후의 영원성에 의해 흡수되는 내 생의 짧은 기간을 생각해
보면, 내가 차지하는 약간의 공간, 그리고 내가 그것들에 대해 아무것도
모르고 그것들 또한 나에 대해서 전혀 모르는 그 공간들의 무한한 넓이
에 얽힌 채, 내가 바라보는 그 공간까지 생각해보면, 나는 내가 여기에
있고 저기에 있지 않다는 사실에 전율하며 깜짝 놀란다. 왜 내가 바로
여기에 있고 저기에는 있지 않는가. 왜 지금 있지 그 후에는 있지 않는
가 하는 것은 원인이 없다. 누가 나를 여기에 집어넣었는가? 누구의 명
령과 지시에 의해 나에게 이 장소와 이 시간이 규정되었는가? (…중
략…) 이 무한한 공간들의 영원한 침묵은 나를 전율케 한다.

　　파스칼의 『팡세(Pensées)』에 나오는 말이다. 이는 우주적 자연의 상실,
인간 중심적 세계의 종말을 입증하고 있다. 가람도 과거의 자연 속에서
스스로 존재할 근거를 박탈당했다는 상실감에서 벗어나지 못했을 것이
다. 이 자연과 인간의 균열 사이에서 실존하고 있는 자아를 확인하는
길은 현실의 한가운데서 스스로 존재하고 있다는 사실을 확인하는 길
밖에 없다. 객체로 사물화된 자연에서 미적인 서정을 추구할 수 없는
일이기 때문이다. 그러므로 가람시조의 실증적, 본능적, 육체적 시성은
단순히 고시조의 반명제로 혁신을 도모하려는 것에 그치지 않고 삶을
우일신(又日新)하려는 보다 적극적인 시적 반응이라 할 수 있다.

　　이런 측면에서 가람시조의 계승은 단순히 소재 차원의 세태시나 현
실을 희화하는 경박성에 머물러서도 시조 형식의 일탈에 집착해서도
안 될 것이다. 가람시조의 핵심은 이질적인 모순의 통합 즉, 시조의 형
식(시조성)과 내용(현대정신)을 통합하는 과정에서 미학적 체험을 이룬 데
있다. 다시 말하면 가람의 시적 의식은 삶을 깊이 있게 헤아리는 과정

에서 드러난 것이며, 구체적인 경험에 충실했기에 성취된 것이다.

오늘날 자유시가 추구하고 있는 모더니즘의 양식이나 유파들의 유효 기간은 점점 더 짧아지고 있다. 새로움에 갇혀 부단히 자기 자신과 결별하고 있는 시들은 빠르게 망각 속에 묻히고 있다. '새로움(nouveauté)의 미학은 순간적인 미를 발견하고 그것을 영원한 미에 맞세우지만, 필연적으로 그것은 선언된 갖가지 현대성(modernité)과 더불어 스스로 다시금 전통적인 것(antiquité)으로 될 수밖에 없9)'기 때문이다. 이는 가람 시조를 기리는 후배들이 새겨야 될 언명이기도 하다.

---

9) 한스 로베르트 야우스, 김경식 옮김, 『미적 현대와 그 이후』(문학동네, 1999), 9쪽.

'가족'이라는 은유

―박재삼

1. 곡절(曲折)의 형이상학

박재삼의 시적 여정은 삶의 마디마다 운명처럼 받아낸 '꺾임(折)'의 비애를 '구부러짐(曲)'의 자세로 다스림으로써 새로운 구경을 펼치는 과정이다.[1] 이 곡절의 대립적인 형이상학적 이미지가 만나 맺힘과 풀림의 과정을 연출하고, 현실과 이상의 만남을 이루고, 나아가 이승과 저승, 삶과 죽음의 조화와 함께 시적 동일성을 확보함으로써 슬프기도 하지만 때로는 기쁘기도 한, 우여곡절의 인생사를 엮어낸다.

이처럼 이미지의 변증법을 통해 전개되는 박재삼의 시적 여정은 통시적으로 자연과 인간의 교묘한 조응이 지속되면서 변주되는 과정으로 3기로 나누어 볼 수 있다. 1기는 제1시집 『춘향의 마음』(1962)에서 제3

---

1) 이민호, 「곡절의 형이상학」, 『흉포와 와전의 상상력』(보고사, 2005), 13~37쪽 참조

시집 『천년의 바람』(1975)까지고, 2기는 제4시집 『어린 것들 옆에서』(1976)에서 제7시집 『추억에서』(1983)까지며, 3기는 제8시집 『대관령 근처』(1985)에서 제13시집 『허무에 갇혀』(1993)까지다.

첫 번째 시기에는 자아와 자연의 관계에서 스스로를 분열시키고 자연의 한 분자로 편입되는 시인의 모습을 보여준다. 특히 소리와 빛의 이미지가 변증법적으로 통합되면서 새로운 세계를 보여주는데 그 환상의 공간은 삶과 죽음이 그 간극을 극복한 곳이며, 그 과정은 '강'의 흐름으로 상징화되고 궁극적으로 '바다'라고 하는 고향공간으로 귀착된다.

두 번째 시기에는 자연이 그의 생활 속으로 들어와 하나의 일상으로 내면화된다. 그래서 이때에 등장하는 자연의 모습은 자연 일반이라기보다는 매우 구체적인 명칭을 가지고 있다. 그러므로 이때는 자연과 인간의 언어가 분리되어 각기 질서를 갖게 되어 움직이는 양상을 띤다. 나아가 자연은 인간의 질서 속에 편입되기도 한다. 이때 맺힘의 근원은 생활의 빈곤이다. 그 풀림의 공간은 어린 아이가 지니고 있는 마음밭의 순수함이다. 이는 자연이 육화된 공간이라 할 수 있다. 그래서 관능적 '사랑'의 이미지가 특히 부각된다.

세 번째 시기에는 자연도 인간도 하나의 대자연 속에서 혼융되는 모습을 보인다. 자연의 환상성과 인간 삶의 일상성이 통합된 박재삼 특유의 서정성을 보인다. 이 혼융의 과정에서 자연의 이법과 삶의 물리는 치열한 갈등을 겪게 된다. 이 맺힘을 풀어내는 것은 결국은 다시 원점으로 돌아온 강의 시원적 공간이다. 이때 시인은 침묵하게 된다. 그래서 그의 마지막은 '허무'의 이미지로 가득하다.

박재삼을 등단시킨 서정주는 일찍이 '곡(曲)의 형이상학'2)을 통해 현실의 고통을 감내하는 방법으로 현실과의 타협을 제시한다. 그에 비해 박재삼은 '자연'이라는 영원성의 이법에 구부러진다. 그리고 그 자연의 영원성을 현실 속에 내면화시켜 보여준다. 이 일상성과 유미성의 교묘한 결합이 그의 시적 특색이라 하겠다.

이때 박재삼의 시에 나타나는 이와 같은 우여곡절의 인생사는 달리 가족의 계보학이라 말 할 수 있다. 가족의 탄생과 죽음, 과거와 현재, 슬픔과 기쁨이 맺힘과 풀림의 흐름 속에 병존하고 있기 때문이다. 그러므로 박재삼이 추구했던 자연의 영원성, 즉 영원회귀적 욕망의 의미는 가족이라는 은유를 통해 해석의 실마리를 얻게 된다.

한국 현대시사에서 '가족'은 "우리의 삶과 일상, 개인과 사회(역사)와의 관계를 매우 첨예하고도 포괄적으로 드러내고 있다. 즉 가족의 문제는 결혼, 성, 육체, 사회, 문화, 경제 등에 대한 성찰의 계기까지 함께 제기하는 핵심적인 테마"[3]이다. 이러한 측면에서 박재삼의 시에 나타난 가족 모티프는 전후의 시대적 상황과 연결되어 언급되기도 한다.[4] 전쟁은 가족의 해체를 초래했고, 이러한 위기 상황에서 시인은 다양한 반응을 보이는 데, 박재삼의 경우 모성적인 것에 대한 욕망을 통해 가족의 갈등을 해소한다. 그 시적 주체로 등장하는 인물이 어머니와 누이다. 이들은 전후에 시인이 겪어야 했을 상실과 부재의 상처를 치유하는 힘으로 작용한다.

---

2) 김우창, 「구부러짐의 형이상학」, 『궁핍한 시대의 시인』(민음사, 1977), 221~244쪽.
3) 김현자·엄경희, 「한국 근현대문학에 나타난 가족담론의 전개와 그 의미 : 현대시」, 『한국언어문학』 제51집, 2003, 460쪽.
4) 남기혁, 「한국 전후시에 나타난 '가족' 모티브 연구」, 『한국문화』 제35집, 2005, 143~147쪽.

　　그러나 박재삼의 시에 나타난 '가족'이라는 은유는 좀 더 근원적인 뜻을 함축하고 있다. 왜냐하면 박재삼의 시에서 '가족'은 전후의 초기 시에 만 국한되어 등장하는 시적 기제가 아니라 그의 시세계 전체를 통해 자연과 함께 공존하는 테마이기 때문이다. 특히 가족에 대한 기억은 전쟁 이전의 어린 시절로 반복적으로 회귀하고 있는 사실에서 더욱 그러하다.

2. 아버지의 몸이 사라진 어머니의 세계

　　박재삼의 시에는 아버지가 거의 등장하지 않는다. 간헐적으로 등장하는 아버지의 모습은 멀리 일하러 나가 집에 없는 존재다. 아버지의 부재 때문에 시인은 애초부터 오이디푸스적 시나리오5)를 수행할 수 없는 상황에 놓여 있다. 이 상황은 아버지의 몸이 사라진 어머니의 세계로 자신의 삶을 형상화한 니체의 가족 은유를 떠올리게 한다.6) 니체가 더 이상 사상을 낳는 아버지의 몸을 되살릴 수 없다는 깨달음을 근거로 하여 모든 삶과 인간을 여성화시켰던 것처럼 박재삼 역시 여성의 욕망 속에 자신의 삶을 가져다 놓는다.

　　　우리가 少時적에, 우리까지를 사랑한 南平文氏 夫人은, 그러나 사랑하

---

5) "어린 남자 아이는 어머니로부터 자신을 분리시켜 어른으로의 성장을 시작하기 위해 그녀를 성적으로 정복하기를 욕망한다. 성공을 위해 그는 자신의 성적 경쟁자인 아버지를 파멸시켜야 한다." 슬라보예 지젝, 김지훈·박제철·이성민 옮김, 『신체없는 기관들』(도서출판b, 2006), 161쪽.
6) 강선미, 「가족으로 은유된 세계」, 강선미외, 『가족철학』(이대출판부, 1997), 284~285쪽.

는 아무도
없어 한낮의 꽃밭 속에 치마를 쓰고 찬란한 목숨을 풀어헤쳤더란다.

—「봄바다에서」에서

구름도 폴폴 날듯이
이제는 소복하고 나들이를 하네.
아이 구름도 그 옆에 거느리고……
밝고도 아슬한 슬픔이여.

—「구름의 나들이」에서

얼음 풀린 강을 끼고
앓고 난 누님을 모시고……

이 두 가지를 겸하면
아리아리 저승도 가까운가.

—「봄이 오는 길」에서

새벽 서릿길을 밟으며
어머니는 장사를 나가셨다가
촉촉한 밤이슬에 젖으며
우리들 머리맡으로 돌아오셨다.

—「어떤 歸路」에서

나를 지극히 아끼던 親姨母가
앞바다 물에 몸을 던져 죽고
또 그 姨母의 六寸 시누이
八寸 시누이들이 차례로
끌리듯이 물鬼神에게 홀려 목숨을 끊었다.

—「追憶에서·27」에서

'가족'이라는 은유   253

이 일련의 시들은 박재삼의 전 시기에 걸쳐 고루 분포되어 있는 것으로 가족의 근저에 자리하고 있는 여성의 세계를 담고 있다. 이 어머니의 세계를 지배하고 있는 것은 숙명적인 죽음으로 시인을 슬픔으로 몰아넣는 어둡고, 파괴적이고, 섬뜩한 삶의 맺힘이다. 어떤 논리적인 말로도 표현할 수 없는 이 상실감을 박재삼은 시를 통해 새롭게 언어화해서 전달하고 있다.

바다에 몸을 던진 남평문씨 부인, 아이들의 손을 잡고 나들이 나온 소복차림의 여인, 죽음에 이를 정도로 병을 앓은 누님, 밤이슬을 맞으며 돌아오는 어머니, 물속에 몸을 던진 친이모와 그녀의 시누이들 모두 남성의 부재 속에 놓여 있다. 이들이 왜 병을 앓고, 생활고를 떠안으며, 죽음을 선택해야만 하는 지를 설명할 길을 시인도 알지 못한다. 단지 이들이 펼치는 어머니의 세계가 아버지의 몸이 사라진 상실 상태임을 은유하고 있을 뿐이다. 이처럼 시 속에 등장하는 여성들은, 즉 어머니, 누이 등은 역설적으로 아버지가 죽은 세계를 형상화하기에 좋은 소재가 된다.

아이러니가 있다면, 이들 여성이 남성의 부재 때문에 겪고 있는 삶의 맺힘을 여성적인 시원의 세계로 회귀 투신함으로써 풀고 있다는 것이다. 박재삼의 시에서 그 퇴행적 공간은 '바다'로 설정된다. 위에 든 시들에서 보듯 바다에 뛰어드는 죽음의식은 슬픔과 함께 알지 못할 기쁨을 동반한 채 환상적인 열락의 세계를 드러내고 있다. 그것은 '찬란한 목숨의 풀어헤침'이며, '밝고도 아슬한 슬픔' 같은 것이다. 한 편으로 이 맺힘과 풀림의 가족사를 박재삼은 다음과 같이 자연의 이법을 통해 드러내고 있다.

마음도 한자리 못 앉아 있는 마음일 때,
친구의 서러운 사랑 이야기를
가을 햇볕으로 동무삼아 따라가면,
어느새 등성이에 이르러 눈물나고나.

제삿날 큰집에 모이는 불빛도 불빛이지만,
해질녘 울음이 타는 가을강을 보것네.

저것 봐, 저것 봐,
네보담도 내보담도
그 기쁜 첫사랑 산골 물소리가 사라지고
그 다음 사랑 끝에 생긴 울음까지 녹아나고
이제는 미칠 일 하나로 바다에 다 와 가는
소리죽은 가을강을 처음 보것네.

―「울음이 타는 가을강」 전문

이 시는 대립적 코드가 병행하는 구조를 띠고 있다. '친구의 서러운 사랑이야기'와 '햇볕'/'제삿날 큰집'과 '가을강'/'너와 나'와 '바다'. 그러나 이 인간사와 자연의 대립적 자질은 비애의 상상력을 통해 하나로 통합되고 있다. 인간 일상사에서 발생하는 비애는 꺽임의 형이상학이라 할 수 있다. 더 이상 존재할 수 없을 것 같은 비극적 실존 앞에 숨죽인 슬픔만을 안고 있는 인간상을 보여주고 있다. '제삿날 큰집'의 이야기는 시 「구름의 나들이」에 등장하는 소복한 여인의 가족사일 수 있으며, '친구의 서러운 사랑이야기'는 시 「追憶에서·27」에 나오는 친이모와 그 시누이들의 가족의 갈등을 포함하고 있다. 이러한 가족의 비애와 갈등으로부터 자유로울 수 없는 '너와 나'는 이 인간사 마디마디 맺한 정한을 자연의 이법에서 그 풀림의 실마리를 찾고 있다. 가을강이 연출하고 있는 구부러짐의 형이상학은 인간의 절절한 울음소리를 안고 흘러감으로써 자연스럽게 품어내고 있다. 그러므로 울음이 타는 가을강은 인간과 자연의 코드가 만나는 정서적 현장을 우리에게 보여주고 있다. 그 광경은 참으로 감격스럽고 황홀하기까지 하다. 이때 느끼는 시인의 시적 정서는 결코 통상 거론되고 있는 '한'의 정서가 아니다. '한'은 맺힘의 극한이다. 이 시를 지배하고 있는 빛나는 울음은 오히려 풀림의 카타르시스이다. 그 맺힌 것을 풀어내고 후련해 하는 시인의 내적 상태를 '소리 죽은 가을강'이 증명하고 있다. 그러므로 이 시는 인간과 자연이 만나는 '울음이 타는 가을강'의 놀라운 발견에서 한 번 더 '소리 죽은 가을강'이라는 초유의 발견에 이르는 과정을 보여주고 있다. '소리'는 꺽임의 형이상학적 이미지이다. 반대로 '햇볕'은 구부러짐의 형이상학적 이미지이다. 이 대립적 이미지가 만나 맺힘과 풀림의 과정을 연출하고, 현실과 이상의 만남을 이루고, 나아가 이승과 저승, 삶과 죽음의 조화 내지는 동일성을 확보함으로써 슬프기도 하지만 때론 기쁘기도 한 우여곡절의 인생사, 즉 가족사를 엮어 내고 있는 것이다. 그 통합의 현장이 '가을강'이다.

그런데 아버지의 죽음과 사랑의 상실로 점철된 '가을강'의 가족사가 모성적 '바다'에 가 새로운 탄생, 즉 재생을 모색하는 것은 아이러니다. 여성이 여성의 몸으로 회귀함으로써 꾀하는 이 처녀생식과도 같은 재생의 과정은 가족의 종말을 말함인가 아니면 다른 뜻을 함축하는 은유인가?

3. '슬픔'의 문화적 상징

박재삼의 시 세계를 관통하고 있는 시적 정서는 '슬픔'이다. 이 비극적 서정은 통상 전통적인 '한'으로 인식된다.[7] 그런데 가족이라는 은유를 통해 볼 때 그것은 아버지의 부재로부터 기인하고 있음을 알 수 있다. 박재삼의 아버지 부재는 아버지의 실제적인 죽음이 아니라 어머니 세계로의 강제 편입에 있다. 다음과 같이 개인적인 역사성 속에서 그러한 사실을 확인할 수 있다. 박재삼은 1933년 4월 10일, 일본 동경부(東京府) 남다마군(南多摩郡) 도성촌실야구(稲城村失野口) 1004번지에서 아버지 박찬홍(朴瓚洪)과 어머니 김어지(金於之)의 차남으로 태어난다. 그의 가족 상황으로는 부모와 위로는 형 봉삼(鳳森 : 1930)이 있고, 누이동생으로 순애(順愛 : 1937)와 순업(順業 : 1942), 그리고 남동생으로 수삼(樹森 : 1951~53)이 있었으나 어려서 사망했다. 당시 그의 아버지는 모래 채취 노동을 하여 생계를 어렵게 꾸려갔다고 한다. 그러다 박재삼이 4세 되던 1936년 7월 그의 가족은 일본에서 귀국하여 어머니의 고향인 경남 삼천포읍 서금리(西錦里) 72번지에 정착하다.

이처럼 아버지의 부모와 조상의 흔적은 삭제되고 그 사라진 아버지의 세계를 어머니의 삶이 대체한다. 이것은 박재삼이 오이디푸스적 과정을 거쳐 자아를 찾는데 실패하였음을 말하는 것이다. 즉 박재삼은 어머니로 분리되어 하나의 객체로 다시 태어나는 탄생의 과정을 상실한 것이다. 통상 남자 아이는 어머니의 사랑을 사이에 두고 경쟁관계에 있는 아버지의 존재를 살해함으로써 어머니로부터 분리되어 독립된 자아

---

7) 신 진, 「가난과 한에 관한 회상적 미학」, 『현대문학』 여름호, 1990 ; 천이두, 「한의 미학적 윤리적 위상」, 『한국문학』 12월호, 1984.

를 성취한다고 하는데 박재삼은 애초부터 그 정신적 탄생의 과정을 겪지 못하였다. 그런 측면에서 그의 슬픔은 단순히 전통적이기보다는 시대적이며 역사적인 동시에 문화적 상징이라 할 수 있다.

그러므로 박재삼의 시에서 아버지의 몸이 사라진 어머니의 세계라는 시적 형상화는 가족이라는 은유를 통해 자신의 과거를 구제하고 자아를 새롭게 탄생시키는 힘을 얻으려는 시적 전략이라 할 수 있다. 박재삼은 다음 시에서처럼 근원적으로 자아의 분열적 상태에 놓여있다.

오히려 사무침이 무너져 한정없이 멍멍한 거라요.

―「무봉천지(無縫天地)」에서

거기 정신없이 앉았는 섬을 보고 있으면,
우리가 살았닥해도 그 많은 때는 죽은 사람과 산 사람이
숨소리를 나누고 있는 반짝이는 봄바다와도 같은 저승
어디쯤에 호젓이 밀린 섬이 되어 있는 것이 아닌것가

―「봄바다」에서

비로소 가슴 울렁이고
눈에 눈물 어리어
차라리 저 달빛 받아 반짝이는 밤바다의 질정(質定)할 수 없는
괴로운 꽃비늘을 닮아야 하리.

―「밤바다에서」에서

시인은 언제나 사물을 제대로 지각할 수 없는 멍멍한 상태에 있으며, 삶과 죽음의 경계를 분간할 수 없다. 그래서 그는 항시 눈물을 흘리며 질정할 수 없는, 즉 갈피를 못 잡고 흔들리는 삶을 산다. 이러한 상태

는 서정주가 한국전쟁 중에 겪었던 분열적인 정신질환과 유사하다.

> 나는 6.25 사변 이래 늘 내 의식에 직접 접촉해 와서 치열한 공격과
> 협박을 퍼부어 온 정체불명의 공중의 소리 속에 끊임없는 불안을 겪어
> 가야만 했다
> "저 문둥이, 저 흉악한 문둥이, 네가 쓴 시 '문둥이'를 생각해 봐라.
> 얼마나 흉악한가. 여러분들 저 서정주라는 놈하고…."[8]

이처럼 서정주는 정신적 이상 상태에서 스스로 과대망상에 빠진 공산당 오열, 문둥이, 살인자, 근친강간, 간통, 횡령 등의 혐의 때문에 자살까지 감행한다. 이러한 인자들은 초기 시집 『화사집』 공존했던 문화적 프리즘이라 할 수 있다. 즉 '죄인'과 '천치'라고 하는 자기부정의 모멸상태다. 이것을 삭제하도록 강요하는 목소리는 윤리와 질서를 강요하는 거대담론이라 할 수 있다. 이 신경증의 원인을 망각하고 지울 수 있는 것은 거대담론에 합당한 문화를 수용하는 수밖에 없는 것이다. 그것이 서정주로 하여금 신라정신으로 회귀할 것을 모색하도록 한다.

그런데 박재삼의 경우 서정주와 차이가 있다. 박재삼은 서정주처럼 죄의식을 갖고 있지 않기 때문이다. 왜냐하면 서정주가 시 「자화상」에서 '자신을 키운 건 팔할이 바람'이라 외치며 아버지의 존재를 부정함으로써 오이디푸스적 아버지 살해에 따른 죄의식을 갖게 되었다면, 박재삼은 살해할 아버지가 애초에 없어 죄의식 또한 갖지 않아도 되었다. 대신 다음과 같이 그 자리에 혐오 섞인 여성의 은유가 자리한다.

---

8) 서정주, 「미당자서전2」, 『서정주전집5』(민음사, 1994), 253쪽.

아내여 그대 또한 언덕처럼
젖가슴 풀어 헤쳐 누워 있고

—「某月某日」에서

아내를 중심으로
어린것들 셋이
손발들을 제멋대로
이리 뻗고 저리 뻗고
그것은 마치
질서가 없어 보이는
나뭇가지와 다를 것이 없다.
거기 베개를 고쳐 주고
이불깃을 당겨 주어
질서를 잡아주는 剪枝여!

—「剪枝」 전문

아기야 네가 꾸는 꿈의 나무가지는
네 야들야들한 살끝에까지 벋어
시방 한창 물끼가 오르고 있는데,
오, 성스러운 나라의 잠꼬대여,
나는 네 아름다운 그늘에도
묻힐 수 없네.

그러면 아내여,
그대의 꿈의 나무가지는 어떤가.
싹이 틀 염도 안하는채
마른 코만 골고 있는데,
이 장돌뱅이의 눈길,
나는 쉴 데가 없네.

—「잠결 옆에서」 전문

젖가슴을 풀어헤치고 누워 있는 여성의 야만성과 성스러운 아이에 비해 비속한 여성의 세속성은 시인이 혐오하는 것이다. 이 혐오는 니체가 갖었던 여성에 대한 혐오처럼 "피안에 대한 동경(longing)의 화살로서, 그에게 날개를 달아 주고 열락의 샘을 발견하는 힘을 주는 것이다."9) 시인은 이 혐오를 통해 스스로 과거를 구제하는 사람이 된다. 그런데 그 동경은 상당히 반여성주의적 태도를 취하는 것이다. 위 시에서 보듯 박재삼은 아내의 여성성을 무질서한 것으로 인식하여 가지를 치듯 재단해야 한다는 사상을 가지고 있다. 이는 어머니의 세계를 새롭게 파악할 수 있는 근거가 된다. 즉 같은 여성으로서 어머니와 아내의 위치는 시인에게 사뭇 달리 인식된다는 측면에서 그러하다. 그러므로 박재삼의 시에서 가족이 은유하는 것은 어머니의 세계를 통해 과거 아버지의 세계를 구제하는 것으로 다분히 혈연적인 가족에 고착되어 있음을 알 수 있다. 그 은유에 아내라는 여성이 끼일 자리는 없는 것 같다. 그런 측면에서 박재삼의 시에 나타나는 '슬픔'의 정서는 여인의 '한'과 같은 전통적인 것이 아니라, 혈연적 가족의 복원에 있음을 알 수 있다.

이처럼 박재삼의 시에서 가족을 통해 함축하고 있는 의미는 '맺힘과 풀림'의 곡절의 형이상학을 그대로 갖고 있다. 그가 구제하려는 과거는 아버지의 세계로 비유되는 '꺽임'의 이상적 세계와 '구부러짐'의 현실적인 어머니의 세계가 통합되어 있는 혈연적 가족의 형태라 할 수 있다. 다음 시는 그 문화적 상징성을 잘 보여주고 있다.

천년 전에 하던 장난을

---

9) 강선미, 앞의 글, 278쪽.

바람은 아직도 하고 있다.
소나무 가지에 쉴 새 없이 와서는
간지러움을 주고 있는 걸 보아라
아, 보아라 보아라
아직도 천 년전의 되풀이다.

—「千年의 바람」에서

　　박재삼의 시에서 가족은 과거를 은유하는 기제이다. 가족은 가족 구
성원의 탄생과 삶과 죽음을 그대로 보여주는 기록이기 때문이다. 이 가
족의 계보학 속에서 박재삼은 영원으로 회귀하고자하는 욕망을 펼칠
수 있다. 그것은 자연의 영원성이라는 이법에 기대어 형상화되기도 한
다. 어머니의 세계를 통해 복원하고자 했던 아버지의 몸은 시인의 몸속
에서 수없이 반복되는 자질이었다. 위 시에서처럼 그것은 천년의 바람
과 같은 것이다. 이 되풀이 되는 유전적 피의 흐름을 박재삼은 몸으로
체감하고 있다. 삶 속에서 겪은 인생사 우여곡절은 뼈아픈 것이지만 그
보다 자신의 과거를 되살리는 존재이며 미래를 예견하는 실체인 아버
지의 부재는 보다 근원적인 슬픔의 동인이다. 그 슬픔은 시대적이고 역
사적인 우여곡절 속에서 사라진 수많은 아버지를 구제하려는 문화적
상징이라 할 수 있다. 이처럼 박재삼의 시에 나타난 슬픔은 삶과 인간
을 여성화시키고 있다. 거기에는 과거의 상실이라는 깨달음이 개입되
어 있으며, 아버지가 죽은 세계를 형상화하기 위한 수사학적 소재라 할
수 있다.

저자 **이민호**

서강대학교 국문과 대학원 졸업
1994년 「문화일보」 시 당선
현재 서강대학교 국문과 대우교수로 재직
「거와 미」 동인, 「리얼리스트 100」 회원, 반년간 문예지 「리얼리스트」 편집위원

주요 저서

시집―『참빗 하나』, 『피의 고현학』
연구서―『홍포와 와전의 상상력』, 『김종삼의 시적 상상력과 텍스트성』
말하기와 글쓰기 책―『기술문서작성법』, 『움직이는 말하기』(공저), 『유두고도 이래서 좋
았다』(공저)

역락비평신서 22

한국 문학 첫 새벽에
민중은 죽음의 강을 건넜다

저　자 이민호

인　쇄 2011년 11월 4일
발　행 2011년 11월 20일

펴낸곳 도서출판 역락
등　록 1999년 4월 19일 제303-2002-000014호
펴낸이 이대현
편　집 박선주
디자인 이홍주

주소 서울시 서초구 반포4동 577-25 문창빌딩 2층
전화 02-3409-2058(영업부), 2060(편집부)
팩시밀리 02-3409-2059
e-mail youkrack@hanmail.net

값 18,000원
ISBN 978-89-5556-951-3　93800
잘못된 책은 바꿔 드립니다.